北オハイオの冷たい風

Moriguchi Tooru
森口 透

編集工房ノア

亡き父母と妹・史子へ

北オハイオの冷たい風　目次

装幀画　天野淳子
装　幀　森本良成

ばね定数
じょうすう

常川亮作《つねかわりょうさく》は昭和四十二年四月、神戸にある造船と機械メーカー、阪神重工株式会社に入社し、平成十四年九月末に六十歳の定年で退職した。その後も顧問として出勤して、若い技術者を助けて機械の開発に参加し、開発された機械の試運転に立ち会ったりしている。そして、六十三歳となった亮作はこういう今の仕事にまずまず満足していたが、一方では、次々と最新のＩＴ技術を取り入れられている制御技術の進歩にはついて行くのが年齢とともに難しくなっているので、顧問を勤められるのは今後そう長くないとも考えていた。

阪神重工の産業機械部門では、セメント工業や鉱山で使う機械、ゴムやプラスチック関連の機械、各種の空気圧縮機などの産業用の機械を設計し製作している。この年、平成十七年九月に創立八十周年を迎える阪神重工は会社の八十年史を発行することになり、前年四月に八十年史編集委員会が発足し、亮作は全社で十人の編集委員の一人に選ばれた。この中で、亮作の担当は会社の産業機械技術の変遷を纏めることだった。

編集委員に選ばれたとき、亮作には一つの構想があった。それは会社の歴史の中でユニークな業績を上げるなどして記憶に残る技術者を社史の中で紹介することだ。二十年ごとに編纂された今までの社史には歴代の社長や取締役の名前は記録されるが、それ以外の人物はまず取上げられることはなかった。会社を発展させてきたのは経営幹部などスポットライト浴びた人たちだけでない。地味な仕事で会社の発展に貢献した技術者にも、脚光を浴びせてやりたいと考えたのである。

前年の五月に開かれた第一回編集委員会で、亮作はこの案を提案し了承された。変わり者で目立たなくても会社の技術の発展に貢献した人物を取上げるのは、技術で発展してきた会社として意義があると大半の編集委員が賛成したからである。

亮作が社史に残したい人物の一人に多田康博《ただやすひろ》がいた。多田は亮作が入社したとき配属された高分子機械設計課にいた設計技術者である。

話は三十九年まえの昭和四十二年に遡《さかのぼ》る。当時、多田は総勢二十人ほどの高分子機械設計課では最年長で、課長の大河内秀雄《おおこうちひでお》より十歳近くも年上ですでに五十歳に近かった。旧制工業学校卒の設計製図のベテランで、限られた空間の中に必要な機能を満足させるメカニズムを設計することにかけては、名人と言われた人物だった。亮作が入社したころ、多田は新入社員の教育係りを兼務していたが、指導の厳しさで恐れられてもいた。特に高学歴者に厳しく、その厳しさに音を上げて会社を辞めた新入社員もいるとの噂さえあった。

三か月間の社内新人研修のあと高分子機械設計課に配属された朝のことを、亮作は昨日のことのようにはっきりと覚えている。その年、その課に配属された新入社員は彼だけだった。配属された日の朝礼のとき課長の大河内により課の全員に紹介されたあと、亮作は短い挨拶をした。大河内は朝礼の後亮作を多田の席につれて行き、「多田さん、常川君にしっかり製図を仕込んでやってください。よろしくお願いしますよ」と言った。

多田は小柄でやせており短く刈った髪には白髪が目立ったが、眼光鋭く背筋が伸び一本芯の通った雰囲気があった。大河内が去ったあと、多田は睨むような目付きで亮作を見つめながら言った。

「常川君、始めに断っとくけどな、わしは帝大や大学院出や言うても遠慮せんよ。ここは設計や。どんなにええアイデアがあり難しい計算ができても、図面が書けへんかったら何にも役に立たへん。そやから一人前に図面が書けるように鍛えさせてもらうで」

それから半年ほどの間、亮作は毎日懸命に図面を描いた。今のようにＣＡＤ*1はなかったもののＴ定規*2を使う時代でもなく、ドラフター*3と鉛筆による製図である。

多田は細かい点まで極めてきびしく指摘した。線の太さや数字の書き方まで気に食わないと言って、目の前で製図用紙をひき破って書き直しを要求することもしばしばだった。多田のやり方が、自分の好みを優先した理不尽な指摘ではないかと感じくやしい思いもしたが、亮作はそんな場合でも素直に従うように努力した。高校卒や養成工上がりの古参設計者から厳しい指導を受け、時にいじめさえ覚悟しなければならないことを、大学の先輩から聞いていたからである。それに、亮作は叩き上げの設計者としての多田が実力のある設計者であることに敬意を払っていた。どんな仕事でも、理屈より身体で覚えるべきことがある。

高分子機械設計課に配属されてから半年が過ぎた。多田の罵倒と叱責に耐えながら精進したお蔭で、その頃になるとかなり早く要領良く製図ができるようになり、それにつれて多田の態度も徐々に変化した。それまで時おり見られた理不尽さが減ったのである。

新しい年になり、亮作は機種オーダーの担当者として責任ある仕事を任されるようになった。一台が当時四千万円ほどした大型のプラスチック成型機である。標準機種ではあったが、これほどの大型機械になると全くの標準のままで客先に納入されることはなく、要求に応じて細部の設計変更が必要である。全ての図面を多田がチェックする必要があったので、とてもまだ一人前とは言えなかったが、課長から機種担当の命を受けた時、彼は責任の重さを痛感した。あらゆる図面の担当者欄に自分の印を押す。検図者や課長が寸法など詳細チェックができる訳ではないし、問題があればまず担当者の責任になる。担当者の采配で機械の性能が決まり、それに伴い数千万円のコストと機種の利益が決まる。

阪神重工に入社してから一年近くが過ぎ、三月になった。春の訪れも近いので、無口な男の集まりである高分子機械設計課の中にも、楽しいことがありそうな幾分華やいだ雰囲気が出てきた。もう一か月もすれば桜が咲き、課恒例の花見の宴があるのだ。

機種担当者になって二か月が過ぎ、亮作は仕事にも少し余裕を感じ始めていた。同時に他の設計者がしている事にも興味が出てきた。そんな目で見ると、多田は日常業務の他に何かにかなり熱中している。気がついてみると、亮作がなぜもっと早くそれに気がつかなかったのかと思うくらいの熱中ぶりだった。何をしているのか詳しく知りたいと思ったが、多田には仕事のこと以外は聞きにくい雰囲気があったので、そのままにしていた。

三月中旬のある日の夕方、亮作が仕事に一息入れて窓を通して見える海を眺めていると、多田が、

「常川君、ちょっと来てくれ」と呼んだ。多田の席は透明のパーティションで囲まれた課長席の隣であり、亮作の席から十二メートルほど離れている。彼ははっとして直ぐに多田の席に向かった。その日の仕事に疲れが出る頃でぼんやり外を見ていたので、注意を受けるのかと内心少し心配をしたが、そうではなかった。

多田は手にしていた書類を見せながら言った。

「ほかの人から聞いとるかもしれんけど、わしはばね定数《じょうすう》の表を作っとるんや」

これは亮作にとって初耳だった。

「ばね定数の表ですか。いつから作っているのですか」

「そうやな、もう二年になるな」

「それで、後どのくらいで完成するのですか」

「わしは仕事の時間には絶対やらん。定時後か休みの日に家でやっとるだけやから時間がかかる。うちの会社の産業機械に使うばねのばね定数をカバーするだけでも、あと二年はかかるやろうな。そう言うわけでまだ途中やけど、ちょっと見てくれるか」

多田はそう言って、作成途中のばね定数の表を見せた。それは、Ａ４の大きさに切った半透明の製図用紙にＧペンを使い黒いインキで表の欄を書き、細かい数字を記載した表だった。縦の欄を二重にして、ばねの線径とばねの直径、横にはばねの有効巻き数の欄があり、それぞれに計算したばね定数の値が記入されていた。

多田が熱中しているのは、ばね定数の計算表の作成だったのだ。多田は主に毎日午後五時半の定時の後に時間をかけて計算していた。そのために普通でも九時、時には十時、十一時まで職場に残っている。休日にもかなりの時間をかけているようだ。

どんな機械にも基本的な機械要素である様々な部品が使われている。ボルト、ナット、歯車、リベット、ベアリング、ばね、などである。これらの部品のサイズと材質を決めるのは設計担当者の基本的な仕事であり、そのためには強度計算が必要だ。だが、実際には各種の設計基準が用意されているので、歯車やばね類を除いてはほとんどの場合は実際の計算はしなくても、適切な設計上の選択ができる。時間の節約と設計者による判断の違いを減らすためである。

しかし、ばねの設計は厄介であり、ばねの種類、線の径、ばねの外形、巻き数などを選びながら許された空間の中に納めるには、何回かの試行錯誤を伴う計算が必要だった。要領がつかめないと時間もかかる。ばね定数は、こうして決まったばねの性質をしめす値であり、ばねにかかる力とばねの伸びまたは縮み量の関係を示す数値である。

これが何らかの表から選択できれば、ばねの設計時間をかなり短縮することができる。多田は阪神重工の設計者が共通して使うことができるばね定数の計算表を一人で作成していたのである。

端正に数字がびっしりと記載された表に感心しながら、亮作は尋ねた。

「有効桁数四桁までどのように計算しているのですか？　計算尺では難しいでしょう？」

「掛け算や割り算は機械式計算機でしとる。そのために家にもう一台買うたんや」

「ええっ、手回しの機械式計算機を使って、ですか？　自分でも買ったのですか？」

これには驚いた。まだ電卓のない時代である。設計技術者たちは、そのころ普通の強度計算には、計算尺を使っていた。加減の計算には算盤《そろばん》が便利であり、計算尺と算盤が強度計算の必需品であった。しかし、計算尺ではよほど使用に熟練しないと正確な数値を読み取ることは難しい。読み取り精度には個人差もある。桁数の多い掛け算、割り算には、対数表による計算や機械式計算機が確かであるが、操作は複雑で時間がかかる。ばね定数の計算は大して難しい計算ではないが根気のいる仕事だ。多田は機械式計算機を使ってその計算をしているのだ。亮作は内心ではあきれながらも、感心して多田に言った。

「大変な計算ですね。でも、完成したら設計者たちは便利になりますね」

多田は、亮作が感心したことがうれしかったらしく上機嫌だった。

「そうや。できたら、もちろん会社の全部の設計者に使ってもらうつもりやで」

そのあと多田は何事もなかったかのように計算を始めたので、亮作は席に帰った。

亮作は感心した。多田さんは設計者全部の能率向上のために、夜まで会社に残ってばね定数の設計基準を作っている。すでに六百時間もかけており、計算表はかなりの形になっている。自分だけのためでなく、会社のために自分の時間を犠牲にしている。何よりも会社第一、設計者はかくあるべきとの姿勢を自ら示しているのか。

しかし一方、亮作は感心ばかりしている訳ではなかった。幾つか疑問を感じていた。本当にそんな計算表は作る必要があるのか。それに、単純だが膨大な計算を手計算で行う必要があるかという疑問である。

亮作は修士論文作成のために当時の大型コンピュータを使ったことがある。論文のテーマに選んだフライス盤による切削量と工具にかかる力と機械振動の変化の関係について、自分が立てた仮説に基づく計算値を実験値と比較するためだった。様々な条件を狭《せば》めながら複雑な計算をしてゆく必要があったのでとても手計算でできるものではなく、コンピュータを使うことで可能な計算だった。今のように便利なパソコンはなく、フォートランと呼ばれる言語を使ってプログラムを書き、計算データとプログラムを何百枚ものカードに打ちこみ、図体の大きいコンピュータで計算したのだ。

当時、亮作が学んだ大学の工学部には、その計算ができるコンピュータは一台しかなかったので、使用時間を登録し順番を待って計算した。最初はプログラムやデータのインプットミスでうまく計算できず、何回かやり直しが必要だった。コンピュータの空き時間が少なく、研究者や大学院の学生は奪い合うようにして使ったので、深夜や早朝に時間を見つけて計算したことも珍しくなかった。あれに比べるとばね定数の計算の方が単純だ。会社にある大型コンピュータを使えば短時間でできる。多田がやっている範囲の計算なら、仕事の時間も使ってそれだけに集中すれば二、三週間もあればできるのではないか。

亮作はコンピュータを使うことを多田に提案しようと考えた。多田がプログラムを作ったりコンピュータの操作ができないのなら、自分で手伝うことができる。そうすれば今からの計算はずっと短縮されるので、多田も今のように苦労してサービス残業を続ける必要がない。他の設計者も早く便利なデータを使うことができる。

しかし、亮作は多田にこの考えを言うべきかどうか迷った。多田が見せてくれた計算表を思い出したからである。アンモニアコピーができるように、Ａ４サイズに切りそろえた半透明の製図用紙に黒インキで見事に数字が並んでいる。すでに二年以上の時間をかけ、何十ページもの表を作っている。阪神重工の産業機械部門で使用するばねを網羅するだけでも、あと二年以上はかかると多田は言ったが、その時の多田の目は生き生きと輝いていた。今や多田はこの皆のために「ばね定数の表」を作成することに生きがいを感じているようでもある。コンピュータを使って手伝うと言えば、職人気質で負けん気の強い多田は、大きなお世話だと反発するのではないか。結局、亮作は多田には言い出すことができず、やむを得ず多田のすることを静かに見守ることにした。

それから一か月が過ぎ、桜の季節となった。四月初めのある日曜日に、高分子機械設計課は恒例の花見の宴を開き、前年に入社した亮作は幹事となった。花見をしたのは、源平の古戦場に近い瀬戸内海に迫った公園で桜の名所である。花見は社員の慰労を兼ねており、課員の家族も参加することになっていた。弁当や酒代などの費用は会社負担である。課員の半分以上は独身だったので、家族を入れても参加者は三十人余りにしかならなかった。

亮作は多田が妻と二人の娘をつれて参加するものと考えていたのだが、その日やって来たのは妻と二人の娘だけだった。娘は小学六年生と四年生である。亮作は半年ほど前に多田の社宅を訪ねたことがあるので、そのときすでに妻や娘たちとは顔見知りであった。多田の姿が見えないので、亮作は多田の妻に尋ねた。

「奥さん、多田さんはどうしたのですか？　遅れていらっしゃるのですか？」

多田は晩婚で妻とは一回りも歳が離れていると聞いていたが、多田の妻は小柄で色白で、実際の歳より若く見える。彼女はちょっと困ったような表情をして答えた。

「一人でやりたいことがあるので、お前たちだけで行ってきなさいと言うのですよ」

「やりたいことがあると言うのですか？　お休みの日なのに何でしょうね。それで今日の花見にはこられないのですね？　毎年そうなんですか？」

「いいえ、毎年という訳ではないのですよ。でも、そう言えば、去年も来ませんでしたね」

「ところで奥さん、多田さんがやりたいことって、何か分かりますか？」

「よく分かりませんけど、何かの計算みたいですよ。この所、主人は休みの日でも一生懸命に何か計算しているようです。家族や子供のことなんか、ほったらかしですわ。それより常川さん、主人はあんなに熱心に何の計算をしているのでしょうか？　私が聞いても主人は大事な計算だとしか言ってくれないのですよ」

「ああ、それなら、ばねの計算をしておられるのだと思います。全部の設計者のためだと言って、定時後など一人で熱心にやっておられますからね」

「大事な計算なのですね。でも、本当にあんなに根を詰めてやる必要があるんですか？　毎日帰ってくるのが遅いので、そのうち主人が身体を壊さないか心配なんです」

多田はこのところ毎日少なくとも午後九時まで、時には十時、十一時までサービス残業をしてばね定数の計算をしている。亮作は答えて言った。

「そうですね。多田さんは少しでも早くばねの計算表を完成してしまいたいので、頑張っておられるのでしょうけれど…」

その日は午前中曇りで花冷えという表現がぴったりの寒い日だった。それでも宴の始まる正午頃から雲が消えて暖かい春の日差しが射し始めた。幹事役の亮作は酒の肴を用意したり弁当やおやつを配ったりで忙しかったが、時々は多田のことを考えていた。

多田は家族といっしょの花見にも来ないでばね定数の計算をしている。こんな状態なら、設計者のためだけでなく、多田の家族のためにも、自分が手伝って早く仕上げてしまうべきではないか。華やかに咲いた桜の下で寂しそうに寄り添っている多田夫人と二人の娘を見ると、その思いが段々と強くなった。

明くる日の月曜日は当然出勤日だった。花見は昼間だったので、さすがに二日酔いの課員はいない。皆、昨日の花見のことは話題にもせず、黙々と仕事をしているように見える。亮作は昨日考えたことを言おうと思い、多田の席に向かった。

「多田さん、おはようございます。お話ししたいことがあるのですが良いでしょうか？」

「おはよう。話しってなんや？　ここでええか？」

設計者のために、小さな会議室が三箇所用意してあったので、少し込み入った話や会議、打ち合わせのためには会議室を利用することになっていたからである。

亮作は「ここで良いと思いますが」と言いながら、多田の席の前にある椅子に座った。

「多田さん、昨日は来られませんでしたね。ばね定数の計算をやっていたのですね」

「そうなんや。つきあいが悪うて申し訳なかったなぁ」

「多田さんが休日でもあんまり根を詰めてやられるので、奥さんも身体を壊さないかと心配されてましたよ」

「そんなに根を詰めてやっとる訳じゃないし、心配するなと家内に言うてあるよ。それより、休みの日でもあの計算をせんと、気になってしかたがないんや。ちょっとでも早う仕上げてしまいたいしな」

「ところで多田さん、できたらその計算、僕に手伝わせて頂く事はできませんか？」

「君がわしの計算を手伝うってか？　どないして手伝うつもりや」

「コンピュータを使うんです。大学院の学生のときコンピュータを使って複雑な計算をしたことがあるので、何とかなると思います」

コンピュータと言うのを聞いて、多田はやや複雑な表情を浮かべて言った。

「常川君、この席はようないな。他の人にも聞こえる。会議室に行って話しをしようか」

設計室は大部屋で課長の席だけは透明なパーティションで区切ってある。そのため多田と亮作の会話はほかの設計者にも聞こえるので、会議室で二人だけで話をしようと多田は言ったのだ。会議室に入り図面を広げるために用意してある大きな机の前の椅子に座ると、少しいらだった様子で多田は言った。

「常川君、コンピュータを使う言うて、わしがやっているような色々な場合を尽くせんとできん計算が、ほんまにできるんか？　もうちょっと説明してくれんか」

「僕は大学院の時に、コンピュータを使って複雑な計算をしたことがあるので、大体分かりますが、色々と条件をつけて範囲を絞り込む計算はコンピュータが得意ですよ。それに」

「それにって何や」

「悪いですけど、いまやっておられる計算なら、一か月もあればできると思いますが」

「何《なん》やって、一か月もあればできるって言うんか？」

「プログラムの作成やデータのインプットに時間がかかるだけで、計算そのものは速いんです。ですから、これだけに集中すれば一か月もあればできると思うのですよ」

一か月でできるということを聞いて、多田は急に不機嫌になった。顔色も少し赤くなった。多田は少し興奮気味に亮作に言った。

「一か月でできるんやて。大学出はじきにコンピュータとか難しい計算式を出してくるけど、おれがもう二年以上もかけている計算表が一か月でできるって、ほんまか？」

「集中すれば十分出来ると思いますよ」

「おれは色々と場合を尽くしながら、もう二年もかけて計算しとるんや。それが一か月ででけてたまるか。そうやないかな、常川君」

「怒らんで下さいよ、多田さん。コンピュータを使えば可能性があるんですよ」

「言うとくけどな、常川君。わしはこの計算を遊び半分でやっとるのとは違う。設計者全部の便利のためにちゃんと使える計算表を作るつもりなんや」

「コンピュータ使うと言っても、遊びじゃないですよ。もっと速く計算できるのです」

「わしはこのためにもう二年以上も頑張ったし、あと二年もすれば全部できる。誰の手伝いもいらん。一人でやるつもりや」

「僕は多田さんが毎日夜遅くまで頑張っておられること、そしていわば家庭も犠牲にして、計算表の作成をしておられることは偉いと思いますよ。しかし、多田さんにもっと楽をして欲しいから、お手伝いしたいと言っているんです」

「そうか。そやけど、常川君。君の手伝いはいらん。今までどおりの方法でやる。それからな、この際言うとくけどな、大学院を出とるからいうて、おれを馬鹿にしてはいかんぞ。それになぁ、じきにコンピュータ、コンピュータと言わんといてくれ」

「そんな、多田さん、馬鹿にするなんてとんでもないですよ。設計者としての多田さんを非常に尊敬しています。ただ、何とかお役に立ちたいだけです」

「もうええ、わしは工業学校しか出てへん。家が貧乏で工業学校を出してもらうのが精一杯やったんや。大学院まで行った君に、わしの気持ちが分かる訳はない」

亮作は親からの仕送りが期待できない環境にあり、アルバイトと奨学金だけで学校を出たので、「僕だって…」と自分の境遇について説明したくなったが、口には出して言わなかった。世話になっている多田を少しでも助けたいと思って言っただけに、亮作は大変当惑した。自分の提案が多田に誤解されたようなので、残念で何とも情けない気分だった。

職人気質、技術者気質の強い多田は、全て自分で計算し表を作ろうとしている。課長の大河内など大学卒に負けまいとする、多田の負けず嫌いの気持ちを強く感ずる。その気持ちは、亮作にも分からない訳ではなかった。むしろ十分理解できる。そして、多田の気持ちを理解してあげなければならないとも思った。結局その時、亮作はこれ以上この問題に関わるまいと思った。全く不本意ではあるが、今の多田の生きがいを奪ってはいけないと思うことで、その時はしぶしぶ自分を納得させたのだった。

五月になり、亮作が初めて設計を担当したプラスチック成型機が工場で完成した。その後、工場での試運転、客による立会い検査、出荷した後の客先での運転と引渡しなどで、二か月があっという間に過ぎた感じだった。埼玉県にあった納入先の会社に出張し調整運転と検査、引渡しを終えて亮作が会社に帰ったのは、七月の中旬になっていた。初めて担当した機械が無事に生産稼動し始めたことを確認したので、ほっとすると同時に設計者としての充実感を感じ、少し仕事に自信もつき始めた。

設計課に帰ると、亮作はすぐに課長の大河内に呼ばれ、二人の新人を紹介された。

「常川君、今年入った竹原文雄《たけはらふみお》君と松島仁《まつしまひとし》君だ。先輩として二人に色々教えてやってくれよ。これで、君にもやっと後輩社員ができたわけだ、よかったな」

二人は三か月の新入社員教育を終えて配属されたばかりだった。昨年は、大学、高校卒を含めて、配属されたのは亮作だけだったが、今年は二人の学卒が配属されたのだ。

文雄は関東の国立大学の大学院を修了し、松島は四国にある国立大学を卒業していた。電気専攻の松島の指導は電気制御担当の先輩が指導にあたることになったが、機械専攻の文雄の指導は亮作のときと同様に、多田があたることになった。そして、会社の一年先輩として亮作が指導補助者となった。

年齢が一つしか違わない文雄はすぐに何でも亮作に話をするようになった。地方の県立高校出身の亮作と違って、文雄は中高一貫の私立進学校出身で秀才タイプだった。

亮作は地方の農家に育ち、三人兄弟のうち大学まで行ったのも亮作だけだ。当時、男子の大学への進学率は全国平均でも十五％ほどだった。特に地方からの進学率は低く、子供を大学に行かせることができたのはかなり豊かな家だけだった。そんな状況で親の仕送りが期待できなかったことと、少しでも親から仕送りをしてもらうのは大学に行けなかった兄と弟に悪いと思ったので、奨学金とアルバイトだけで大学と大学院を終えた。いわば苦学生だったのだが、将来への希望に燃えた学生生活だったと思う。だが一方、青春を謳歌《おうか》するという学生生活から程遠かったとの思いもないことはない。

亮作と違って、文雄は豊かな家庭に育ち、何不自由のない学生生活を送ったようだった。それだけに思ったことを、相手の心情をあまり斟酌《しんしゃく》せずにずけずけと言うところがあった。亮作は時として当惑するときもあったが、悪びれず堂々と意見が言える文雄の育ちの良さをうらやましいと思うことはあっても、決して不愉快ではなかった。


文雄たちを紹介されてから三週間ほど過ぎた日の午後七時半ごろ、亮作が退社の準備をしていると、文雄が来て何個所も赤鉛筆で赤くなった図面を見せた。Ａ０《ゼロ》のサイズに描いた大型のゴム混練機フレームの図で複雑な溶接構造図である。新入社員の文雄なら、残業しても製図にたっぷり二週間はかかったはずだ。何とも無念そうな表情をしながら、文雄が言った。

「常川さん、見てください。多田さんに真っ赤にされてしまいましたよ。色鉛筆でこんなに濃く書かれたら消え難いので、後で直すのが大変ですよね」

亮作は、文雄が持ってきた図面を注意して見た。確かに図面は外形線も寸法線も太さにほとんど差がなく、寸法を示す数字の書き方も乱暴だ。多田は几帳面に一つ一つ訂正を求め、紛らわしい数字の書きなおしを命じている。それらを赤鉛筆で書いているので、図面が赤くなっているのだった。確かに赤鉛筆の線を消して、図面を直すのは骨が折れるだろう。

「去年は僕も同じように厳しくやられた。多田さんは始めの躾が肝心だと考えているのだろう。くやしいだろうけれど、そのうち、多田さんの赤鉛筆による指摘もだんだん減ってゆくよ。まあ、設計者は正確な図面が描けないと役に立たないからね」

亮作はこれを言った自分にはっとして、驚いていた。自分はもう多田の影響をかなり受けている。それを聞いて、文雄はまだ納得しかねる様子で、「そうかなあ……多田さん、僕の図面を目の敵《かたき》にしているような感じがするけど、考え過ぎかなあ……」と呟き、頭をひねるように動かしながら去った。

それから二か月間、亮作はプラスチック成型機の担当者として、忙しい日々を送った。購買の担当者と一緒に設計を担当した機械部品の外注先との詳細打ち合わせなどにも忙しくなり、設計課の自分の席を空けることも多かったので、多田や文雄とゆっくりと話をする事もほとんどなかった。

そうしている内に、十月の半ばになった。仕事を終えたある日の夕方、亮作は文雄を一杯飲み屋に誘った。中ジョッキのビールで乾杯したあと枝豆の皿に手をのばしながら、亮作は口を開いた。

「配属されてから三か月だね。多田さんの特訓は相変わらず厳しいかい？」

「そうですね、厳しいですね。常川さんと違って僕は図面が下手だから、多田さんは僕のことを目の敵にしていると思うくらいで、あい変わらず苦労してますよ」

「目の敵って、竹原君、そんなことはないと思うよ。多田さんは少しでも早く、君に一人前になってもらいたいのだよ」

「しかしですね、常川さん。僕たちは図面を描くために入社したわけではないでしょう？　もっと大事な役目がありますよね。第一、何年も製図をしている養成工や高卒の人たちに比べたら、図面が下手なことは仕方がないではありませんか」

「もちろん我々は図面を描くために入社した訳ではない。そうだとしても、図面を描くのは自分たちの役目ではないという態度はだめではないかな。これから設計を担当しても、段々と自分で図面を描く時間などとてもなくなる。そうなると、図面の作成はほとんど全部外注に出すしかなくなる訳だよ。しかし、そんな時、自分で描けないと外注先の描いた図面を素早くチェックする事もできないしね」

「それはそうですね。まあ、この話はこれくらいにしておきましょう。ところで常川さん、多田さんは夜、何かの計算をやってますね。あれは何の計算か知ってますか？」

「あれか？　多田さんは、当社の設計者のためにばね定数の表を作っているのだよ」

「手回しの機械式計算機と計算尺と算盤を使ってですか？」

「そう、設計者の便利のために長時間のサービス残業をしてね」

「へえ。それにしても、多田さんはもう長いことその計算をやっているのですかね？」

「もう二年以上かけているらしいよ。当社の産業機械の設計用のためには後二年くらいかかると、多田さんは言っているね」

「あんな計算、コンピュータを使えば速くできるのにね。常川さん、コンピュータを使うことを、多田さんと話したことがありますか？」

「もちろん話しをしたことはあるよ。しかしね…」

亮作は三か月ほどまえに多田と話したときのことを文雄に話した。サービス残業だけでなく、家族まで犠牲にして家で計算をしていることにも触れ、何とかコンピュータを使って手伝ってあげたいと言ったことも話した。コンピュータを使うことに多田が激しく抵抗したので、多田の意思を尊重し手伝うことを断念したことも。

文雄は黙って話を聞いていたが、終わると暫く考えてから、

「常川さんの言った事はわかるけど、やはり僕たちで手伝ってコンピュータを使い、ばね定数の表を早く完成すべきだと思いますよ。もう一度多田さんに話をしてみましょうよ」

と主張した。そのあと文雄は大学院での自分の経験を話した。文雄はコンピュータの使用については、亮作より得意でその使用にも慣れているようだった。曲《ま》がり歯《ば》はすば傘歯車《かさはぐるま》*4の新しい強度計算の方法についての修士論文を書いた文雄は、亮作の知らない型式のコンピュータを使って、幾

つかの計算シミュレーションをしていたのだ。

亮作は文雄の話のあと暫く間をおいてから、それに応えて言った。

「いや、話しても無駄だと思うよ。最早、自分ひとりであの計算表を作ることは多田さんの生きがいになっているようだからね」

「でも多田さんは家庭まで犠牲にしているのでしょう？　今の話では、今のままでは奥さんや子供さんが可哀想じゃないですか？　あれしか他に方法がないのなら仕方がないけれども、コンピュータを使ってやればずっと速く正確に計算できるのですからね」

「それも言ったんだよ。でも多田さんは頑として聞かないのだ。だから結局のところ、僕も手伝うのを諦めたというわけだよ」

「常川さん、それで課長とはこの件で話をしたことがありますか？」

「いや、そう言えばないね」

「それなら、まずは課長に相談して見ませんか？　ばね定数の計算表ができれば、設計者は便利になるので、これは我々全体の問題でもあるのですからね」

「そうだな。これは多田さん一人の問題ではないよね」

こうして、二人は近いうちにこの問題で課長の大河内に相談することになった。

翌週の月曜日の午後、亮作は文雄とともに大河内の席に行った。その日は、パーティションで囲まれた課長席の隣席の多田が出張のため不在で、良い機会だと考えたからである。二人で課長に相談に行くのは初めてだった。始めに亮作が口を開いた。

「課長、お話があるのですが。お忙しいとは思いますけれども……」

「おや、常川君と竹原君が一緒に来るとは珍しいね。今日は二人して一体何事かね」

「多田さんの件で、ちょっと相談があるのですが」

「ほう、多田さんに何か言いたい事があるのかな？」

「そうではなくて、多田さんが作成しているばね定数の計算表の件についてですよ」

亮作と文雄は先週ビールを飲みながら相談したことを大河内に話した。二人で、コンピュータを使って計算表を仕上げ、多田に速く楽になってもらいたい旨を伝えた。

「その件なんだがね」

黙って静かに聞いていた大河内は、二人の話が終わったあと口を開いた。

「私もこの件で多田さんとは何回か話をしたよ。多田さんが計算を始める前にも、あれば便利だが設計者にとってどうしても必要と言うほどのものでもない、多田さんにはもっと得意な分野で頑張ってくださいと言った。それでも私の言う事を聞かず、多田さんは計算表の作成を始めた。それなら、私は若い連中に手伝ってもらって、コンピュータを使ってやってしまおうとも提案したのだけれども、多田さんは決して本来の仕事には手を抜かないから自分ひとりでやらせてくれと、言ってね。本当は、今でも多田さんにはあんな計算にエネルギーを使って欲しくないのだがね」

それを聞いて、文雄が言った。

「家でも、この計算に熱中して、最近は家庭をほったらかしにしているので、奥さんが心配していることを、課長はご存知ですよね？」

「そのことは私も聞いており、心を痛めている。昔の円周率の計算でもあるまいし、あんなにすることはないのだが」

これを聞いて、文雄が「円周率の計算ですか？」と大河内に尋ねた。

「古代ギリシャの時代から多くの数学者が円周率の計算に挑戦したことを知っているだろう？　今でこそ百万桁以上まで円周率は計算されているそうだが、コンピュータが実用化されるまでの円周率の計算は大変で、数百桁までの計算にそれこそ一人の数学者が生涯をかけるような計算だったと言うじゃないか」

そのあと大河内は、十九世紀の半ばのヨーロッパに一生をかけて七百七桁まで計算した数学者がいたが、本人が世を去って何年もしてから五二八桁以後が間違っていることが判明したことなどの話をした後、話を続けた。

「その数学者は貴族の援助を受けており生活に困らなかったので、趣味で円周率の計算に生涯をかけることができたが、私たちのように企業に勤めるものにはそんな余裕がない。だから、いくら本来の仕事に手を抜かないと言っても、多田さんには、ばね定数の計算表などに時間とエネルギーを使って欲しくないのだがねぇ」

話しぶりから、大河内が多田に膨大な計算をやめさせなかったことを今になって後悔し、少なからず反省をしていることを亮作は感じた。

三人は意見を出し合ったが、結論として大河内が多田をもう一度説得して、コンピュータを使ってばね定数の計算表を早く完成させることになった。もちろん亮作と文雄が全面的に手伝う。ただ亮作は、この話し合いの後も、多田がおとなしく説得に応じないのではないかと考えていた。

それから一週間あまりが過ぎた日の朝、亮作と文雄は大河内に呼ばれた。課長席の前の椅子に二人がすわると、大河内は口を開いた。

「例の件、多田さんが何とか納得してくれたよ。だから、これから二人で多田さんを手伝って、残りの計算をできるだけ速く仕上げて欲しい」

亮作は、「それにしても、多田さんがよく納得してくれましたねぇ」と言いそうになったが、あやうくその言葉を飲み込んだ。その雰囲気を察したのか、大河内が続けた。

「多田さんはやはり始めのうち強く抵抗してね。三回めの説得で折れてくれたのだ。もう二年以上かけており半分ほど完成しているので、最後まで一人でやらせて欲しいと言いはるんだ。でも、今回は私も皆の仕事の管理責任者として頑張らせてもらったよ」

このあと大河内は、ちょっと考えこむようにして黙ったが、続けて口を開いた。

「色々あったが結局多田さんが最後に承諾したのは、本人もあの計算に疲れていたからではないか、と私は思う。本人は言わないが、そろそろ潮時と考えたのではないかな」

それを聞いて、亮作が言った。

「そうであったにしても、僕たちが言うのであれば、多田さんは決して承諾しなかったでしょうね。課長に相談して本当に良かったと思いますよ」

「ところで、この際二人に言っておくが、この計算は多田さん担当の計算とするよ。君たちは多田さんの補助者だ。だから、色々な計算条件の設定など細かい点まで多田さんの指示に従うことだ。コンピュータを使えない多田さんに代わって、あくまでも君たちがコンピュータを使って手伝うのだと、考えてくれないか」

「それでは、僕たちは計算書の補助者欄に印鑑を押すのですね？」

「そうだよ。担当者欄はあくまで多田さんだ。これまでの二年の苦労を察してあげようではないか。二人とも不満かな？」

「不満だなんて、とんでもないです。久しぶりに大型コンピュータが使えるだけでも、僕はうれしいんです。竹原君もそうだよね」

「もちろんそうですよ。早く多田さんが楽になるようにお手伝いしたいだけですよ」

明くる日の午後、亮作は多田と文雄とともに会議室にこもり、今後の計算方針について話し合った。大河内の説得が効いたのか、多田の態度には今までの頑固さはあまり感じられなかった。淡々と二人の意見を聞き自分がしてきたことを説明した。ただ亮作は、多田が今までより言葉少なく幾分沈んでいるように感じた。

二人はそれまでに多田が完成した計算表を見せてもらい、ばね線径（ばねワイヤの直径）、ばねの直径、巻数などの計算条件についての多田が計算してきた方法、方針を聞いた。多田は阪神重工の産業機械を全部調べており、実際の計算に着手する前に会社で使われる可能性のあるばねのサイズ、種類をすべて厳密にまとめていた。亮作はこれには感心し、多田から学ぶべきところの多いことを改めて思った。

多田はすでに、阪神重工の産業機械で使用されている多くのばねのうち、およそ半分についての計算表を完成していた。あと半分のばねについて計算すれば、全社で必要なばねをすべてカバーできる。残りのばねの種類について、亮作と文雄がコンピュータを使って計算することが、その日の二時間に亘る打ち合わせで決まった。話し合いを終えたとき、

「おれは、コンピュータの使い方は知らんからこれ以上は君らの手伝いはでけへんけど、何かあればいつでも言ってくれよ。まぁ、よろしゅう頼みますわ」

と多田は言って二人に頭を下げた。多田が二人に頭を下げるのは初めてだったので、亮作は驚いて戸惑った。だが、その時の多田には、いつものいかにも頑張っているとの頑固さは感じられなかった。むしろ面倒な計算から解放されてほっとしたという表情が見られないこともなかった。ただ、それ以上にどこか寂しそうだと亮作は感じた。


明くる日から、亮作と文雄は毎日少しの時間でもばね定数計算のために使うようにした。日常業務があり、多くても一日に三時間ほどしかこれに集中することはできなかったが、計算は予想より時間がかかった。二人で相談してフォートラン言語を使って計算用のプログラムを作るだけでも二週間かかった。簡単な例でプログラムの機能を確認してから、必要なデータをカードにインプットし会社の大型コンピュータにかける。コンピュータを使うためには申し込んでから順番を待たねばならない。学生時代と同じように、計算できるのは深夜になることもあったが、若い二人には全く

苦にならなかった。

そして、開始してから一か月半経ってから、多田が残していた約半分のばね定数の計算表が完成した。試みに色々な条件でその中の値を手計算で確認して見たが、得られた計算値は正しい。コンピュータによる計算の正しさが確認できたので、念のため更に二週間かけて多田がそれまでに計算した計算表についても再計算をしてみた。もちろん多田の了解を得てからである。その結果、多田の計算には十数箇所の計算違いが見つかった。しかし、膨大な手計算の割に計算ミスは極めて少ないと言うべきだった。こうして、多田が家庭を犠牲にして手計算で完成したほぼ同じ数の計算を、二人とコンピュータは二か月足らずで完成することが出来たのだ。

多田が二年をかけて手計算で作成した部分と合わせて一二四ページの報告書になった時は、すでに新しい年の一月半ばになっていた。多田による手書きの部分は最小限の訂正にとどめてそのままとし、表題も多田の手による毛筆で「産業機械、ばね定数《じょうすう》の計算表」にした。竹原と亮作が補助者欄に多田が担当者欄に大河内が承認欄にそれぞれ捺印して、阪神重工の産業機械関係の全設計課に配布された。

ばね定数計算表を各設計課に配布した日の夜、大河内課長は多田と亮作と文雄を一杯飲み屋に誘った。季節は真冬だった。四人が一緒に酒を飲むのは、前年七月の文雄たち新入社員の歓迎会以来だ。寒い夜だったが暖房がよく効いていた。はじめにビールで乾杯した後、大河内が口を開いた。

「三人ともこの度はご苦労様でした。多田さん、念願の計算表ができて良かったですね」

多田は少し沈んだ様子だったが、それに答えて低い声で言った。

「そうですね、ありがとうございます。そやけど頑張ってくれたのは常川君と竹原君で、私はあまり役にたっていません。できたのは、二人のお蔭ですわぁ」

多田の言い方は長いあいだ懸案だった計算表が完成してうれしいと言うより、どこか投げやりな感じがした。大河内は続けて言った。

「多田さん、確かに二人はよくやってくれましたよ。だけど、多田さんがいなければあの計算はできていません。第一、多田さんが先に方針を決めて半分近くも計算していたから、コンピュータを使って仕上げることができたのですよ。だから、やはり多田さんが最大の功労者です。本当にお疲れ様でした。まぁ、今夜はゆっくりと飲みましょう」

「そうですね。今日は特に若い二人のための慰労会にしましょう」

と多田は言ったが、その夜はその後も陽気に振舞うのではなく、静かだった。

多田は酒を飲める方ではなく、宴会でもはしゃいだり先輩らしく色々な話をするタイプではなかった。だが、その日は特に静かで三人が話しかけなければ自分から何も言い出さない有様だった。せっかく三人の労をねぎらう宴にしようとした大河内だったが、その夜の多田の扱いに困ったようだ。亮作も多田に対して何を話してよいのか途方にくれる思いがした。もっとも、大河内が「若い君たちはしっかり栄養をとってくれ」、と言いながら次々に肉や魚の一品料理を注文してくれたので、亮作と文雄は専ら食べる事と飲むことに専念すればよかった。何しろ独身寮の普段の料理よりよほどおいしい。

しばらくして、多田の方から口を開いた。

「常川君、わしの計算ようけ間違っとったなぁ。一生懸命計算したんやけどな」

二年以上かけて計算した一千以上のばね定数の計算値のうち、十数個に計算ミスが見つかったが、基本的な間違いではなく計算精度の問題とでもいうべき間違いだった。亮作は、

「多田さん、あれは計算ミスというほどのものじゃないですよ。それもわずかです」

「そう言ってくれるのはありがたいが、やはり間違いや。ほんまに情けない」

二人の会話に大河内が口を挟んだ。

「常川君の言うとおりです。膨大な計算でたった十数個の間違いですから、ほとんど計算ミスがなかったと言うべきです。自分のしたことにもっと自信をもってくださいよ」

「課長まで私を慰めてくださって、ありがとうございます。そやけど、そんなに慰められると、かえってつらいもんですわ。間違いは間違いですから」

「まぁ、多田さんが執念を傾けたばね定数の計算表がこうして完成した訳ですから、今日はお祝いしましょう。さぁもう一度乾杯といきましょうよ」

と言って、大河内は再びビールのグラスを上げた。あまり気乗りがしないようだったが、多田も半分ほどビールの入ったグラスをあげてそれに応じた。

しばらくたってから、多田が再び口を開いた。

「わしが二年以上かけた計算を常川君と竹原君は、コンピュータを使って短い時間にやってしまいましたな。それを考えると、わしは二年間何をやっとったんですかね。結局、あほで無駄な努力を

していただけなんですね」

これには、三人とも相槌をうつ訳にはいかず黙っていた。続いて多田は、

「やっぱり学問は大事ですね。わしなんか、大学を出てへんからあかんですわ」

これに対し、困った表情の課長の大河内が答えるように言った。

「そんなこと言わないでくださいよ。多田さんの設計者としての実力は今更言うまでもありません。多田さんのことは皆が尊敬していますよ。それに、ばね定数の計算だって、多田さんの二年間の執念があったからできたのです。これからも若い設計者を厳しく指導してやってください。改めてよろしくお願いしますよ」

大河内の言い方には多田に対する真の敬意が感じられたので、聞いている亮作も気分が良かった。それでも多田の表情は沈みこんだままであり、大河内課長による慰労会は結局最後まで盛り上がらなかった。亮作は、やはり自分たちは手伝わずばね定数の計算は最後まで多田に任せておいたほうが良かったのか、と考えながら独身寮に帰ったのだった。


ばね定数の表が完成してからの多田は、以前のように夜遅くまで会社に残らず、他の大半の設計者と同じく普段は遅くても午後八時までに退社するようになった。これで、家族も安心だろうと、亮作は夫人と娘たちの顔を思い出しながら何よりうれしく思った。ところが同時に、以前多田から感じられた、張り詰めたような厳しさがなくなっているようにも感じ、さみしい思いもしたのだった。

その後の亮作は産業機械設計者として段々と忙しくなり、責任も重くなっていった。入社して二年が過ぎた夏、ばね定数の表が完成してから約半年あまり後のことだが、亮作は一台が六千万円ほどする新型の大型プラスチック成型機の開発を担当することになった。それまでは担当と言っても実績のある機種の部分的な設計変更をするだけで良かったが、新機種の開発となると千枚もの新しい図面を作成しなければならない。多田と大河内が重要部分の指導をし、図面のチェックをするが、大部分は担当者の判断に任される。

実際の開発設計の段階で、亮作は頻繁に多田の助言を求めた。その必要があったからである。全くの新設計となると、安全扉のハンドルのように小さな部分でも迷うことが多いが、多田は豊富な経験から適切な助言をしてくれた。更には限られた空間でのメカニズムの組み込みなど、自分の特に得意な分野では自ら図面を描いてくれさえした。

開発開始後六か月ほどが過ぎ、また新しい年が始まった。開発は細かい部品図の出図段階で設計終了も間近だった。その日は月曜日だったが、多田が白いマスクをしていつものように亮作が作成した部品図をチェックしているのに気がついた。亮作は多田に尋ねた。

「多田さん、お風邪ですね。休まなくても大丈夫ですか？」

「いや、大したことはない。それより新設計は最後の詰めが大事やで」

と言って黙々と図面のチェックを続けた。しかし、微熱があるらしく苦しそうだった。

こんな状態で、その週ずっと多田はマスクをしたまま出勤した。木曜日になって、さすがに苦しそうに見えたので、亮作は多田に言った。

「多田さん、しんどそうですね。お願いですから、もう休んで風邪を直してください」

しかし、多田は、これくらいの風邪では休む訳にはいかない。それより、せっかく常川君の初の大仕事だから、間違いのないように最後まで手伝わせてもらう、と言って結局その週は金曜日までマスクをしたまま出勤した。

結果として、この週頑張りすぎたのが災いした。翌日の土曜日、多田は高熱が出た。そして日曜日には、肺炎の恐れが強いとして急遽入院した。入院したのは阪神重工直属の総合病院だった。もともと痩せていて、丈夫だとは言えない体であるのに、風邪を押して出勤したのがこたえたのだろう。亮作は、それと同時にばね定数の表の計算で二年以上に亘って夜遅くまで無理したことが今になって影響しているのではないかと心配だった。

亮作は翌日の月曜日の昼休みに多田を見舞った。病院は仕事場から歩いて行ける距離にあった。夫人に付き添われた多田はベッドに横たわったままだったが、目を覚ましており予想していたより元気そうに見えた。亮作を見ると弱々しい声で言った。

「常川君か。大事な時に休んでしもうて、すまんなぁ」

「何を言っているんです、多田さん。そんなことより仕事のことは忘れて、ゆっくり静養して早く元気になってくださいよ」

「うん、そやな、そうさせて貰うつもりや。常川君、今の仕事あともうちょっとやなぁ。今まで君はよう頑張った。大事なところはわしも注意してチェックしたから大丈夫と思うけど、設計は最後が大事やで。これからも気を抜かんとしっかりやれよ」

「はい、頑張りますよ。ここまで出来たのも多田さんのお蔭です。本当に色々とありがとうございました」

その時はまた来ますからと言って別れたが、亮作は多田のものの言い方が気になった。それに、帰りに病室の外まで見送ってくれた夫人の表情が非常に暗かったことが、職場に帰ってからも気がかりだった。

亮作が心配したように、明くる日から多田の病状は急速に悪化した。抗生物質も効かなかったらしい。面会謝絶になったため、亮作たちは見舞いにも行けなくなった。そして、金曜日の午後遅く多田の死亡が職場に伝えられた。入院してから七日めであり、多田の五十二歳の誕生日から一か月あまり経っていた。

葬儀は翌々日の日曜日の午後に市の中心部に近い斎場で行われ、家族親戚関係者以外に阪神重工とその取引先、部品の外注先などから二百人ほどが参列した。朝から冷たい雨の降る日で、ときおり雨に霙《みぞれ》が混じった。

焼香を終えて喪主の多田夫人に挨拶するとき、亮作は言いようのないほどつらい思いがした。亮作が担当する仕事のチェックのために、風邪で微熱があるのに無理をして仕事を続けたことが、多田の早い死につながったと思ったからである。喪服姿の多田夫人は、ほとんど同じ背丈に成長した二人の娘に両脇から支えられるようにして立っていたが、憔悴のはげしい彼女の顔が、透き通るように青白かったことにも、亮作の心は痛んだ。

多田の忌明けの後二週間ほどしてから、多田夫人は阪神重工の総務部で採用され事務員として働くことになり、家族は社宅にもそのまま住めることになった。阪神重工では業務上の事故で従業員が死去した場合、生活のために配偶者を何らかの形で採用する制度があった。多田の場合は事故死ではなかったが、事故死相当とされたのだ。このために人事課との交渉など大河内の大きな努力があったと言われている。

亮作が担当した大型の新型機は、多田の死後二か月あまりで完成した。試運転段階でいくつかの問題は発生したが二度の徹夜作業で解決でき、無事客先に納められ稼動し始めた。その間亮作はそれまでにないほど忙しい日々が続いたが、設計者として初の大仕事がまずまずの成功だったことに安堵したのだった。

それから三十六年が過ぎた。亮作はそのあいだ阪神重工内で幾つか部署を経験しそれなりの地位についたが、基本的にずっと産業機械の設計、開発の仕事にたずさわってきた。外国の会社との共同開発も多かったので、色々な国に出張し数年間のアメリカ駐在も経験した。慣れない外国語での技術打ち合わせの際に相手から何とか信用を得ることができたのも、必要なときに彼らの前で素早くきちんとした図面を描いて説明できたことが理由の一つだと、亮作は考えている。これも多田が厳しく図面作成の指導をしてくれたお蔭だと思うと、亮作は多田の指導を受けた三年が非常に貴重な時間として思い出されるのだった。

この度、「阪神重工八十年史」が完成した。ハードカバーのB5判で四百頁もある堂々たる社史である。その中ほどに息抜きのようなトーンで、「阪神重工の八十年、思い出の技術者たち」と題された章が設けられた。そこに記載された二十人の技術者の一人として、多田康博がモノクロームの写真入で次のように紹介されている。

「多田康博。プラスチック成型機やゴム加硫機の設計に従事。減速機など複雑なメカニズムの設計とそれを限られた空間内に納めることに抜群の実力を発揮し業績を上げるとともに、機械設計製図についてよく後進の指導をした。更に担当業務の合間に〔ばね定数の計算表〕を完成し、当社産業機械の設計標準化に貢献した」

これは亮作が書いた文章であるが、スペース制限のためこれ以上の記載が許されなかったことが亮作は不満であった。

（注）

＊1、CAD：コンピュータを用いた製図方法、装置の総称

＊2、T定規：T字形をした長い定規

＊3、ドラフター：機械式の製図装置

＊4、曲がり歯はすば傘歯車：なめらかな動力伝達のための特殊な歯車

シンディー・オーシェスキーの新居

シンディー・オーシェスキーがマイホームを買ったことを聞いたのは、七月下旬のことだった。シンディーは会社の技術部で働く私の部下の一人で、まだ二十代後半と若く結婚して一年も経っていないにも関わらず、会社から車で二十分くらいのオーロラ村にある大きな家を購入したというのだ。

後に日本経済のバブルの時期と言われるようになった頃のことだ。私は神戸にある産業機械メーカーが米国オハイオ州北部の田舎町に設立した子会社に勤務していて、単身赴任生活が一年と二か月になろうとしていた。

会社には従業員が百人あまりいて、技術部には私の他に二十五人のアメリカ人が働いていた。もともと神戸の親会社と似たような機械を製造し販売していた現地の会社を買収して設立した会社であり、一部の幹部を除いて大多数の従業員を前の会社から引き継いでいる。シンディーは引き継いだ設計技術者の一人である。

私には会社の技術部門の総責任者としての大層な肩書きがついていたが、部下に有能なアメリカ人技術者がいたので、買収したもとの会社の製品については基本的に彼らに任せておけばよかった。私の最も重要な任務は親会社の製品を円滑に現地製造することであり、そのためには製作図面の現地化から部品の外注先との技術折衝までを行う必要があった。それまで経験したことのないアメリカ人に囲まれた仕事のため緊張感はあったものの、際限なく要求される原価低減に追いたてられるというような日本の本社にいた時に感じていた切迫感から開放されていたので、むしろ気が楽であった。何といっても、週末だけでなく夏には週日でも仕事の後ゴルフができるなど、日本にいた時よりずっと余暇を楽しんでいた。

シンディーが家を買った話を聞いてから二週間ほどが過ぎた日の夕方、私はアメリカ人たちが帰った後、自分の個室で日本の本社との連絡のためファックスを書いていた。個室と言っても、技術室とはガラス張りのパーティションで仕切られた六畳ほどの広さの部屋である。今では信じられない思いがするが当時はまだ電子メールがなく、電話とファックスが日本との主な交信手段だった。

アメリカ人たちは必要なら朝は二時間でも早く出勤するが、夕方はよほどの場合でない限り、午後五時になるとさっさと会社を去る。夕方から夜にかけての家族とともに過ごす時間を、何よりも大切にするからである。私は彼らが帰り静かになってからの二時間を使って本社との交信をすることを日課としていた。

その日は、めずらしく、アメリカ人の中で一人だけ残業していたシンディーが、六時頃に、今日はもう帰りますと挨拶に来た。私は良い機会だと思って、

「お疲れさまでした、シンディー。ところで、最近、家を買ったんだって？」

と尋ねた。何か新居のお祝いをしたいと考えていたからである。

「はい、いい物件が見つかったので、マイクと検討して買ったんですよ」

マイクというのはシンディーの夫で、私は三か月ほど前に会社のボーリング大会で会った事がある。身長が一メートル九十センチを超える大男で、いかにもアメリカ中西部の男らしい快活さと素朴さを感じさせる人物だった。なお、シンディーも一メートル八十センチ以上あり、私より十センチも高い。

「それで、新居の住み心地はどうですか？　快適ですか？」

「まだ引っ越してから一か月で、家の中の整理中なのでよく分かりませんけれど、樹木に囲まれて静かな所なんですよ。建物も庭も二人には広すぎるくらいですわ」

「若いのに家を買うなんてすごいね。後で何か小さなお祝いの品を贈りますよ」

「ありがとう、ケン。落ち着いたら、一度あなたを新居に招待しますわ」

私は、当時アメリカ人たちからケンと呼ばれていた。それからシンディーは、五秒ほど間をおき、小さな決心でもするかのような表情をして言った。

「でもね、私たちの新居にはときどき幽霊が出ますのよ」

「ええっ、幽霊ですか？　まさか、冗談でしょう？」

「いいえ、本当ですの。でもね、その幽霊、ちっとも怖くないのですよ。昼間しか出ないし、何も悪さをする訳ではないですからね」

彼女の話によると、幽霊はシンディー夫妻がいっしょに室内にいるときだけ現れる。そうは言っても、二人はその幽霊の姿を見たことがない。静かな日曜日の午後など、二人がリビングルームのソファーでくつろいでいるとき、時おり突然そばに誰かが来て空いている椅子やソファーに座るような雰囲気がして、そして、ものの五分もするとドアを開けて静かに出て行く。ドアを開けて出て行くことが分かるのは、そのとき幽かだがはっきりとドアが開閉する音がするからである。こんな場合、シンディーだけでなく、同時にマイクもまったく同じことを感じるので、二人とも幽霊がいることを信じるようになった、と言うのだ。

彼女はさらに続けて言う。

「この辺りでは、幽霊が出るのは特にめずらしいことではないのですよ。古い家を買って引越した人が時おり経験するらしいです。何でも、過去その家に住んでいた人の霊がそんな形で現れるのだと言われていますわ」

「そう？　それで、そんな幽霊はいつまでも新しい住人につきまとうのですか？」

「いいえ、ほとんどの場合、短期間のことだと言いますよ。幽霊は、新しい住人に対して自分が過去そこにいたという証《あかし》を示すために、しばらくのあいだ現れるのですって。そして、新しい住人がその家に慣れて落ち着いてくると、いつの間にか出なくなると言われていますわ」

「そう？　オハイオの幽霊という訳ですね。それで、幽霊が来たと思われるときは、あやしげな風が吹いたりするのですか？　やはり気色が悪いでしょうね」

「いいえ、特別の風なんか吹きませんよ。それに、別に気味悪いことなんかないですわ。二人で静かに話している時などに、あっ来たなと思うのですね。そんなとき初めは二人とも黙ってしまったのですが、この頃は幽霊がそばに来たなと感じても、二人で顔を見合わせてから、それまでよりちょっと声を小さくして、そのまま会話を続けるのです。彼女、いいえその幽霊がいかにもほんのしばらくの間、私たちと一緒にいたいという気持ちが感じられて、むしろ可愛いなと思うくらいですわ」

「彼女って？　姿が見えない幽霊が女性であると、どうして分かるのですか？」

「だって、雰囲気からして女性に違いありません。それも、かなり高齢のおばあさんですよ。きっと、品の良いおばあさんですわ」

シンディーはそう言ってから、その日は帰った。

この話を聞いて、私はとても良い話だと思った。多くの人が何よりも経済的成功をめざし、豊かさと効率ばかりを重んじているように見えるアメリカに幽霊が出る。それを多くのアメリカ人たちがむしろ暖かく受け入れているのだ。

それから二か月あまりが過ぎ、十月になった。

この二か月は私にとって適度に忙しい日々であり、会社の業績はまずまず順調だった。日本の本社の製品である機械の製造を予定どおり始め、出荷できるようになった。自分の任務も何とか遂行されつつあったので、それなりに充実感も感じていた。

ランチに招待されたので、ある土曜日にオーロラ村にオーシェスキー夫妻の家を訪ねた。オーロラ村は、私のアパートから高速道路《フリーウェイ》をわが愛車、白檀色のフォード・トーラスを運転して三十分足らずのところにあった。

十月上旬は、北オハイオで紅葉がもっとも美しい季節である。

この地方では、一戸あたりの敷地が日本の平均的な家と比べるとずっと広く、一見して庭に無造作に植えてある樹木は屋根より高いものが多いので、住宅地ではあっても、少しはなれて見ると林が広がっているかのように見える。その上、住宅地に近接して様々な種類のカエデやミズナラが茂る本物の森も多いので、高速道路からは周りがすべて森林に見えるくらいだった。森林を構成する樹木のほとんどが落葉樹だ。十月に入ると急に気温が下がるため、それら樹木の葉たちが一斉に色づく。カナダの国旗になっているカナダカエデが北オハイオにも多く、このカエデは日本の紅葉《もみじ》のように真紅に近い色になる。京都の紅葉《もみじ》の方が繊細な美において勝るとしても、北オハイオの広大な森全体が様々な赤、黄、褐色が織りなす様は、嵐山や大原よりはるかに規模が大きく豪華だと私は思う。

紅葉《こうよう》は黄緑から始まり黄色から様々なニュアンスの褐色や赤へと変化する。一本の樹木について言えば、紅葉《こうよう》は夜と昼の寒暖の差を直接うける外側から順に進むようだ。カエデの場合、中の葉はまだ緑なのに最も外側が黄色になりやがて紅色へと変化する。外側に遅れて内部の葉っぱが紅葉《こうよう》しやがて全体が紅色になる。

私は、内側にまだ緑を残しながら、最外部分だけが赤くなりはじめたカエデが特に好きだった。その美しさ、一種の妖艶さをどのように表現したら良いのか、残念ながら私は知らない。その日、オーロラ村までの途中で道端にそんな状態のカエデの紅葉《こうよう》が目に入ったので、二度も車を止めてその美しさを確認しなければならなかった。

高速道路《フリーウェイ》から下りて林の中の道を五分も行くと、予め写真で見たことのあるオーシェスキー夫妻の家がフロントガラスの前に現れた。日本の都市に住む私から見れば、その家はまさに森の中にあった。樹木の向こうに見えた家は大きく、若い夫婦のマイホームと言うより堂々たる館《やかた》とでも呼ぶべきものだ。もっとも横板張りのクリーム色の外壁は素朴で、私が通った田舎の小学校を思わせ、とても懐かしい思いもする。

到着したのは、約束の午後一時より五分ほど後だった。シンディーとマイクは、家の外で待ってくれていた。

マイクに会うのは二回目だ。彼はジーンズにチェック模様の厚手のシャツと皮のベストを着ていたが、赤毛の口髭とよく合っていた。シンディーは紺色のジーンズ・パンツにやや薄い紺色のジーンズ布地のブラウス、それに赤い皮のベストを着てブーツをはいていたので、脚の長さが目立った。いつもは無造作にヘアバンドで束ねているだけの背中まである褐色の髪を後ろに小さくまとめていたので、会社で見る機械設計技師の彼女とはかなり違って見える。精悍で乗馬姿が似合いそうだ。

二人は、家の中に入る前に庭を案内してくれた。湖の方向に向かって緩やかに傾斜した庭はゴルフ場のように芝生が敷き詰められている。敷地面積は一・五エーカと言うから、日本風に言えばほとんど千九百坪だ。所どころ樹木が生えており、中には二階建ての屋根より高いカエデやミズナラ、クルミなどの木がある。家の近くには、マグノリア（木蓮の類）、ドッグウッド（はなみずき）など花木類が植えられていた。入り口の両側にはシャクナゲの大きな株があり、春の開花時の華やかさを思わせた。

両隣の庭との間には柵や塀はないので境界ははっきりとしないが、境界辺りには、ミズナラなどの樹木が他よりかなり密生して生えている。草むらを二匹の灰色のリスが落ちたどんぐりを探して走り回り、樹木の間からは時おり人をあざ笑うようなモッキングバードの鳴き声が聞こえる。

ややや細長い敷地の一部がオーロラ湖に面している。自分の庭にいて釣りを楽しむことができるとマイクは言う。私はマイクに対して、

「オーロラ湖があるからオーロラ村になったのですか？　あるいは、オーロラ村の名前が先につけられたのですかね？」

と尋ねたものの、すぐに自分でもつまらない質問だったかな、と思った。マイクは、

「良い質問ですね。でも、残念ながら知りません。この湖は周囲が十マイルほどあり辺りの景観をよくしているので、オーロラ村がこの辺では中級以上の住宅地になっていると言われているのですよ」

と静かに答えた。広い庭を案内されているとき、神戸の我が家と庭の狭さを思い出してうらやましいとは思ったが、その思いはそれほど切実ではなかった。芝生の手入れや秋の落ち葉の処理などで持ち主たちが大変忙しいことをアメリカ人たちから聞いていたので、負け惜しみでなく、ものぐさな私ではとてもこんなに大きな庭のある家は維持できないと考えたからである。

夫妻はむしろ急いで庭を案内してくれたのだが、それでも庭を見るだけで三十分以上かかった。このあとの二人による家の内部の案内は、十分足らずで済んだ。

家は建築後六十年になるものの、よく保守がされているとマイクは言った。クリーム色の板が壁

に横向きに張られ、窓枠は白く塗られ、屋根の上には暖炉からの煙突がみえる。玄関の位置は少し高くなっていて、両側はバルコニーになっている。板張りのバルコニーは、昔この地方で流行した南部風の建物の影響らしい。一階には四十畳以上あると思われるリビングルームのほかに、三つの部屋があり、二階には十畳あまりの広さのベッドルームが四室ある。

敷地に十分の余裕があるにも関わらず、オハイオの家には必ずと言っていいほど地下室がある。シンディーの家にも、居間と同じくらいの広さの地下室があった。その地下室の隅には古い木製のロッキングチェアが置かれ、壁には使い込んだダーツの的が架かっていた。それ以外は何もない地下室は、いたずらに広い板張りの空間に見える。オーシェスキー夫妻はまだ地下室に手をつける余裕がないのだろう。

若い二人にはまだ家具も少なく、ベッドルームと言っても夫婦用の一部屋にしかベッドがおかれていないらしい。まだ板張りのままで絨毯が敷かれていないリビングルームには、十人くらいがくつろぐことができる三脚の大きなソファーはあったが、アメリカ人の家にありがちな色々な飾り棚などはまだなかった。

家具が少ないだけに、家の空間の大きさを感じる。――これなら、幽霊たちも色々な場所にこっそり隠れて棲むことができるかも知れない。

シンディーとマイクはビールとステーキとジョージョーポテト、それにグリーンサラダのご馳走をしてくれた。グリーンサラダにはレッドペッパーとほうれん草がふんだんに入っていた。ジョージョーポテトというのは、ジャガイモの皮をむかずに大きめに切って揚げたフライドポテトだ。五十グラムほどの大きさに切った牛肉を、バルコニーのバーベキュー炉でマイクが焼いたステーキ十数枚が大皿に盛られ、クアーズやミラーライトなどのビールの缶が、アイスボックスから次々に出された。

私たちは、次々に缶ビールを空け、食事をしながら色々な事を話した。

マイクは実に気持ちのいい男だった。しゃべりすぎるのでもなく、だからといって黙ってしまうのでもなく、ちょうど良い話し相手だ。私がもっとも感心したのは、外国人の英語に寛容であり、外国人との話しかたを心得ていることだった。それは教養や今までの経験がそうさせていると言うより、マイクの生来の賢明さと人柄の良さを感じさせるもので私はとても心地よかった。

マイクの祖父が二十歳のとき貧しいポーランドからオハイオに移民し、クリーブランドの製鉄所の職工の仕事に就いたこと。やがて同じポーランド移民であった祖母と知り合って結婚し、八人の子供を育てたことから始まる長い一族の身の上話をした。それはヨーロッパとアメリカをまたぐ一つの家族の叙事詩だ。

シンディーの祖先は二百五十年も昔にアメリカに移民したフランス系が主流だが、アイルランドやイタリア、それに三十二分の一だけ北アメリカ先住民の血が入っているらしい。そんなことを説明した後、言う。

「だから結局、私は本当のアメリカ人なのだわ」

私はそれまでに何回か、見た目では全くの白人であるアメリカ人が、自分に十六分の一とか、三十二分の一だけアメリカ原住民の血が混じっていると、むしろ誇らしげに言うのを聞いたことがあったので、シンディーの青い目と褐色の髪を見ながらこの話を聞いても、少しも驚きはしなかった。

「ところで、今日は、お二人の友人である幽霊はやって来ますかね？」

私は、ここに来た時から気になっていたことを、二人に尋ねた。できれば、シンディーの言う幽霊を見たかった、いや、彼らと一緒に幽霊を感じてみたかったからである。

「そうね、今日は出ないと思うわ。今まで、私たち二人以外に誰かいるときに、出たことがないのですよ。それに、ここに来てからもう四か月になるせいか、最近はあまり現れないみたいですよ。そうよね、マイク？」

「そう言えば、ここ一か月近くあの幽霊には会っていないようですね。僕たちがここの生活に慣れてきたので、彼女はそろそろ安心し始めたのかも知れませんね」

これを聞いて大いに失望した。同時に私は、二人の招待を受けたときの最大の楽しみが、もしかすればオーシェスキー家の幽霊に会えるかも知れない、と思ったことだったような気がしてきた。二人はあの幽霊への関心を失いかけているようだ。私は幽霊を話題にすることをやめてマイクに質問をした。

「失礼ですが、差し支えなければ、この家はいくらしたのか教えて頂けませんか？」

この地方で家を持つにはいくらかかるか、私には興味があったからである。

「これは掘り出し物でしてね、ちょうど十五万ドルほどで買えたんですよ」

これを聞いて、この地方の不動産事情にうとい私でも、これは良い買い物だと思った。なぜなら、私と一緒に新会社の社長として赴任してきた池田さん家族の住む社宅として、会社が家を買ったときの値段を知っていたからである。それは建築されたばかりではあったものの敷地はもっと狭く、建物の大きさはオーシェスキー夫妻の家と同じくらいで、価格は三十万ドルあまりしたのだった。

「十五万ドルとはとても良い買い物みたいですね。去年、会社の社長社宅としてこのくらいの大きさの家を買ったけど、その二倍くらいしましたよ」

「場所も違うし、その社宅は新築の建物でしょう？　この家は建築されてから六十年もたっているんです。保守状態が良かったようですが、これから私たちが色々と手入れをする必要があると思いますよ。それと不動産屋によれば、前の持ち主が何かの理由で早く手放したかったので、値段を下げたそうですよ」

私にはこれを聞いて、前の持ち主が早く手放す必要があった理由に少し興味を引かれた。値段を下げたということが、少し気になった。しかし、値段を下げた理由を尋ねるのは、いささか品がないと思ったのでこれ以上の質問はしなかった。まさか幽霊が出るから安くなったとまでは、考えなかったけれど。

食事が終わってからも、缶ビールはどんどんと空になった。マイクの飲みっぷりは見事と言うしかない。百キロ近い体重の若い体は、アルコール度数四、五％のビールなどいくらでも吸収できるようだった。シンディーもかなり強い。アルコールに弱い私もつられて、三缶のミラーライトを飲み干していた。

飲んで話しているうちに、午後六時になっていた。能力以上にビールを飲みすぎた私は、その時とても三十分も車を運転して帰ることができる状態ではなかった。頭痛さえする。そこで、マイクとシンディーに勧められるまま、ソファーで横になって休むことにした。

二時間ほどまどろみ休むとほぼ頭痛は消え楽になった。そこで簡単な夕食をご馳走になり、二人に勧められるままに再び缶ビールを二缶飲んでしまった。

結局その日は二人の家に泊めてもらうことになった。私は、シンディーが用意してくれた毛布にくるまり、一階の居間のソファーで眠ることにした。横になると五分も過ぎないうちに眠りに落ちてしまったようだ。

それから何時間が経過しただろうか。真夜中に目を覚ました。それも眠気がきっぱりと失せている。酔っ払って眠りにつくと、私はいつも真夜中に少なくとも一度は目がさめるので、夜中に目覚めたのはビールのせいだろうと思った。

壁に赤い光の豆電灯がひとつあるだけの薄暗い居間は、昼間見るより更に広く殺風景だった。オーシェスキー夫妻は二階の寝室で寝ているので、広い居間にいるのは私ひとりだけだ。眠気はないが、再び頭痛がして、少し吐き気もある。アルコールに弱いくせに、昼間に三缶、夜に二缶もビールを飲んだことを大いに後悔していた。

とりあえずトイレに行った。冷たい水で顔を洗ったところ、頭は幾分しゃんとした。頭痛や吐き気も少し治まったようなので、私は再びソファーに横たわって眠ることにした。しかし、なかなか寝付けない。むしろ目がだんだんと冴えてきた。

そのうち色々な心配ごとや考えごとが、次々に心にうかんできた。考えごとと言うより妄想とでもいうべきか、どれもとりとめがない。どれか一つでも少しつきつめて考察しようとすると、するりと逃げてゆくような内容ばかりだ。なにしろ家族と離れてもう十か月にもなるのだ。そんな妄想と戦っているうちに、こんなときによく襲ってくる自己嫌悪感が次第に強くなってきた。その自己嫌悪感は、おいおいお前はこんなところで何をしているのだ、と次々に私に迫ってくる。

これではいけない。まずは何時かと、背の高いスタンドを点灯して時計を見ると、午前二時少し前だった。北オハイオの秋の冷気で居間の空気はひんやりとしている。まさに静寂のさなかではあったが、やがて窓の外からは鳥の鳴き声が小さく聞こえることに気がついた。こんな時刻に鳴くなんて、どんな鳥だろう？　風の音もかすかに聞こえる。注意を集中すると、他にも様々な小さな音が聞こえる。

寝付けない私は、ソファーに横になったまま、それらの音に耳を澄ました。すると、どこからか人の声が聞こえるような気がしてきた。

そんなはずはない。人の声だとすると、どうして今まで気がつかなかったのだろう？　隣の家とはかなり離れている。少なくとも、私のまわり半径七、八十メートル以内にはオーシェスキー夫妻と私以外に誰もいるはずはない。聞こえるのはシンディーやマイクの声ではない。長い間、家族や会社の仲間と会っていないので、自分の頭だけでなく耳までもおかしくなってしまったのか？

ソファーの上で体を起こし、頭を二、三度振って冷静さを取り戻してみても、その声は消えない。むしろ、だんだんとはっきりと聞こえてきた。さらに注意をして聞いてみると、かなりの数の人たちが、めいめいに話をしているような感じの話し声だ。

この近くに人がいることは、もはや間違いない。

私はソファーから立ちあがり、声のする方へ歩いた。そのとき、声に対する恐怖はほとんどなかった。あったとしても、どんな人たちがいるのかとの好奇心の方がはるかに勝っていた。どうやら声は、地下室から聞こえてくるようだ。地下室への階段の入り口に近づくと、下からは一層はっきりと声が聞こえてきた。

はやる心を抑え、出来るだけ足音をたてないように薄暗い階段を下りた。

階段を降りきった踊り場というべき床の部分と地下室との間にはドアがなく、地下室の内部からの微かな白い光が踊り場を淡く照らしていた。踊り場で私は五秒ほどかけて深呼吸してから、顔だけで地下室の中をそっと覗いてみた。

はたして、中には大勢の人がいた。三十人はいるだろうか。

なあんだ、こんな所にこんなに沢山の人たちがいて話をしていたんだ！

彼らは、五つのグループに分かれ、みな思い思いの姿勢で立ったり、床に座ったりしていた。中には横になって肘枕をしている人もいる。かれらはグループ毎に集まって話をしている。何だか田舎の村人たちが寄り合いをしているみたいだ。

私はもっとよく見ようと思って、思いきって入り口に立った。私が入り口に立っても、誰も私を見ようとはしなかった。私の姿がかれらには見えないのか、単に気がつかないだけなのか。気づかれないことをいいことに、私は彼らをこまかく観察した。

淡い白い光だけなので薄暗かったが、彼らの顔は一人ひとりはっきりと見ることができた。私の目も暗さに慣れたようだ。よく見ると、五つのグループに分かれた人たち以外に、九十歳近いと思われる小柄な老婦人がひとりロッキングチェアに腰をかけて本を読んでいる。昼間見たあの古いロッキングチェアだ。彼女は水色の丈の長いワンピースを着て、清潔そうな真っ白い髪を後ろにまるく束ねている。

五つのグループの中の二つは白人のグループで、三つは赤褐色の肌をしたアメリカ先住民の人たちのグループだった。かれらは、みな他のグループにはまるで無関心で、グループ内だけで、時おり笑い声まで発しながら楽しそうに話をしている。

白人たちの服装は独立戦争のころの感じで、一人は肖像画にあるワシントン初代大統領のような帽子をかぶっている。きっと軍人だったのだろう。先住民の集団の多くは、むかし映画で見たような動物の皮で作った着物を着ている。鳥の羽の飾り物をかぶり、この寒いのに上半身がほとんど裸の男もいる。

彼らの声が私に聞こえていたのだ。なるほど、なるほど。私は妙に納得して彼らを観察した。それにしても彼らはみな、なんとも楽しそうではないか。

ところが、とつぜん私は自分が見てはならない他人の私生活を覗いているのではないかと、思い始めた。そして、何とも言えないばつの悪さを覚え始めた。承諾も得ずに勝手に盗み見をして、彼らに対したいへん申し訳ないという感じがしてきた。

そして、弁解をしたくなり、彼らに「皆さん、今日は」と大声で挨拶した。

すべての人が一瞬のあいだ一斉に私のほうを向いたが、次の瞬間まったく何事もなかったかのように完全に私を無視し、すぐにそれぞれの集団で談笑を続けはじめた。

しかし、ひとりで本を読んでいた老婦人だけは、ロッキングチェアから静かに立ちあがり、私のほうに歩いてきた。そして、ほとんど聞こえないような小さな、老婦人特有の低い声で、「ようこそいらっしゃいました」と言って、右手を出した。私は「ありがとうございます」と言いながら、彼女の手を握った。彼女は多くのアメリカ婦人が握手をする時そうであるように、私の手を握り返さなかった。

彼女の手は、先ほどまで雪か氷をさわっていたかのように冷たかった。その冷たさに大いに驚いたが、私は驚きを彼女に感じられないように紳士的に振舞った。そして、この人の手はどうしてこんなに冷たいのだろうと、不思議に思いながら手を離した。と同時に、はっとして、「この人たちは幽霊なんだ」と思った。恐怖感はまったく自覚しなかったが、それでも背中から脚の後ろにかけて、しばらくのあいだ震えるような寒気が走ったことは告白しなければならない。

すぐ私は、この老婦人こそシンディーとマイクが感ずるあの幽霊に違いないと思った。

彼女は握手を終えると、ちょっと会釈してからもといたロッキングチェアに帰り、すぐに何事もなかったかのように本を読み始めた。彼女が音もなく歩く姿は背筋が伸び、静かに本を読む姿には気品さえ感じた。それを見た私は、彼女がますますシンディーたちの感ずる幽霊にちがいないと確信した。

それからもしばらく彼らを見た。何分くらいたっただろうか、やがて原住民の人たちから順に姿が見えなくなり、最後は老婦人だけになった。しばらくしてから、彼女もほんの一、二秒のあいだ挨拶をするかのように無言で私を見てから消えた。

夢を見ているのかとも思ったが、はっきりと目を覚ましていたからこれは夢ではない。私は幽霊たちに遭ったのだ。

彼らが消えてしまうと急に寒気を覚え始めたので、急いで居間にかえりソファーの上の毛布にくるまって横になった。しかし、地下室での光景に興奮したのか、前にも増して眠れなくなっていた。眠れないままにこんなことを考えた。

氷河時代に陸続きだったベーリング海峡を渡ってアジアから、私と同じモンゴロイドの人々が北アメリカに渡り、オハイオに住むようになったのが今から約二万年前だと言われている。いや最近は、五万年以上も前から北アメリカに人が住んでいたという説が出ているようだ。日本のように人口密度が高くなかったにせよ、オハイオのこのオーロラ村にも、何万年ものあいだ人が住んでいた可能性がある。とすれば、今までどのくらいの数の人々がここで生まれ死んだのだろうか？

ヨーロッパ人が、そしてアフリカ人がここに住み始めてからでも四百年が経っているから、この土地で生まれ死んだ人の数も相当な数になるはずだ。霊魂が不滅だとすれば、この土地にはその人たちの無数の霊魂が眠っている。霊魂たちはときどき起きだして何かをし、静かな夜に仲間どうし集まることがあっても良いのだろう。私が見た幽霊は、この土地で生まれ死んでいった人たちの霊魂が、しばしのあいだ生前の形で集まっていた姿だったのだろうか。

私の考えはやがて家族の住む日本に向かった。日本にはオハイオよりずっと昔から人が住み、人口密度もはるかに高かったであろうから、今まで何十億という数の人々が生まれ死んだに違いない。私の家族の住む神戸にだって今までそれこそ無数の霊魂がいて、今では百五十万人あまりの人々が生きて生活をしている。

さらに遡って何億年の昔から考えると、四季がはっきりして雨が多い日本で誕生し死んでいった昆虫、魚類、両生類、爬虫類、鳥類、哺乳類その他の動物や、さらに多くの植物たちは、それこそおびただしい数になるだろう。彼らの霊魂は今どうしているのだろう？　休んでいるのか？　あちこちと動き回っているのか？

だが、待てよ、昆虫や植物に霊魂はあるのかね？　一寸の虫にも五分の魂というから、百歩譲ってまあ昆虫はよいとしょう。だが、植物に霊魂があったりするものか？　いや、植物にだって魂があると言う考えもあるらしい。しかし、何億年も前から日本列島に雨が多かったのかい？　そもそも日本列島なるものが、そんな前からあったのかね？

どうやら思考が支離滅裂になってきた。何とかせねばならない、混乱する思考を立て直さなくてはならぬともがいているうちに、また強烈な眠気が襲ってきた。

明くる日曜日の朝、明るい日差しと人の気配で私が目をさましたとき、シンディーとマイクはもう起きていた。もう八時に近く、二人は朝食の準備をしているところだった。ときおり、開けてある窓からひやりとした風が入り、気持ちよく私の頬をなぜた。風は、外から落ち葉や湖の香りを運んでいる。私はすこしあわてて、

「シンディー、マイク、おはよう。すっかり寝坊してしまいましたね」

「おはよう、ケン。もっと眠っていていいのですよ。昨夜はあの毛布で寒くなかったですか？　よく眠れましたか？」とシンディーが訊いた。私は、

「寒くなかったし、よく眠れましたよ。いやあ、本当にお世話になりましたね」

と応えてから大急ぎでトイレに行き、歯を磨いて顔を洗った。

二人が用意してくれたトーストとトマトジュースとコーヒーの簡単な朝食を摂りながら、私は二人と軽い会話を楽しんだ。

私は昨夜地下室で会った幽霊たちのことはひと言も言わなかった。二人は多分まだ地下室の幽霊のことを知らないと考えたからである。知っていたら私に教えてくれているはずであるし、本当に形のある幽霊が出ることを知ったら、せっかく新居を手に入れた二人がいやな思いをするのではないかと考えたからでもある。せっかく良い買い物をしたのに、また手放すと言い出すかも知れない。二階の寝室で眠る彼らには、離れた地下室で幽霊たちがする秘密の会話など聞こえる訳はない。二人にとって、幽霊とは姿の見えない女性の幽霊だけで十分なのだ。

朝食を終えて三十分ほどしてから、私は白檀色のフォード・トーラスを運転してアパートに帰った。途中アクメ・クリックで一週間ぶんの食料を買い、ピザハットで昼食のためのピザを買った。アパートに着いてからすぐに地下室のコインランドリーで一週間ぶんの洗濯をして、先ほどピザハットで買ったピザとローファットミルクの昼食を摂った。

午後は、ステレオでモーツアルトのピアノ協奏曲二十三番をくりかえし聞きながら、ウオールストリートジャーナルを読み、家族など日本からの手紙を読んだり返事を書いたりして過ごした。夕食のために、私にしてはやや手の混んだチキン料理とホワイトマッシュルームなど具沢山の味噌汁を作り、カリフォルニア米を炊飯器で炊いた。そして、缶入りのミラーライトを一本だけ飲み、テレビのCNNニュースを見ながら、時間をかけて夕食を食べた。今日は、まずまず充実した一日だったと思う。

同じ年のクリスマスより少し前に、私はオーシェスキー夫妻をその田舎町では最高級と言われているフランス料理レストランでのディナーに招待した。クレルモンフェランという、タイヤのミシエランで有名なフランス南部の都市の名前をつけたレストランだった。十月に新居でご馳走になったお礼である。

ワインはフランス産でなく、二人の希望により、かなり高級な部類に入るカリフォルニアのナッパバレイ産シャブリにした。

今日はこのあと車でアパートまで帰らなければならないので、グラス一杯だけにしておこうと思いながら、シャブリを一口味わってから、私は二人に尋ねた。

「十月のお宅へのご招待、ありがとうございました。あのときは楽しかったですね。ところで、お二人のあの愛しの幽霊はまだ時々お出ましになりますか？」

マイクが答えた。

「それがですね。あれ以来もう出ないのですよ。僕たちが新居に慣れたので、安心してもう出なくなったのでしょうね。

「そうね。私たちが来てから半年ですからね。きっと彼女は、もう安心したのですわ」

私はその話を聞いても、黙ってうなずくだけだった。

「それは良かったですね」と言うのはしっくりしなかったし、「それは残念でしたね。彼女が出なくなって、さぞ寂しいことでしょうね」などと言うのは、もっとおかしいと考えたからである。

その時も私は地下室で見た幽霊たちのことを話したいとの強い誘惑にかられたが、あやうくの所でそれを抑えた。今でも、言わなくて本当によかったと思っている。

オーシェスキー夫妻をディナーに招待した日から二年近くが過ぎてから、私はオハイオの会社での三年と六か月の勤務を終えて神戸の本社に帰任した。

それから更に何十年も過ぎ、今の私は完全に年金生活を送っている。

オーシェスキー夫妻とは、今もクリスマスカードのやりとりをして、年に一度はお互いの家族の写真を交換し近況を伝え合っている。今は時には電子メールのやりとりもするようになった。つくづく便利な世の中になったものだ。

夫妻は今もオーロラ村の同じ家に住んでいる。二人の間には女の子が二人できた。送られてくる写真を見る度に彼女たちが健やかに成長していることを知り、私は幸せな気持ちで口元がほころびそうになったものだ。だが、今はもう二人とも独立したそうだ。

あれ以来、夫妻から幽霊の話は出ないし、私もそれを話題にしたりはしないが、地下室で会ったあの幽霊たちが、今もどこかで幸福なオーシェスキー家の人々をひっそりと見守っているに違いないと、確信している。

私は今でもあの品の良い老婦人の手のぞっとした冷たさを懐かしく思い出すことがある。そして、彼女が今もシンディーたちに気づかれないように時おり家の中に現れて、家族の団欒の会話を密かに聞いて楽しんでいるのではないかと想像している。

北オハイオの冷たい風

プロローグ

二〇一三年七月中旬の午後、渡辺浩二は書斎のソファーに横になって夏期の習慣になっている午睡を始めた。ところが、急に降り始めたらしい雨と風の音で目が覚めた時、窓を五十センチほど開けたまま眠ってしまっていたことに気づいた。

窓際にある読書机と、調べ物をするために物置から出して机の横に置いてあった段ボール箱が、網戸を通して窓から吹き込んだ雨水で濡れている。古希を過ぎ耳が遠くなったので雨音に気づくのが遅れたなと苦笑いしながら、浩二は乾いた雑巾で机を拭き、中の書類が濡れていないかをみるために段ボール箱を開いた。幸い、箱の中までは濡れていなかった。

中には、会社勤め時代の海外出張報告書のコピーなど、いずれエッセイを書く時の参考にしようと考えて残しておいた書類があるはずだった。浩二はその中に、紐で綴じた三センチ近い厚みのコピーされた書類があるのを見つけて、取り出した。

それは四七五ページの英文の民事裁判記録で、表紙には次のように記載されている。

『原告、TPMコーポレーションと、被告、阪神重工業株式会社の間の民事訴訟xxx号に関して、一九八七年三月一〇日（火）より三月十三日（金）まで、アメリカ合衆国北オハイオ地方裁判所において、キャロル・マーチャント裁判官と陪審員により行なわれた裁判記録の写し』

これを残していたことを思い出しながら目を通し始めると、五分も経たない中に浩二の頭の中で二十六年以上前の記憶の数々が昨日のことのように次々と蘇ってきた。

（1）

一九八六年の一月のある日の朝、浩二はかじかんだ手をこすりながら、その日の仕事のことを考えていた。始業時刻の十五分ほど前なのでまだ暖房は効いていない。浩二が属する技術部の百人あまりの設計技術者のうち既に半数以上が出勤して、ドラフターの調節など仕事の準備を始めている。浩二は四十三歳で、関西の大手機械メーカー、阪神重工業株式会社の産業機械工場技術部高分子機械課の課長だった。

その頃、前の年、一九八五年秋のプラザ合意の影響で急速に進んだ円高により輸出比率の高い高分子機械課の機種の採算が日毎に悪化していたため、浩二たちは絶えず本社の企画部や営業部から原価低減の要請を受けていた。また、高分子機械課で開発した新型タイヤ加硫プレスが顧客の工場で本格的に稼働し始めて間もない頃で、初期トラブルが発生していた。そのため、原価低減活動とともに、その対応に追われ非常に忙しい日々を送っていた。

始業時刻の八時半になると十八人の課員が課長の前に集まり、立ったまま五分間の連絡会議を開くことになっている。課長の浩二からその日の通達事項を伝え、課員から緊急の報告を受けるためである。その朝は午後に予定されていたクレーム対策会議への出席者を確認しただけで、浩二からの連絡事項はなく課員からも特別な報告事項もなかった。そのため、連絡会議は二分足らずで終わり、全員が「それでは今日もご安全に」と斉唱して会議を終えた。

技術部は工場に属しており、工場では安全が全てに優先する。工場には天井クレーンが走り、様々な機械が動いていて絶えず事故の危険がひそんでいるので、各所に『安全第一』の標語を書いたポスターが掲げてある。そのため、技術部でも、すべての会議は「ご安全に」という挨拶で終了することになっているのだ。

およそ十五分の後、課長席の電話機が鳴りはじめた。浩二が受話器を取ると、相手は本社、知的財産部の浜田茂雄だった。浜田は、朝の挨拶もなしに興奮気味に喋りはじめた。

「渡辺課長、大変です。ＴＰＭ社が、当社の新型タイヤ加硫プレスは同社の特許を侵害していると して、提訴したらしいのです」

「えっ、訴えたって？　何か知らせがあったの？」

「昨夜のうちにワシントンの法律事務所から知財部に長文のテレックスが入っていました。ＴＰＭ社が当社をオハイオ州クリーブランド市にある地方裁判所に提訴したとＴＰＭ社の顧問弁護士から連絡してきたことを、通知する内容のようです」

「それにしても、何について訴えたのかな?」

「詳細内容はまだ精査できていません。上司の山本課長が、渡辺課長だけにはとりあえず知らせておけと言うものですから、電話をしています」

「私たちが開発した機械に関しては、訴えられる筋合いはないけどな」

「それで渡辺課長、山本課長とともにそちらに伺いますから、お忙しいとは思いますが一緒にテレックスの内容を検討して頂けませんか? これは重大案件ですから」

「それなら、午後は会議の予定があるので、午前中に来て下さい」

浩二は知財部の浜田と山本課長とともに、テレックスの内容をチェックすることになった。

タイヤ加硫プレスとは、未加硫ゴム(硫黄などを加えて加硫される前の生ゴム)のタイヤを外側と内側から圧縮・加熱して加硫し、製品タイヤに仕上げる機械である。阪神重工はそれまでアメリカの会社と技術提携し、三十年以上にわたってタイヤ加硫プレスを製造・販売してきた実績があった。その実績をベースにして、四年ほど前からタイヤ業界の新しい要求に応えて新型機の開発を進めたのだった。

新型機とは、従来機より精度が高く、エネルギー消費が少ない機械である。高分子機械課では、四年あまり前から一年半ほどかけて開発し、試作機を作り、数か月のテスト運転をし、不具合を直し更なる改善をした。その結果、その頃すでに国内外に百五十台ほどの新型タイヤ加硫プレスの納入実績ができていた。また、その頃は最初に納入した機械が稼働し始めてから、半年が過ぎようとしていた。

新しい機械の開発の際まず行うことは、世界の競合企業の特許情報を調べることである。これにより競合企業の技術水準が分かると同時に、他社の特許に抵触しないように開発を進めることができるからである。タイヤ加硫プレスを設計、製作している会社は世界でも五、六社に過ぎないので、世界中の特許を調べると言ってもそれほど難しいことではない。

新型タイヤ加硫プレスの開発の結果として、高分子機械課から新たな特許を十六件申請することができ、この中の最も重要な米国特許はすでに成立していた。そのため、浜田の電話の後も自分たちが訴えられたことが、浩二にはどうしても信じられなかった。

浩二は知財部の二人との緊急会議に藤崎秀雄を同席させることにした。藤崎は有能なベテランの部下で、浩二の不在時には課長代行をしてもらっている。

浜田が上司の山本貞治知財課長とともに技術部に到着し、午前十時から技術部の小会議室で四人はワシントンの代理人から来たテレックスの内容をチェックした。テレックスは単語数が五百ほどの英文で、阪神重工の新型タイヤ加硫プレスの金型締め付けメカニズムがＴＰＭ社の特許に抵触しているとして、ＴＰＭ社が阪神重工を北オハイオ地方裁判所に提訴したこと、訴状など関係書類の写しは国際フェデックス便で阪神重工に送付済みである、と言う内容だった。

ＴＰＭ社は、阪神重工が最も注意して開発した部分が自分たちの特許に抵触していると、主張しているらしい。これはとんでもない言いがかりだと思った浩二は発言した。

「この件は問題がないですよ。当社もこの金型締め付けメカニズムについては特許を出願し、その米国特許はすでに成立しています。そうですね、浜田さん。それに、その時は知財部には大変お世話になりましたよね？」

浜田は、浩二たちが新開発機に関する特許を出願した時の知財部の担当者である。浜田は、

「そのとおりです。重要事項だったので、アメリカに出願する時には、アメリカの特許弁護士の見解をもらっておいたことです」と答えた。

「それなら、心配しなくても良いですよね」

と、浩二が言うと、課長の山本が応えて言う。

「そうでしょうか？　いずれにしても、訴えられたということは、そう単純なことではありません。たとえ技術的に問題がないとしても、解決までには金と時間がかかるし、第一、競合企業から訴えられるなんて、不名誉なことだと思います」

山本の言い方には、やっかいなことを引き起こしてくれた、と暗に技術部を非難している雰囲気があったので、浩二は聞いていて少し不快になった。もともと特許や知的財産には関心があり、新たな開発に際してはいつも知財部と相談しながら仕事を進めてきたという自負があったので、知財部の管理職として無責任な発言だと感じたからである。

四人によるテレックスのチェックは一時間足らずで終わった。会議室から出るとき、浜田が浩二の耳元でささやくように話しかけた。

「本件で、また、渡辺課長と一緒に仕事ができますね。訴訟は大変ですけど、渡辺課長と一緒に仕事ができるのはうれしいですよ」

「今度は大変なようですね。また、色々とお世話になるけど、よろしくお願いしますよ」

浜田は浩二より六歳若いが、二人は馬が合った。技術部の要求にも迅速に対応してくれるので、浩二は特許上の色々な問題を気楽に浜田に相談することができ、助かっていたのだ。浜田は帰国子女で英語に強いのは当然だが、それ以上に過去のしがらみにとらわれない考え方をするところが、浩二は気に入っていた。それにしても、特許訴訟を受けたというのに、また一緒に仕事ができることがうれしいとは、呑気なやつだなとも、思うのだった。

浩二はその後すぐに要点をA４用紙一枚にまとめ、上司の村山技術部長と太田垣工場長の二人に別々に報告した。内容を説明した後、付け加えて言った。

「新型機は知財部と十分に相談して、特許上の問題がないようにして開発しましたから、基本的に心配は無用だと、考えています」

これに対して、村山は鷹揚な態度で、

「私も内容は理解しているので心配はしていないよ。今後しっかりフォローを頼むよ」

と言った。これに対して、太田垣は少し機嫌を害した様子で反応した。

「渡辺君、君は心配無用ですと言うが、本当にそうかね？　君たちが大丈夫だと言っていた新型機にも、まだ問題が多いようだし、私は君のようには能天気にはなれないな」

「新型機についてはご心配をかけてすみません。今解決に努力していますので、少しお待ちください。ただ、特許問題については、万全を尽くしましたので問題ないはずです」

「君ねぇ。『はず』じゃぁ駄目なんだよ。大体ねぇ、こんなに重要なことに対して『問題がないはず』と言うようでは、問題のとらえ方がまだ甘すぎるのではないかねぇ」

この後、太田垣は五、六分間、説教めいた嫌味を言った。浩二は村山部長とはいつも細部まで冷静に建設的な話し合いができたが、工場現場管理が専門の太田垣工場長は苦手だった。話をしていても、常に言葉尻を捉えて嫌味を言われているようで、本当に実のある話し合いが出来ないと感じるのだ。その日も、この後は忸怩たる思いを持ちながら、自分の席に帰った。


翌日の夕方、フェデックス便でＴＰＭ社の訴状などの関係書類が知財部に届いた。その頃使われ始めたこの国際特急配達便を使うと、アメリカからでも書類が二、三日で到着するようになってい
た。翌日、知財部と技術部の関係者が書類を読み込み、内容の確認を行った。

次の日、すなわち浩二が浜田から最初の電話を受け取った日から三日目の午後、本社の会議室でＴＰＭ訴訟に関する第一回目の全体会議が開かれた。

知財部が主催し、出席したのは滝川知財部長、山本知財部担当課長、担当の浜田、工場からは村山技術部長、高分子機械課長の渡辺浩二と藤崎秀雄、それに東京の産業機械営業部から産業機械本部の副本部長を兼ねる山田部長と衣川課長、営業部員の池田治の九名だった。

東京の営業部から三人も参加したのは、新型タイヤ加硫プレスの大型商談が進展していたからである。それは、米国の大手タイヤ製造会社、Ｇタイヤ会社のオクラホマ州の新工場に設置されるタイヤ加硫プレスの商談で、阪神重工はこれをＸプロジェクトと名付け、新型のタイヤ加硫プレスによる受注を目指していた。ＴＰＭ社が有力な競合相手なので、当然この特許係争が商談の行方に大

きく影響することが考えられる。会議の冒頭に滝川知財部長が挨拶した。

「詳細内容は担当者に報告させますが、当社の新型タイヤ加硫プレスがＴＰＭ社の特許に抵触するとして、ＴＰＭ社が当社を北オハイオ地方裁判所に提訴しました。当社が外国の会社から特許侵害で訴訟されたのは初めてであり、知財部として大変驚いています。これから対策を考えなければならない訳ですが、解決のためには時間とエネルギーが必要です。また、競争企業から訴えられたことは、大変不名誉なことです。ところで、いま営業と工場はＸプロジェクトとして、この機械の新たな受注を目指しておられるとお聞きしています。当社は特許係争に巻き込まれた訳ですから、これの解決を優先するために、まずはＸプロジェクトから手を引いて頂きたいと思います」

のっけからのこの挨拶に浩二は驚いた。これでは、何が何でもこの大きな商談を受注したいという相手の思うつぼではないか、と思ったからである。これに対して山田が反論した。

「滝川さん、Ｘプロジェクトを諦めろ、とおっしゃりたいのですね？」

「そう言うことです。まずは、特許係争問題の解決に注力すべきだと、私は考えます」

「それは、おかしいのではないですか？　技術部から技術、特許上は問題がなく、基本的に心配は不要だと聞いていますよ。Ｘプロジェクトの案件を受注できるかどうかは、今期の本部の受注高にもかなり影響しますから、簡単に諦めるわけにはいきません。それより、まずは相手が何を根拠に我々を訴えているのかなど、詳細説明をして頂きましょう」

これを聞いて、浩二はさすが営業部長だと思った。二人の部長の間には、売り上げと利益に直結する現場の第一線で働く者と、間接部門で働く者との現実に対する気概の差を感じたのだ。山田の迫力ある意見が功を奏し、滝川はそれ以上の意見を言わなかった。

ＴＰＭ社の訴訟内容の詳細は知財部の浜田が説明し、会議の出席者が質問をした。また、浩二が予め用意した図面によって阪神重工とＴＰＭ社のタイヤ加硫プレスの違いを説明し、さらに、阪神重工が出願した米国特許が国内特許より先に成立したことも報告した。

会議は一時間ほどで終わった。浩二の説明によって、出席者の多くはＴＰＭ社が言うような特許侵害の心配はない、と一応の安心はしたようだった。同時に、ＴＰＭ社が競合会社の訴訟までして自社の技術をアピールし、Ｘプロジェクトの商談を有利に進めようとしていることに、困惑を隠せない様子でもあった。いずれにせよ、米国で訴訟されたこと自体が、阪神重工にとって初めての経験で、出席者の多くはどのように扱って良いのかよく判らなかったのだ。

会議の最後に、この訴訟案件解決のために、『Ｚスピード』プロジェクトと名付けた新プロジェクトチームの発足が決まった。そして、チームリーダには山田副本部長、サブリーダーとして滝川知財部長と村山技術部長、推進責任者として営業の衣川、知財部の山本、技術部の渡辺浩二の三人の課長が選ばれた。

（２）

その日、浩二は午後八時過ぎに帰宅した。四年前に新型タイヤ加硫プレスの開発が始まってからは午後十時より早く帰宅することはめったになく、土曜日も出勤していた。年に五、六回の海外出張を含めて出張も多く多忙だったので、午後八時過ぎに帰宅するのは非常に珍しかった。

玄関で迎えた妻の裕子が、

「あら、おとうさん、今日はえらく早いのね」

と言いながら浩二の夕食の準備を始めた。妻と三人の息子は一時間ほど前に終えている。ダイニングキッチンのテーブルで浩二が一人で夕食を摂っていると、二階から長男で中学一年生の雅夫が降りてきて、「あっ、おとうさん。今日は早いな」と言う。

浩二には、その日の雅夫がいつになく元気がなく顔色も青ざめて見えたので、声をかけた。

「どうした、雅夫、元気がないみたいやないか？」

この質問には、妻の裕子が答えた。

「実はね、お父さん、雅夫は今日学校で先生にひどく叱られたのよ」

「叱られたって、雅夫が何かしたのか？」

「放課後の部活の時に音楽室の非常ベルを押してしまったらしいの。顧問の先生から皆の前でひどく叱責された上、二か月の部活停止を言われたので、雅夫は今がっかりしているのよ」

雅夫は音楽が好きで、ピアノを弾くのが得意だ。中学に入ってからはブラスバンド部でトランペットを担当している。勉強している時より楽器を演奏している時の方が生き生きとしている。それだけに、部活に参加できないことはつらいのだろう。浩二は雅夫に訊いた。

「雅夫、それで何で非常ベルなんか押したんや？　間違って押したんか？」

「いや、間違って押した訳やないよ。友だちとふざけあっていて、つい押してしもうたんや」

「アホやなぁ。大騒ぎになることくらい分からんかったんかいな？」

「思わんことはなかったけど、あんなに大騒ぎになるとは思わんかったよ」

「それで、その友だちも部活停止になったのか？」

「そうや。二人とも一緒やで」

雅夫は幼い頃から何にでも興味を持った。田舎に連れて行くと昆虫や蛙、イモリなどに非常に興味を示し、自分で捕まえたり手で触ったりしなければ気が済まない子供だった。それだけに危険なことも平気でするので、目が離せない所があった。そんな雅夫の性格を知っているので、友だちとふざけあっていたと言っても、興味本位で押したところもあったに違いないと、浩二は考えた。しかし、今ではつまらないことをしてしまった、と反省しているに違いない。それにしても、二か月の部活停止とはひど過ぎる、とも思う。妻が言う。

「雅夫のしたことは良くないけど、二か月も部活停止とはひど過ぎるわね」

「そうやな。ぼくも確かに厳しすぎると思うけどな」と、浩二は呟いたが、雅夫には、

「そうやけど、しょうがない。二か月間は我慢するしかないな。男は自分がした事には責任を取らんといかん。部活停止の間は我慢して、家でピアノを弾いたりしたら良いじゃないか」

と言って、慰めるしかなかった。「しょうがない。我慢」である。二十年も会社生活を続けていると、浩二には「仕方がない、我慢だ」の精神が身体にしみついていた。そのために、ことある毎に子供たちには、我慢、辛抱の大切さを説いていたのだった。

この日より一か月ほど前に決まっていたのだが、浩二はXプロジェクトの受注活動のために営業部の若い担当者、池田治とともに一月下旬から渡米することになっていた。

当時、タイヤ加硫プレスのように一台が数千万円もする産業機械になると、営業担当者だけで販売活動を行うことは事実上不可能だった。購買担当者を説得するだけでは不十分で、受注するためには設備担当の技術者を納得させる必要があったからである。また、高価な設備更新の時には、何らかの新しい開発要素が出てくる。そのために、商談時には設備担当の技術者と開発要素について議論し、相手を納得させなければ、具体的な受注はできなかったのである。

特に、Xプロジェクトのように販売額が数十億円もする大型案件になると、受注確定と仕様の決定まで、技術の責任者が顧客の設備技術者と何回か会う必要があった。TPM社からの特許訴訟があった直後なのでこの時期に渡米するのが適当かどうかという意見もあったが、最終的にはこの時だからこそ技術の責任者が予定通りG社を訪問しTPM訴訟について問題がないことを説明して、受注につなげるべきだということになったのである。

一月も押し迫った日の午後、浩二は大阪国際空港からサンフランシスコを経由してクリーブランドのホプキンス空港に着き、オハイオ州のアクロン市に到着した。東京から来た池田とは、サンフランシスコ空港で合流した。五大湖の一つ、エリー湖に近いホプキンス空港は、滑走路以外は雪で覆われていた。

空港では、最近アクロン市に開設したばかりの阪神重工オハイオ連絡事務所の所長、松岡武彦が出迎えてくれた。松岡の車でアクロン市のダウンタウンにあるホリディーインに着いたのは、日本と十四時間の時差があるために、日本を出発した同じ日の夕方だった。

人口が二十万人足らずのアクロン市には、Gタイヤ会社などアメリカの主なタイヤ製造会社の本社や研究所があるため、この地域は全米ゴム産業の中心と言われている。そうは言っても、アクロンはいつ来てもくすんだように寂しい町だ。特に、冬期は町が雪に覆われ、氷点下十度近辺の日が続くので、そのように感じる。

翌日は一月最後の日だった。池田、松岡とともにG社を訪れた。設備担当の三名の技術者に会い、Xプロジェクトのための改良点などを再確認するためである。しかし、今までの技術プレゼンテーションの時と違って、この日の彼らの反応は今一つの感じがする。浩二はこの日、TPM社の特許訴訟については触れないつもりだったが、一時間ほどでプレゼンテーションと質疑応答を終わったあと、課長のテッド・ロバートソンが口を開いた。

「コージ、TPM社との特許係争は大丈夫ですか？」

当時、浩二はG社の技術者と親しくなって互いにファーストネームで呼びあっていた。G社がこの係争を知っていることは当然予想していたが、この日に問題にされるとは考えていなかったので、浩二はすこし驚いた。それでも、冷静に答えた。

「大丈夫ですよ、テッド。本件で貴社には決して迷惑をかけませんので、安心してください」

「それなら良いのですが、私たちは少し心配しています」

「前に、新しいプレスのメカニズムについて当社が出願した特許の説明をしましたね。あの特許は、米国特許庁からすでに認可されています」

と言って、認可書類のコピーを渡した。ロバートソンはこれを見ながら言う。

「分かりました。しかし、コージ、我々としては様子をみるしかありません。ただ、特許係争のこと自体はあまり深刻に心配しないでください。アメリカでは、単にビジネスの手段として特許訴訟が使われることは、珍しくありませんから」

この日の話はこれで終わり、浩二は池田とともにホテルに帰った。

夕食は、ホテルから歩いて行けるレストランで摂ることにした。このレストランは、ここ数年来アクロンに出張する時に浩二がよく利用するレストランである。外見は古いレンガ造りで全く冴えないが、出されるオハイオビーフのステーキは、大変うまい。夕食は池田と浩二、それに、まだ単身赴任中のオハイオ連絡事務所の松岡と黒木和夫の四人の懇親会になった。

松岡は浩二より六歳若く、高分子機械課で浩二の部下だった。オハイオ連絡事務所ができる時に、人柄の良さと英語力で抜擢され、所長として派遣されたのだ。また、黒木は営業部から派遣されていた。黒木も英語力には定評があり、緻密な仕事ぶりが評価されて選ばれたのである。

ＴＰＭ社からの特許訴訟に関する詳細内容をまだ知らされていない松岡と黒木が、この特許係争のことを非常に心配していたのは、当然のことだろう。ボストンストリップやフィレミニオンなど各々好きな料理を注文してから、四人がバドワイザーやミラーなど好みのビールのグラスをとり乾杯を終えるとすぐに、松岡が言った。

「渡辺課長、ＴＰＭ社からの特許訴訟には驚いたでしょうね。私も新型機の開発に参加しましたが、他社の特許に抵触しないように慎重に検討しましたよね？」

「そうなんだ。君も知っているように、他社の特許に抵触しないように開発をすることは最低条件だからね。慎重に何回も検討会議を開いたし、当社の知財部だけでなく、知財部を通じてアメリカの特許弁護士とも相談して開発を進めた。そのために私はワシントンの法律事務所も訪問した。だから、ＴＰＭ社が訴えたことがどうしても理解できないのだよ」

これに対して、黒木が発言する。

「あえてお聞きしますが、渡辺課長、この件、本当に大丈夫ですか？　言いにくいのですが、どこか訴えられるだけの脇の甘さがあったということはないでしょうか？」

「脇の甘さって？　黒木君、君は何が言いたいのかな？」

「厳しいことを言ってすみません。ただ、申し上げにくいことですが、新型機には今も技術上の問題が残っています。技術の皆さんは、いつも任せておいてくれ、と言いますが問題はなかなかなくなっていませんね。ですから、特許に関しても、どこかに盲点がなかったか、と…」

「盲点ねぇ。少なくとも、私が知る限りの範囲では問題がないし、なすべき手続き、検討も全て行った、と信じている。もし、ＴＰＭ社側に正当性があり当社が敗訴するようなことがあれば、ワシントンの法律事務所は何をしていたか、と言うことになるよ。ただ、そうは言っても、アメリカでの裁判、特に陪審員裁判になったらどうなるかなど、心配なことはあるがね…」

「そうですね。陪審員裁判は分からない所が多いので、心配ですね」

その時、ちょうどウェイトレスが前菜のサラダとアルミホイルに包んで焼いた大きなポテトをテーブルに置き始めた。すると、いつも食欲旺盛で陽気な性格の松岡が言った。

「さぁさ、渡辺課長も黒木君も、深刻な話はそれまでにして、今夜は料理を楽しみましょうよ」

浩二も、まずは食べて体力をつけようと考えてサラダに手を付け始めた。ただ、黒木の発言から、阪神重工にとって初めてのアメリカでの特許訴訟は、社内の多くの人々に心配をかけていることを改めて認識したのだった。


翌日からは土日の連休で、池田と一緒に食事に出かける時以外は効きすぎるほど暖房が効いたホテルの部屋で過ごした。二日とも冬の北オハイオ特有の暗い曇天で、外はエリー湖からの冷たい北風が強く、昼間でも氷点下一〇℃を下回る寒さだった。

普段は多忙で睡眠時間も削る生活をしている浩二にとって、この土日はありがたい休暇のようなものだ。普段は読めない本を読み、せっかくの機会だからとテレビをつけてCNNニュースを観て、少しでも本場の英語に慣れるよう努力した。しかし、時差のせいもあり、暖房のよく効いた部屋のソファーの上で、すぐに居眠りをしてしまうのだった。

居眠りから目覚めると、どうしても色々なことを考える。こういう時、浩二は「お前は今いったい何をしているのだ？」と自問し考え込むのだった。その日も、競合企業に勝つために、次に開発すべきなのはどんな機械か、とかコスト低減をするためにもっと画期的な方法がないか、などを考えた。そして、次に考えるのは技術者のあるべき姿についてであった。

翌日の月曜日の午前十時、浩二は池田、松岡とともにG社の購買部を訪ねた。一九八六年の二月になっていた。購買部を訪問した目的は、Xプロジェクト受注のための挨拶と、TPM社との特許係争について説明することだった。その日、ふだんは顔を出さない購買部長のポール・ゴーワンが同席したので、三人とも少なからず驚いた。いつも会う課長格のラリー・ローズと担当のケン・ハリスが同席していた。

池田がXプロジェクトの最新状況を訊いたが、G社側は検討中と言うだけで、設備部と同じように今までと比べて反応が良くない。やはり、特許係争が影響しているのか？

次に浩二がこの特許係争について説明した。少し時間をかけて、新型タイヤ加硫プレスの開発の経緯から始めてTPM社と阪神重工の機械の差異を用意した図面を用いて、TPM社の主張がいかに理屈に合ってないかの説明をした。説明を終えると、ゴーワンが口を開いた。

「それで、裁判になってもあなた方は勝つ自信があるのですね？」

これに対して、浩二ははっきりと答えた。

「もちろん、決して負けるとは考えていません。開発の経緯を考えればお分かり頂けると思うのですが」

「そうですか。ただ、特許係争はやっかいで、どんなに勝つという自信があっても、解決までには時間がかかります。本当は、訴える方も訴えられる方も金と時間のみを浪費し、弁護士を儲けさせるだけで、何の益にもなりません。ですから、簡単に裁判に訴える今のアメリカの風潮は困ったものです。最近は、内容如何に関わらず、ビジネス上有利となれば、訴訟をする会社があるくらいですからね」

「ところで、ミスター・ゴーワン、貴社はこの特許係争について当社に協力して頂けますね？」

浩二はこう述べた後、自分の口からこの言葉が出たことに驚いていた。必要な協力とは何か、具体的な内容は考えていなかったからである。これに対して、ゴーワンは答えた。

「どんな協力でしょうか？　もちろん、私たちは貴社の機械のユーザーとして、求められれば必要な証言をするなどの協力は惜しみません。しかし、貴社とＴＰＭ社どちらか一方だけが有利になるようには協力することはできません。両社とも、当社にとって大切な設備メーカーですから、中立の立場を取らざるをえないのです」

考えてみれば、これは当然のことだ。Ｇタイヤ会社としては中立の立場で事態を注視するしかないのだろう。浩二はそれまで、何となくＧ社は加担してくれると思っていた。新型タイヤ加硫プレスは、もともと機械精度やエネルギー消費などＧ社の厳しい要求仕様を満たすように開発したものであるから、Ｇ社がほっておく訳はないと考えていた。だが、今回の設備部と購買部との会談で、そんな自分の考えが甘かったことに改めて気づくのだった。

その日の午後、浩二と池田はホリディーインをチェックアウトして、松岡と黒木が仮のオハイオ連絡事務所をおいているアパートに移った。今回の出張では移動のために松岡か黒木の車に頼る必要があったのと、アメリカ滞在が長引きそうになったので、週単位で借りられるアパートに移ったのである。

翌日の火曜日から三日間、浩二は池田とともにアクロン市内の三社と、そこから車で三時間ほどかかるミシガン州の町にある一社の合計四社のタイヤ会社を訪問して、新型タイヤ加硫プレスのプレゼンテーションを行った。どこに行っても雪が二十センチほど積もっていたが、それでも、融雪剤と早朝の除雪車のお蔭で道路には雪がなく凍ってもいない。米国の東北部は雪の多い寒冷地なので、こうでもしなければ車社会は成立しないのであろう。

訪問した四社では設備と購買の担当者に会った。彼らはすべてTPM社が阪神重工を提訴したことを知っていた。同じオハイオにあるTPM社が宣伝しているようだ。これを聞いて、浩二はアメリカのビジネス界の厳しさを再認識したような気がした。

その週の木曜日の夕方、浩二はアパートの地下にあるコインランドリーで下着を洗濯した。洗濯物をセットしてから自分の部屋に帰り出張報告を書いたりしたので、乾燥の済んだ下着を取りに行くのを忘れてしまい、気が付いて取りに行ったのは四時間以上が経ってからだった。

浩二の下着は洗濯機から取り出され、大半が引き裂かれていた。誰がしたのだろうか？　洗濯機を使おうとしたら、すでに乾燥した下着類で詰まっていたので腹を立ててやったのか？　乾燥まで済んだら速やかに取り出しなさい、と書いてあるので、忘れていた自分が悪かったと反省はしたが、異国での生活の厳しさを知った思いがした。

その週の日曜日の朝、浩二は池田とともにクリーブランドのホプキンス空港からテキサス州のダラスに飛んだ。ダラス・フォートワース空港から車で二時間ほどかかるタイラーという町にある、Gタイヤ会社の乗用車用タイヤ製造工場を訪問するためである。

北オハイオと違ってシャツだけでも十分に暖かい空港には、三つ柳明彦が車で出向かえに来た。三つ柳は阪神重工産業機械工場の製造課の技術者である。このタイヤ工場には、阪神重工が開発した新型タイヤプレス百三十台が八か月前に設置され、半年前からタイヤを製造している。ただ、油圧配管の油漏れなど問題があると言うので、三つ柳が配管工の山崎とともに三週間前から来て、各プレスをチェックし、必要な手直しをしているのである。

その日は日曜日だったが、工場はフル生産をしていた。浩二たちはすぐに工場に入り、まず自分たちが設計して納入したタイヤ加硫プレスが稼働している状況を確認した。

巨大な工場の中に、百三十台の加硫プレスが整然と並べて設置してある様子は壮観だった。各加硫プレスは、十分あまりかけて加硫したタイヤを、次々に全自動でコンベア上に吐き出している。阪神重工から出荷された機械は、仕様通りの機能を発揮しているようだ。無事に生産していることは聞いていたが、実際に自分の目で確認した時、浩二はまずはほっと胸をなでおろした。そして、自分たちが設計し日本の工場で製造された機械が遠いテキサスの大平原の工場で働いていることに、静かな感動を覚えた。同時に、もしＴＰＭ社との特許係争に負けるようなことがあれば、相当の特許料などの支払いが必要になるので、何としてもこの特許係争には勝たなければいけない、と決意を新たにするのだった。

その日の夕食は、この地方の名物であるナマズ料理のレストランで摂った。家族から離れて、遠くテキサスまで来て頑張っている、三つ柳と山崎をねぎらうことがこの夕食会の目的だった。レストランの入り口に幅二メートル、長さ三メートル、深さ一メートルくらいの水槽があり、日本の川にいるものより黄色っぽいナマズが泳いでいる。お客は好きなナマズを選び、フライなどの好みの料理を注文することができるようになっているのだ。

翌、月曜日の朝、浩二は三つ柳とともに工場の幹部と設備保全の技術者たちに会った。油圧配管の油漏れが一番の問題であったが、それ以外にも制御系統などに小さな問題が幾つかあり、その一つ一つの内容を確認し、確認の覚書を作成した。設備メーカーとして解決することを約束し、覚書のサインを交換したのである。この日の午後、浩二と池田はタイラーからアクロンに帰った。

翌日の火曜日、知財部の滝川部長と浜田、それに営業課長の衣川が日本からアクロンに到着した。滝川と浜田の訪米の主目的は、Zスピードの解決のためにワシントンの弁護士事務所を訪れることだったが、その前に浩二や衣川と話し合って理解を共有しておくために、アクロンに寄ったのだ。裁判は北オハイオ地裁で行われるので、土地勘を得ておくことも目的の一つだったようでもある。衣川の出張の目的は、営業責任者としてXプロジェクトの受注を確実にするために浩二と池田とともにG社を訪問することだった。

その日の夕食は、滝川、浜田、衣川、松岡、黒木、池田、浩二の七人による、アクロン市内の中華料理店での懇親会になった。

Zスピードに関しては、翌日到着することになっているワシントンのオーバリン・ケリー・ニューマン法律事務所のリチャード・オブライエン弁護士を交えて話すことになっているので、その日の夕食は仕事を離れた気楽なものになるはずだった。少なくとも浩二はそう考えていた。しかし、各自好みのビールで乾杯し、前菜の皿が運ばれてくると、それに箸をつける前に滝川が浩二に問いかけた。

「渡辺さん、例の訴訟の件、技術的には本当に大丈夫なんですね？」

この件に関しては自信があったので、浩二は静かに答えた。

「以前にも説明しましたが、これには十分に自信があります。開発に際しては、知財部と相談しながら、後で特許問題が起きないように注意しましたからね。その際、お宅の山本さんや浜田さんにはずいぶんお世話になりました」

「それは二人から伺っていますが、やっかいなことになったものです。競争相手企業から特許侵害で訴えられるのは、当社として初めてなので、全社的に注目されているのですよ」

これには何と答えたら良いか分からず浩二は黙っていた。すると、衣川が発言した。

「渡辺さん、本当に大丈夫ですね？　正直言って、私は大変心配しています。新型タイヤ加硫プレスにはまだ技術的な問題がたくさん残っています。渡辺さんを前にして言いにくいのですが、技術部の皆さんは何かと詰めが甘いような気がするものですから」

浩二は滝川の発言を大して気にしなかったが、衣川の発言にはむっとした。やはり本当のところ信用されてないのだな、と感じたからである。浩二は反論した。

「前から申し上げているように、ＴＰＭ社との特許係争に関しては、技術的には百パーセント自信があります。これで負けるようだと、日米の特許制度やアメリカの裁判制度そのものが信用できなくなると、思うくらいですよ」

「そうですか？　技術の皆さんは、いつもそう言って我々を安心させようとします。しかし、問題がないはずの新型タイヤ加硫プレスからもクレームがなくなりませんね」

「この場であまり時間をかけて議論をしたくないのですが、一般的に新開発機には初期トラブルがつきものです。色々な事情で試運転期間も十分取れませんからね」

「だからと言って、クレームがあって良い訳はないでしょう？　特許問題もそうですが、いま起きている問題を早く解決して頂かなければ、営業の受注活動にも支障をきたしますから」

「衣川さんは、クレーム、クレームと言いますが、先ほども申し上げたように大半は初期トラブルの類です。ある程度の初期トラブルは、開発製品には避けられないと私は考えています」

「その辺の考え方が甘いように思うのですが、初期トラブルがあって当然なのですか？」

「あって当然だとは言っていません。しかし、ある意味でやむを得ないと言っているのです。初期トラブルを恐れていては、新しい機械の開発などに挑戦できませんよ」

「小さな初期トラブルであったとしても、とにかく早く解決してくださいよ。そうでないと今後の受注活動に支障をきたしますから」

「わかりました。一日も早い解決のために、我々も努力しているのです…」

　浩二と同じ歳の衣川は切れ者と言われ、営業部のホープとされている。慎重で様々な引き合い案件にもすぐ飛びつくというのではなく、鋭い洞察力を持って熟慮してから戦略的に対応するタイプなので、浩二もその能力を高く評価していた。加えて、失注した場合の説明を常に用意しておく用心深さ、賢さをも兼ね備えていた。それだけに技術部への要求や指摘も厳しい。

それに比べて、浩二は根が楽観的な性格だったのかも知れない。失敗した場合を考えるより先に、「さぁやってみよう」と言って部下をけしかけた。何か失敗したときに弁解をすることが何よりも嫌いだった。それだけに慎重さに欠け、脇の甘いところがあったことも確かである。

衣川と浩二の間のやや険悪なムードを感じたのか、松岡が仲介するように言った。

「衣川課長も渡辺課長も、議論はこの辺にしてご馳走を頂きましょうよ。そうでないと、せっかくのご馳走がまずくなってしまいますよ」

誰だって懇親会を深刻な議論の場にしたくない。松岡の発言の後は、幸いにしてそれ以上の議論にはならなかった。

次の日の午前、ワシントンのオーバリン・ケリー・ニューマン法律事務所のリチャード・オブライエン弁護士が阪神重工のオハイオ事務所に到着した。午後、浩二たちはオブライエンからアメリカの特許訴訟についての詳しい説明を受けた。

オブライエンは一九〇センチを超える長身のアイルランド系で、髪と同じ赤毛の口ひげがよく似合う四十前の男だった。弁護士業はサービス業であることを心得ている感じの、好漢だ。

浩二は学生時代から意識して英語を勉強し、阪神重工に入社してからもタイム誌を購読するなどして、継続している。また、入社してから二十年近く、頻繁に海外出張をして外国人と接してきたので、英語には慣れていた。そのため、オブライエンの喋ることは全て理解することができた。外国語大学出身の衣川は英語に堪能だった。しかし、知財部長の滝川は英語を使う職場にいなかったため、アメリカからの帰国子女である浜田が滝川の耳元で通訳した。

一通り説明をした後、オブライエンが言う。

「大切なことは、訴訟、裁判を必要以上に怖がってはいけない、と言うことです。アメリカには、ビジネスを有利に進めるためだけに訴訟を起こす企業があります。日本の会社の中には、訴訟を起こされると驚いてすぐに和解に持ち込み、多額のお金を払う会社がありますが、それでは相手の術中にはまるようなものです」

それに対して、滝川が浜田の通訳を介して質問した。

「それでも、競争企業から訴訟されるなんて、不名誉なことですね？」

「いいえ、不名誉ではありません。単なるビジネスの手段として訴えているだけですから」

「安易な和解がよくないと言いますが、裁判までとなると、時間と費用がかかりますね？」

「もちろん、ある程度の時間と費用がかかることは仕方がありません。ですから私は、何が何でも裁判までもって行けと言っている訳ではありません。和解した方が得策の場合もあるでしょう。ですから、これから貴社内部で十分議論して方針を決めてください。私たちは、貴社が有利に決着するように、あらゆる努力をしますから」

浩二も特許裁判になった時を想定して幾つかの質問をした。その結果、アメリカの特許裁判への個人的興味が増したのだった。

翌日の木曜日、浩二は衣川、池田とともにG社の設備部と購買部を訪問し、Xプロジェクトの受注のための要請をした。営業課長が来ても、当然かも知れないがG社側の固い雰囲気はまったく変わらなかった。やはり雰囲気はよくない。

翌日、滝川と浜田はオーバリン・ケリー・ニューマン法律事務所で今後の詰めをするために、オブライエン弁護士とともに、ワシントンに向かった。一方、衣川、池田、浩二の三人は、Xプロジェクトへの今後のフォローを、オハイオ連絡事務所の松岡と黒木に任せて帰国した。

（3）

浩二が三週間近いアメリカ出張を終えて帰宅したのは、二月も半ばを過ぎた土曜日の夜だった。居間にいた妻の裕子が階段の上に向かって、

「お父さんが帰って来たよ。みんな下りておいで」

と声をかけると三人の息子たちは下りてきた。

三週間ぶりに見る妻と三人の息子たちは、何とも小さくて頼りなげに見えた。これは、当時欧米への出張から帰国した時に、浩二がよく感じたことである。出張中に欧米人の大柄な体と彫の深い顔を見続けているせいだろうか、帰国してしばらくはそのように見えたものだった。

土産のチョコレートや、一人一人に小さな土産物を配ってから、浩二は息子たちに声をかけた。

「みんな、元気やったか。しっかり勉強しとったな？」

それに対し、「元気やで。勉強もしとったで」と元気よく答えたのは、三男で小学一年生の良夫

だけだった。長男の雅夫は黙ったままである。まだブラスバンド部の部活禁止中だから、面白くないようだ。ちょっと遅れて、小学五年生の次男の和夫が、

「お父さんは、僕らの顔を見るとやっぱり勉強のことしか言わへんのやな」

と元気なく言ったので浩二は驚いた。和夫の顔色は青ざめており、よくないので、浩二は、

「和夫、どうしたんや？　顔色がようないな。どこか悪いんか？」

と訊いた。これには妻の裕子が答えた。

「あなたがアメリカにいる間、和夫は調子が悪く、三日も学校を休んだのよ」

「風邪でも引いたのかな。まだ寒いからな」

「熱も咳なども出ないから、はっきりした風邪みたいでもないのですけどね」

「そうか、早く元気にならんといかんなぁ」

こう言いながら、その時の浩二は悪夢のようだった、三年前を思い出していた。


それは、浩二が新型タイヤ加硫プレスの開発に忙殺されていた頃、始めに雅夫が一週間ほど遅れて和夫までもが学校を休み始め、結果的には二人とも四か月近くも学校を休んだ時のことである。

当時の浩二は世界の競合会社に負けない新型機を設計したいと、土日もほとんど休まずに開発に没頭していた。そのため初めのうち、雅夫と和夫に何が起きているのかよく分からなかった。仕事が気になって二人の息子の状態に関心を持つ余裕がなく、全て妻の裕子に任せていた。朝七時少し前に家を出て午後十一時頃に帰宅していた浩二は、週日は起きている子供たちの顔を見ることはな

く、初めの二週間ほどの間は裕子から二人の体調が悪いので学校を休んでいる、という説明を受けているだけだった。その頃、浩二は毎朝、

「まぁ、無理して学校に行かんでもええよ。体調が良くなるまで休ませようよ」

と裕子に言ってから家を出たのである。

裕子は、二人を行きつけの開業医だけでなく、市内の子供病院などにも連れて行ったが、原因は分からなかった。裕子の報告を聞いて、当時仕事のことでいらいらしていた浩二は、

「なんで原因が分からんのや？　やぶ医者ばかりやな！」

と言うだけで、当時、本当に親身になって二人のことを心配していなかったのだ。

二人が学校を休み始めてから一か月半ほど経ったある日のことである。夜の十一時に帰宅して遅い夕食を摂っていると、裕子が浩二に言った。

「お父さん、大変忙しいとは思うけど、一度休みを取って一緒に医者に会ってくれませんか？」

「どうしたんや？　君も知っているように土日も休めないほど忙しいのやけどな」

「分かっているけど、医者が家庭に、特に父親に問題があるのではないか、と言う意味のことを言うのよ。ですから、あなたを含めて四人で診察してもらった方が良いと思うの」

内科医や子供病院の小児科を回っても原因が分からないので、当時裕子は二人を大きな市民病院の精神科に連れて行って診察を受けていた。それまで五か所の病院をまわり、ある病院では胃に問題があるかもしれないと言うので、雅夫には子供用の胃カメラによる検査まで受けさせていた。もちろん、胃には異常が観られなかった。それだけに、小学生だった雅夫に胃カメラ検査までさせた

ので、後々まで浩二と裕子の心は痛んだ。

三日後に、浩二は仕事の都合をつけて午前中の半日休暇を取り、妻と二人の息子とともに、その精神科に行った。五十歳前後の神経質そうに見える医者だった。医者が浩二に訊いた。

「お父さん、大変お忙しいと伺っていますが、子供たちに接してやっていますか？」

「今は土日もなかなか休めないくらい忙しいので、残念ながらあまり接してやれません」

「忙しくても、できるだけ早く帰り、また週末には子供たちの相手をしてやらなくては駄目じゃないですか」

「はい、分かっているのですが、今は全く余裕がないものですから…」

「そうですか。それでも、どんなに仕事が大切でも、お子さんの健康の方が重要でしょう？」

医者は、だんだんと高圧的になってきたようだった。どうやら、浩二の態度を見て、家庭、特に父親に問題があるから、息子たちが登校拒否をしている、と半分ほど決めつけているようだ。浩二との話が終わったあと、両親の見ている前で医者は順番に雅夫と和夫の診察を始めた。聴診器を当てたり、顔色をみたりした後、医者が雅夫に訊いた。

「どうかな。まだ、学校に行く気にはならないかな？」

これを聞いて、浩二は非常に驚いた。初めから、身体の不調でなく精神的なものが原因で登校拒否をしている、と決めつけているような感じだったからである。浩二は医者の言い方に無性に腹が立ったので、言った。

「先生、子供たちはどこか身体が不調なので学校を休んでいるのです。単なる登校拒否ではないと思いますよ」

「お父さんがそんな態度だから、登校拒否をしているのかも知れませんよ。色々な病院で調べてもらっても、どこも身体は悪くなかったんでしょう」

浩二はますますいらだってきた。

「いや、どこか悪いはずです。この子たちは単に怠けたり、精神的な理由で登校拒否をするような子供ではありません」

医者はなお父親の態度に問題があるかも知れないと言うので、浩二も、そんな決めつけ方をしないで欲しい、納得できないと反論した。しばらくしてその日の診療は終わった。

裕子と相談し、浩二は二度とその病院には二人を連れて行かないことにした。何の役にも立たないどころか、診てもらうほど害になると思ったからである。

浩二にも強い心配と反省点がなかった訳ではない。仕事でピリピリしている自分の態度が、影響していることも確かだろうとも考えたので、かなり深刻に悩みもした。しかし、一方では二人の顔色などから、どこか身体に問題があるということを、直観のように感じてもいた。

その日からも二人の体調はよくならなかった。浩二と裕子は、無理をさせない方が良いと考えて、できるだけゆったりした気持ちで学校を休ませた。そうは言っても、浩二は会社の仕事に熱中していたからまだ良いが、裕子はつらかったようだ。後々まで、あの頃のことを思い出し、「悪夢のようだったのに、あなたは仕事のことばかりにかまけていた」と時おり非難する。

それから二週間ほどが経ち、裕子が近所の主婦から、少し遠いが市内の大病院に評判の良い小児科医がいることを聞いた。浩二は半日の休暇を取って裕子とともに二人の息子をつれて行った。

五十歳近い小柄な女医だった。浩二と裕子の話を聞いてから、順番に二人に聴診器を当て、口を開けさせて診察をした。また、二人の息子にも直接に時間をかけて丁寧に色々な質問をし、話を聞いた。診察を終えたあと、彼女は四人に静かに語った。

「どこが悪いのか今はまだ分かりませんが、精神的なものではなく体調不良が原因で学校に行けないことだけは確かだと思います。でも、きっと治ります。一緒に頑張りましょう」

浩二はこれを聞いて、まさに地獄で仏に会ったような思いがした。不登校の原因が精神的なものではない、と彼女が自信を持って断言してくれたからである。

その日彼女は栄養剤のような薬を処方してくれた。それから、裕子が何回かその女医の医院に連れて行ったところ二人は次第に元気になり、三週間もすると、一日、二日と少しずつ登校できるようになった。幸いだったのは、担任の教師とクラスの仲間がそっと温かく見守ってくれたことだった。そして、それから二週間もすると二人は何事もなかったように元気になり、毎日登校するようになったのである。休み始めてから四か月近くが経過していた。

いつもより遅く出勤できる朝があり、浩二は二人が登校するのを裕子とともに玄関で見送った。

「行ってきまぁす」

と言いながら元気よく家を出る姿を見ながら、子供が学校に行くと言う当たり前のことがこんなに幸せなことだったのだと思ったことが、今も忘れられない。

なお、体調不良の原因は、雅夫が体調不良を訴え始めた日の一週間ほど前に縁の下に散布したシロアリ駆除剤が原因ではなかったかと、浩二は考えている。それなら、なぜ浩二たち夫婦と良夫は何ともなく雅夫と和夫だけが不調になったのか疑問は残るが、当時使われていたシロアリ駆除の薬品は弊害があることが判り、その後まもなく使われなくなったと聞いているので、この推定は確かだろうと考えている。

帰国した夜に和夫の元気がないのを知って、浩二はひょっとしてまた何かあるかと心配したけれども、結果としては風邪だったようで、その後すぐによくなった。

（4）

浩二たちが帰国してから二週間後、オーバリン・ケリー・ニューマン法律事務所のアレックス・ニューマン弁護士とリチャード・オブライエン弁護士が阪神重工の本社にやって来た。アメリカの特許訴訟などについて阪神重工の経営陣に説明し、関係者とＴＰＭ社の訴訟に関して今後の対策を話し合うためである。

浩二が初めて会うニューマンは、いかにも切れ者という感じの男だった。高い鼻梁と鋭い眼光は鷲か鷹を思わせる風貌で、見るからに頼りになりそうだ。アメリカ人としては小柄で引き締まった体つきをしており、背格好は身長が百七十センチ余りの浩二とほとんど同じである。

最初の日の午後、本社の会議室でニューマンとオブライエンによるアメリカの特許係争と裁判制度についての説明会が開かれた。出席したのは、リーダーの山田副本部長以下、Ｚスピードのメンバーだけでなく、担当常務など会社の経営幹部も入れて総数二十数名になった。通訳をしたのは、知財部の浜田である。会議の冒頭、ニューマンが発言した。

「まず、皆さんに知って頂きたいことは、アメリカでは特許訴訟は正当なビジネスの手段の一つとして認められていて、訴えられることは決して不名誉なことではない、と言うことです。したがって、皆さんも決して余計な心配をせずに、法律に従ってことを進めて頂きたいと思います」

これは、浩二たちが何回か聞いたことである。それでも、役員などの出席者はこれを聞いてまずは安心という表情だ。この後、ニューマンは今後予想される和解交渉、陪審員裁判制度などの要点を分かり易く説明した。時おり意識して質問を受け付けながらの説明である。ニューマンの英語はオブライエンよりもさらに端正、明確で、話し方は非常に論理的で、きわめて分かり易いと、浩二は感心した。

翌日の午前、浩二はニューマンと話し合いをした。ニューマンが特別に希望したからで、二人の会見に同席したのは、オブライエンと浜田だけだった。

ニューマンは、学歴やそれまで携わった仕事など幾つかの個人的な質問を浩二にしてから、阪神重工の新型タイヤ加硫プレスの開発の経緯、Gタイヤ会社との関係、新型プレスの基本的なメカニズム、TPM社のプレスの基本的構造、などについて詳細説明を求めた。浩二は、用意した図面や写真を用いて、質問のすべてに英語でできるだけ丁寧に答えた。

アメリカの弁護士、特に特許などを専門とする弁護士は、大学で工学や物理学などを専攻している人が少なくない。彼らは大学卒業後ロースクール（法科大学院）で法律を勉強し弁護士試験に挑戦するのだ。大学では物理学を専攻したというニューマンは、浩二の説明をよく理解した。そのため、浩二は、まるでタイヤ会社の設備担当技術者に説明しているような、心地よい感じがした。二時間半の話し合いを終えると、ニューマンは浩二に握手を求めながら言った。

「ミスター・ワタナベ、大丈夫ですよ。心配しないで訴訟に立ち向かいましょう」

後の浜田の話によると、裁判になった場合に陪審員の前で阪神重工を代表して専門家証言ができるのは浩二以外にないことを知ったニューマンが、人柄と英語力をチェックするために、浩二と二人で話し合うことを強く希望したらしい。浩二はこれを聞いて、複雑な気持ちになるとともに、この機会に自分の思いをニューマンに十分伝えることができて良かった、と安堵した。

翌日、ニューマンとオブライエンは阪神重工を去り、別のクライアント会社を訪問するために東京に向かった。

阪神重工では、その日の午後にZスピード対策会議が開かれた。まず、ニューマンとオブライエンより得た情報の確認など、出席者の理解のレベル合わせをした。午後一時からの会議が始まって三十分くらいが経ったころ、出席者の一人である営業の衣川課長が、国際電話だと言って呼び出しを受けて退席した。およそ十分後に戻ってきて、二、三分山田副本部長に耳打ちをしてから、衣川は発言を求めた。

「皆さん、悪いニュースです。Xプロジェクトは失注しました」

会議の出席メンバーはこの報告を聞いても静かだった。しばらくは誰も黙り、重苦しい空気が流れた。浩二はこの知らせに少しも驚かなかった。先にアメリカ出張した時のG社の反応から十分予想できたからである。衣川の発言は続く。

「先ほどの電話はオハイオ事務所の黒木からです。現地時刻は今日の午前一時ですから、こちらへの報告は少し遅れましたが、昨日の午後、黒木がG社から呼び出され、通告を受けたそうです」

ここで技術部長の村山が質問した。

「それで、受注したのはTPM社ですね?」

「そうです。技術部の皆さんにはずいぶんと協力して頂きましたのに、こんな結果になって営業部として大変申し訳なく思います。ただ、黒木の報告によれば、今回は技術的な評価が理由でなく、特許訴訟が大きく影響していることだけは間違いないようです。もちろん、急速に進んでいる円高による価格競争力の低下も大きく影響しているとは思いますが」

次に、Zスピードプロジェクトのリーダー、山田が発言した。

「残念な結果となりました。特許訴訟を起こすことで、TPM社にうまくしてやられた訳です。いよいよ、当社はこの特許訴訟を早く解決しなければいけません」

これを受けて滝川知財部長が発言した。

「産業機械本部としては残念でしょうが、訴訟に関して言えば、これで進めやすくなりました。当社は当面の間ビジネスのことを忘れて、訴訟事件の解決に集中できますから」

浩二はこれらの発言を複雑な思いで聞いた。Xプロジェクト案件以外でも、何社かへの新型プレスの案件が進行中であったので、訴訟だけに集中する訳にはいかないからである。

この後十分ほどでZスピード対策会議は終わった。会議では、ニューマンとオブライエンの説明とアドバイスに従い、今後は安易に和解するのではなく対決して行く方針が確認された。また今後しばらくは知財部が中心になり、ニューマンたちと連絡を取りながら相手の動向をうかがって進めること、当然のことだが技術部と営業部は全面的に協力することになった。技術課長としての日常の仕事に加えて、当面この関係でさらに忙しくなることを覚悟せねばならないな、と考えながら、浩二は自分の仕事場に帰った。

時はまさに日米貿易摩擦の真っただ中だった。前の年にアメリカの対日貿易赤字が五百億ドルを超え、プラザ合意によって円高が急速に進んでいた。高分子機械課が担当する機種の売り上げの三分の二が海外向けなので、急速に利益率が下がっており、営業部からは絶えず原価低減が求められている一方、顧客からの技術要求は日増しに厳しくなっているので、開発、設計の責任者として、浩二は技術開発と原価低減の両立に悩むのだった。

その日は特に早く、浩二が午後七時前に帰宅すると、妻と三人の息子たちは夕食を始めたところだった。玄関のドアを開けると、妻の裕子が、

「あら、お父さん、今日はまた、えらく早いのね」

と言って、いそいそと夕食の準備を始める。全員が食卓につくと浩二はすぐに喋りはじめた。

「週日に皆と一緒に飯が食えるのは久しぶりやね。三人ともしっかり勉強しとるな？」

こう言ったあと、なかなか夕食を共にする機会がないのに、勉強のことから話し始めるのはいけ

ないなと、少し反省していた。浩二の心を見透かすように、次男の和夫が言う。

「何や、お父さん。僕らの顔を見ると、やっぱり勉強しとるかしか言わへんのか？」

浩二がアメリカから帰国した夜は元気のなかった和夫は、生意気な口をきくほど元気になってい る。この様子を見て、浩二は反論する。

「子供の時にしっかり勉強の習慣をつけんと、後で苦労するからな」

長男の雅夫が非常ベルを押したのが原因で叱られ、部活停止に入ってから一か月が過ぎようとしていたので、続けて浩二は雅夫に向かって言った。

「あと一か月や。もう少しの辛抱やね」

雅夫は「そうやなぁ」と言ったものの、今も面白くなさそうである。夕食の後、末っ子の良夫がまとわりついて離れないので、浩二はその夜は就寝するまで良夫とけん玉で遊んだ。

（5）

この後しばらくZスピードは小康状態が続いた。TPM社の動きを見守ることになっていたので、高分子機械課では訴訟事件のことは忘れて、本来の設計・開発の仕事に集中することができた。だからと言って、浩二ほか課員たちが暇になり日々の仕事に余裕ができた訳では決してない。

相変わらず、朝七時前に家を出て午後十一時前後に帰宅した。土曜日も出勤し、日曜日も六割くらいは会社に出ていた。

浩二だけがこのような状態だった訳ではなく、上司の村山部長も浩二の部下たちも似たような状態だった。村山や浩二は管理職だからいいとして、一般の課員たちは、実残業時間の一部にしか残業手当が払われていないのに、率先して残業し期待以上に働いたのだった。

管理職が遅くまで仕事をしたから部下たちも夜遅くまで仕事をするしかなかったのではないか、と反省しなかった訳ではない。ただ、その頃浩二だけでなく多くの課員たちには世界のタイヤ機械技術をリードしているとの自負があり、仕事に使命感をもっていた。そのため、どんなに忙しくてもつらいとは思わなかった、と言えば言い過ぎかも知れないが、仕事にまい進することが一種の生きがいになっていた、とは言えるだろう。時おり一杯飲み屋で課員たちと話をしても、課員たちが話すのは長時間の仕事に対する不満よりも、世界の競合企業に負けないために何をするべきか、が中心だったのだ。

一方では、無駄な仕事を減らし全員がもっと早く帰宅できる方法があるはずだと、管理職会議では何回も議論した。しかし、結果的に日常の仕事に追われ、本質的な改善をすることができなかった。この点については後々まで思い出す度に、浩二は忸怩たる気分になったものだ。

当時は日本経済の高度経済成長期の最終段階であり、多くのサラリーマンたちが残業代は一部しか出ないのに、夜遅くまで仕事をした時代だったのかも知れない。

新聞などでは、おおっぴらには取り上げられなかったようだが、『社畜』と言う言葉が一部に使われていた時でもあった。勤務している会社に飼いならされて、自分の思想や良心を放棄してしまった、奴隷か家畜状態のサラリーマンを揶揄した言葉である。『社畜』とは実に不愉快な言い方だと浩二は思う。当時の自分たちは、決して社畜ではなかった。世界の顧客の期待に応え、強い使命観を持って働いた技術者集団だったと、自負している。長時間労働ではあったが、自分たちで考え、自分たちの意志で新しいことに挑戦し続けた、と信じている。

太平洋戦争の後、日本の産業機械メーカーの多くは戦争による遅れを取り戻すために、欧米の会社と技術提携をした。技術提携と言っても実際は技術導入のことで、進んだ技術を持つ欧米の会社に特許料を払い、図面やノウハウを買い、図面や技術情報を日本化して機械を製作するのである。戦後の二十年数年の間、日本の産業機械エンジニアの仕事の多くは、欧米の進んだ技術を日本に定着させることだったと言えるだろう。

阪神重工も、セメント機械や空気圧縮機など色々な産業機械を欧米の会社から技術導入して国産化した。機械式タイヤ加硫プレスもその一つであり、一九五〇年代の初めにアメリカの技術を導入し既に三十年以上の実績があった。しかし、一九七〇年代の終わりごろから、導入した技術だけでは内外のタイヤ製造会社が満足しなくなり始めたので、独自の技術を持ったタイヤ加硫プレスの開発を目指すようになったのである。

ＴＰＭ社から特許侵害で訴えられている新型タイヤ加硫プレスは、アメリカのＧタイヤ会社からの具体的な開発要求に応えて開発した油圧式の新型機である。そして、試作機の開発完了と同時にＧ社から百三十台以上を受注すると言う華々しいスタートを切った。これにより阪神重工は従来の機械式と油圧式の二種類の標準タイヤ加硫プレスを、世界の市場に販売できるようになった。

阪神重工の新型タイヤ加硫プレスには世界のタイヤ会社の関心が高く、その頃欧米の四社のタイヤメーカーとの商談が進んでいた。なお、各社とも世界的に知られた大会社であり、阪神重工の標準機をそのまま受け入れる訳ではなかった。

営業部や会社の役員は、世界的に有名なタイヤ会社からの要請に大喜びで積極的だったが、技術的なフォローをするのは浩二と十八人の課員である。

十八人のうち半数は従来型の機械式プレスのオーダー業務に従事しなければならなかったので、新型機の仕事は残りの人員で進める必要がある。そのために、新型機を開発し始めてから、浩二の課は慢性的な人手不足の状態だった。他の課から補充するなどの努力をしてきたが、マンパワーの補充はいつでも最も難しいので、課員全員が長時間勤務を余儀なくされていた。

四月中旬の月曜日の朝、今週も気合を入れようと思いながら浩二が席に着くと同時に、知財部の浜田から電話がかかってきた。

「渡辺課長、お早うございます。浜田です。ご無沙汰しています」

「Zスピードが暫く小休止だったからね。ところで、今日は朝から何か事件ですか？」

「技術部は小休止でも、知財部はこの件で結構忙しかったのですよ。お電話したのは、TPM社が今度は当社に二十六項目の質問状を送ってきたことをお知らせするためです」

「今度は質問状ですか？」

「そうです。しかし、これは何も特別のことではありません。特許訴訟を起こすと、次の段階で質問状を出してくるのが普通のことらしいです。ＴＰＭ社への最終的な回答は、知財部がワシントンの法律事務所と協力して作成しますが、技術的な質問が中心ですから、色々と渡辺課長にお願いせねばなりません。よろしくお願いしますよ」

「もちろん全面的に協力します、と言うより私たちの問題だよ」

浩二はこう言ってから、明日からはさらに忙しくなるなと思うと同時に、何かに対して、負けるものかと新たな闘志を感じ始めていた。

それから一時間あと、浜田がＴＰＭ社からの質問の写しを持って来た。十分ほど時間をかけてチェックしてみると、二十六項目のうち二十二項目が技術的な質問だった。そんなに難しい質問ではないが、きちんとした英文にして回答を作成するにはそれなりに時間がかかる。

その週は、浩二と藤崎はこのためにかなりの時間を費やした。しかし、二人ともこれだけにかかっていた訳ではない。ドイツのクレームが次第に深刻になり始めていたのだ。

これより四年前、日本の大手タイヤ会社であるＳ社が、イギリスに本社があり世界的に有名なタイヤ会社を買収していた。阪神重工は前年の一九八五年にその会社のドイツ、ＳＱ工場に六台の新型タイヤ加硫プレスを納めていて、その六台に問題が起きていた。結果として、Ｓ社の国内工場でもっと長く使ってもらい、問題を出し尽くしてからＳＱ工場には納入すべきだった。同じ問題でも、遠いドイツで発生すれば対応には時間も金も余計にかかるからである。

翌日の午後、太田垣工場長、村山技術部長、藤崎、浩二の四人が集まって対策を議論した。会議の冒頭、技術部の対応が甘いと、浩二は太田垣工場長より厳しく叱責された。村山部長が浩二をかばう発言をすると、次に太田垣は村山をひどい言葉でなじった。

会議の結果、次の週に藤崎が製造課の職長とともにドイツのSQ工場に出張し、クレームの実態を直接調査し、対策案について相手側と話し合うことになった。


その夜、浩二が帰宅すると、家族は夕食を済ませていた。長男の雅夫は食卓の椅子に座ったまま沈んだ顔をし、妻の裕子も浮かない顔に見える。それを見て、浩二が訊いた。

「二人とも、どうしたんや？　面白なさそうな顔をしているな」

雅夫は黙ったままで、裕子が答えた。

「お父さん、聞いてやってよ。ひどい話なのよ。これじゃぁ、雅夫が可哀そうよ」

話を聞くとこうだった。非常ボタンを押して顧問の教師から二か月の部活停止を言い渡された雅夫は、あと一週間で二か月が過ぎることを楽しみにしていた。ところが、この日、次週の最後の一週間、罰の仕上げとして、例のふざけあった友だちとともに、毎日放課後に職員室の掃除をさせられることになったと言うのだ。裕子はまだ憤慨に耐えないと言う様子である。浩二は中学教育の実態をよく知らないが、確かに部活の顧問は執念深いな、と感じた。けれども雅夫には、

「まぁ一週間だけで良かったやないか。もうすぐ部活が再開できるのやから、もう少しの辛抱や。頑張れよ」と言って慰めた。雅夫は黙ってうなずいた。

幸いにして、一週間後、雅夫は無罪放免になり、部活で好きなトランペットを吹き始めた。

雅夫が二か月間の罰を受けている頃、浩二も工場長や時には担当の役員から、担当機種のクレームの多さについてしばしば厳しい叱責を受けていた。

浩二を叱責する時、上司たちはたいていの場合、

「部下に対する態度が甘すぎる、課長ならもっと厳しく叱り飛ばして、課の体質を改善しなければいけない。それができないなら、管理職は失格だ」と言った。

それに対して、浩二は叱るのは却って課員の意欲を削ぐ、マンパワー不足が本質的な原因だと言って反論した。だが、上司たちは本質的なマンパワー不足には見て見ぬふりをした。ただ、彼らも分かっていても、円高が進みコスト低減が何よりも優先する時に、人員の削減はできても増員はできなかったのだろう。中でも、浩二が決して忘れることができない出来事がある。

ある日の昼前、浩二は、産業機械工場の前工場長で阪神重工の取締役になったばかりの中内勝がこちらに歩いて来る、のを見た。小柄な体の肩をいからせて、足早に歩いて来る。不機嫌そうな顔についた眉がぴくぴくと動くのは、以前から中内の雷が落ちる前兆だ。

「こりゃ、やばいぞ」と思いながら浩二は急いで立ち上がり、挨拶をしようと身構えた。

浩二の席の前に来ると、中内は浩二を大声で罵倒し始めた。いつまでもクレームが減らないこと、特にドイツのSQ工場のクレームが解決していないことを責めたのだ。

時間にして三、四分の間のことだろうが、ここに書くのも憚られるような、また妻子には絶対に聞かせたくないような言葉で浩二を罵倒してから、最後に、

「渡辺君、課の体質を改善できないのなら、君は永久に次長には昇進できないぞ。覚悟しとけ」と捨て台詞を残して足早に立ち去った。その間、浩二には一言の弁解もさせなかった。

中内の発言の背景には、その年の四月の人事異動で、浩二と同期入社の社員の中にも、次長に昇進した社員が何人かいたことがあったのだろう。その時の浩二は次長に昇進することなど考える余裕がなかったので、捨て台詞そのものは大して気にならなかった。けれども、重役からひどい言葉で罵倒されたことには、やはり少なからぬ衝撃を受けた。

課員全員の前で、課長が重役に罵倒されたと言うので、課員たちも同情した。中には、自分たちのせいだと、涙を流す課員もいた。しかし、部下たちに同情されるようでは、管理職としては失格だ。打たれ強いと言うべきか、叱責にはかなりの免疫のできていた浩二も、さすがにその日だけは落ち込み、仕事に集中できなかったものだ。

(6)

阪神重工が二十六項目の質問への回答を送ったあと、TPM社は阪神重工の技術と販売の実務責任者のデポジション証言を求めてきた。それに応えて、技術課長の浩二と、四月に営業部次長に昇進したばかりの衣川が証言することになった。この場合のデポジションとは、一人ずつ宣誓した後に原告側の弁護人の質問に答えて証言することである。証言の結果によっては、裁判になった時に相手に利用されるので、不利な言質を取られないようにする必要がある。

七月の半ばの月曜日、浩二は米国の首都ワシントンに飛んだ。デポジションはワシントンにあるオーバリン・ケリー・ニューマン法律事務所で行われるからである。

ワシントンのダウンタウンにあるホリディーインには、衣川が山田副本部長とともに東京から到着していた。Ｚスピードのリーダーである山田は、二人がデポジションを受ける機会に、ワシントンにあるオーバリン・ケリー・ニューマン法律事務所を訪問し、正式に本格的な協力依頼をするためにに来たのだ。また、デポジションを傍聴し、問題のないことを確認するために、知財部の山本課長と浜田もすでに到着していた。

ワシントンは暑い夏を迎えていた。もともと夏のアメリカの首都は東京や大阪のように蒸し暑いところだ。サンフランシスコで国内便に乗り換えてワシントンのナショナル空港に着いた時は夕方だったが、空港の外気の温度計は三十五℃を示していた。

もっとも、ワシントンでは効きすぎるほどエアコンの効いた室内にいたので、浩二が物理的な暑さを感じた訳ではない。しかし、気分的には暑い十日間を過ごすことになる。

実際のデポジションは、次週の月曜日からオーバリン・ケリー・ニューマン法律事務所にＴＰＭ社の弁護士が来て行われる。浩二たちがこの法律事務所に到着したのは月曜日で、翌日の火曜日には山田副本部長を中心に確認会議が開かれた。水曜日の朝、山田は帰国した。

この水曜日の朝から三日間、衣川と浩二はオブライエン弁護士によるデポジションのための事前の特訓を受けた。具体的には、オブライエンがＴＰＭ社の弁護士が質問すると予想される質問をして、二人の回答の仕方、内容をチェックし、必要な修正をするのである。

始めにオブライエンからデポジションの趣旨の説明と、回答方法についての注意があった。大切なのは相手に協力しているという態度を見せること、しかも同時にできるだけ実質的な情報を与えないことだ。知らない時また曖昧にしか知らない時は知らないと言い、覚えていないことは記憶にないと明言することも大切だ。もちろん黙秘権が認められている。この説明を聴き、浩二は、ロッキード裁判の席で事件に関係した証言者たちが、頻繁に「存じません」とか「記憶にありません」と言っていたことを思い出した。

その後オブライエンは順番に浩二と衣川に質問し、英語の表現や内容が間違っていたり不適切であったりすると厳しく指摘し、すぐにその場で直させた。

オブライエンによる特訓が終わると、仕上げとしてニューマンにより実際のデポジション形式に則った予行演習が行われた。最初に、証言の形式通りニューマンが浩二に質問した。

「ミスター・ワタナベ、あなたは神かけて真実を述べることを誓いますか？」

予定していた訳ではないが、浩二はとっさに、

「イエス、私は仏陀にかけて真実を話すことを誓います」

と回答していた。すると、ニューマンは困ったような顔をして言う。

「オー、ミスター・ワタナベ、ここでは仏教徒もキリスト教徒もありません。この場合の神とはどんな宗教の神でもいいのです。ですから、イエスとだけ答えてください」

本当は、さらに屁理屈を言うなら仏教にはキリスト教のような神はいないのですよ、と反論したかったのだが、浩二はそこまでは言わずに、笑いながら謝った。

「分かっています。これはあなたを困らせようと思って、言った冗談です。すみません」

「そんな冗談が出るほど余裕があれば大丈夫です。ただし、実際のデポジションでは、冗談でも決してあんなことを言わないでくださいね」

この後は、次々と浩二に質問した。ニューマンは、答え方が適切でないときびしく「それでは駄目です」と指摘し、英語が不適格であると、「それではアメリカ人には理解できません」などと言って、より良い表現に直してくれた。

オブライエンとニューマンによる三日間の特訓が終わる頃には、浩二は慣れてかなり自信もついてきた。英語もいくらか良くなったと思う。何しろ、素晴らしい英語教師の個人レッスンを三日間、十時間近くも受けたようなものだから、当然であろう。

翌日は土曜日で、今回ワシントンに出張してから初めての休日だった。浩二は山本、浜田、衣川とともに、スミソニアン博物館を見学し、気分転換を図った。

次の月曜日の朝、デポジションのために、TPM社の二人の弁護士がオーバリン・ケリー・ニューマン法律事務所にやって来た。主任弁護士は、ジョン・ケラーという五十代半ばのスキンヘッドの巨漢だ。身長は一八五センチほどで、体重が三百ポンド（一三六キログラム）あるらしい。もう一人はロバート・ジョンソンと言う四十歳くらいのケラーよりさらに長身のやせた男である。

デポジションは衣川からだった。ジョン・ケラーによる質問により、午前中に二時間、午後三時間で一日に五時間、最初の二日と三日目の午前は衣川のデポジションだけで過ぎた。ケラーの質問は、タイヤ業界の基本的なことから、さらに一般的な内容に及んだので時間がかかった。ただ、浩二は聞いていて、ケラーが本当に知りたいのは何なのかが今一つよく理解できなかった。

衣川の回答はニューマンとオブライエンの忠告に忠実で、のらりくらりと要点をはぐらかすものであった。衣川の巧妙な答え方が、デポジションを長引かせた理由の一つでもあったが、明らかにケラー弁護士側も準備不足の感じだった。衣川へのデポジションは、三日目の午前で終わり、その日の午後は休憩になった。その日の昼食時、ニューマン弁護士が阪神重工の四人に報告した。

「TPM側は困っているようです」

浩二が、困っているとはどういう意味か、と訊くと、ニューマンは、

「どうやら、早期の和解に持っていきたいのが本音のようです。始めから、阪神重工が本気で裁判をも辞さない態度に出るとは予想していなかったので困惑しているのです」

と答えた。浜田による耳元での通訳を通して聞いていた山本がこれに対し、言う。

「相手が和解を望んでいるのなら、それに応じるのも一つの手です。相手がどんな和解内容を望んでいるのか、探ってくれませんか?」

山本の態度は和解を望んでいるようにも見える。これに応えてニューマンが答えた。

「TPM側の意向を探ってみましょう。でも、明日朝からのミスター・ワタナベのデポジションは問題ないように終えなければなりません。少なくとも、それまではこちらは弱気を見せるべきではありません」

浩二のデポジションは、四日目の木曜日の午前十時から始まった。ケラー弁護士の質問は、衣川

への質問以上に鋭さを欠いたもののように浩二は思った。大学で何を勉強したか、阪神重工で働き始めた理由は何か、今までどんな機械の開発に従事したかなど、質問者の意図を疑うような退屈な質問が続いた。浩二もオブライエンとニューマンの注意事項を守りながら、慎重に答えた。

昼食後、浩二のデポジションが再開される前に、ケラーの要請でニューマン、オブライエン、ケラー、ジョンソンのアメリカ人弁護士による会議が始まった。三十分ほどの会議の後、ニューマンが阪神重工側の山本、浜田、衣川と浩二の四人を集めて、報告した。

「TPM社側が和解したいと正式に提案してきました」

これを聞いて、山本が浜田の通訳を通じて質問した。

「それで、どんな和解条件を出しているのですか？」

「まだ、内容はわかりません。ただ、昨日も言いましたように、相手は阪神重工が本気で裁判に応じてくるとは考えていなかったので、こちらが考えていた以上に困惑しています」

これに対して営業課長の衣川が言う。

「相手はXプロジェクトを受注できたので、訴訟の目的は達成した訳ですね。本当はこの訴訟は取り消したいと考えているのではありませんかね」

これにはニューマンが答えた。

「相手の和解案に簡単に応じるべきではないと、私は考えます。この件に関しては、技術的には阪神重工の方が明らかに強いのです。和解に応じるかどうかは、皆さんが帰国してから、社内でよく相談して決めてください。ただ、まだミスター・ワタナベのデポジションがありますから、それを無事に終えましょう」

浩二は和解と聞いて、それならＴＰＭ社側が阪神重工に和解金を払って謝りこの訴訟を取り下げるべきだと考えた。しかし、山本はある程度なら和解金を払っても良い、と考えているようだった。いずれにせよ、和解の話が出た後だけに、そのあと始まった浩二へのケラーの質問は、それまでにも増して迫力を欠いたものになったように、浩二は感じた。

ケラー弁護士は、タイヤ業界について、衣川への質問と同じような質問を浩二にも繰り返した。機械の構造などの質問が始まったのは、その日の午後三時を過ぎてからだった。浩二のデポジションは、翌日、金曜日の午前中で終わった。オブライエンとニューマンによる特訓の内容と比べると、最後まで迫力を欠いた質問ばかりだったので、浩二は拍子抜けした気分だった。

その夜は、ワシントンでの最後の夕べだったので、ニューマンとオブライエンが、阪神重工の四人を市内の高級レストランに招待し、デポジションの労をねぎらってくれた。

翌日、土曜日の朝早く、浩二たち四人はワシントンからオハイオに移動した。

阪神重工のオハイオ連絡事務所は、すでにアクロン市のダウンタウンに正式の新事務所として開設されており、所長の松岡ともう一人の駐在員の黒木は、すでに家族を呼び寄せて郊外にそれぞれ一戸建ての家を借りて住んでいる。

その日の午後は、松岡と黒木が加わり六人でゆっくりとゴルフを楽しんだ。蒸し暑いワシントンと違って北オハイオの夏は実に快適だ。ゴルフ場には池があり、少なくないカナダ雁がいて、我が物顔で幾つかのグリーンに座り込んで占拠していた。人が来ても簡単には動こうとしない。声を出して追い、雁たちがやれやれしょうがないなぁ、と言う感じでゆっくりと歩き去るのを待ってから、アプローチとパットを始めなければならなかった。

デポジションが終わってからオハイオに移動したのは、タイヤ会社を訪問するためであった。翌週の三日間、浩二は松岡、衣川とともに、G社を含むアクロン市内の三社と、そこから車で三時間ほどかかるミシガン州の小都市にある一社、計四社のタイヤ会社を訪ねた。そのうち、G社とはテキサスなどに納入した機械の問題を話し合い、他の三社とは新型タイヤ加硫プレスのテスト使用についての議論をした。

四日目の木曜日には、現地の機械部品の製造会社、三社の社長が次々にオハイオ事務所に挨拶に訪れ、阪神重工のアメリカ向けのタイヤ加硫プレスの部品を外注してくれるように要請した。浩二は彼ら三人の相手をしたが、阪神重工が実力以上に評価されていることを肌身で感じた。

色々と気になることはあったが、日本でも多くの問題が待っているので、アメリカでの諸案件のフォローを松岡と黒木に任せて、翌日、浩二たちは帰国の途に就いた。

十八日ぶりに我が家に着いたのは、八月初めの土曜日の夜だった。十八日間の米国出張中、妻には一度も電話をしなかったので、帰宅したとき浩二には少し後ろめたい気持ちがあった。

翌日の日曜日は時差と旅の疲れで朝の十時まで起床できなかった。中学二年の長男の雅夫はボーイスカウトのジャンボリー大会で山形県の蔵王に行って不在だった。小学六年の次男の和夫は浩二が起きる前に少年野球の練習に行っていた。小学二年の三男の良夫がまつわりつくように浩二のそばから離れないので、妻の裕子とともに午後は良夫をつれて、市内の遊園地で遊んだ。

翌日の月曜日、浩二はほぼ三週間ぶりに職場に出勤した。週初めの朝の管理職ミーティングで、全員に簡単にZスピードのデポジションなどアメリカ出張の報告をしたあと、太田垣工場長と村山技術部長に簡単な報告書を提出し、一時間ほどの報告を兼ねて話をした。

高分子機械課の機械には相変わらず多くの問題が残っていた。特に、二つのクレームが渡米前以上に深刻さを増していたので、太田垣も村山も、Zスピードよりも先ずはそれらの解決に全力を上げるよう浩二に指示した。

二つの問題とは、中国、上海のタイヤ工場に納入したタイヤ加硫工場用の熱水設備で起きている問題と、ドイツのSQ工場に納入した新型タイヤ加硫プレスのクレームである。この二件とも、以前から課員を派遣して解決を図っていたのだが、まだ解決していない。国内なら解決しているべきことでも、国情のちがいもあり簡単に収束という訳にはいかないのである。

なお、上海の問題は収まり始めていて、後は、終結のメモの作成段階に入っており、その後一週間ほどで解決した。もう一件のSQ工場の問題は解決の目途が立っておらず、いずれは技術の責任者として、浩二が出張して相手側の責任者と話し合う必要がありそうだった。

この他、営業部が主体でインドへの技術供与を進めており、八月中に営業担当課長とともに、浩二がインドに出張して話をまとめることが決まっていた。これは三十年以上の実績がある機械式タイヤ加硫プレスの技術輸出の話であった。

その週の終わりに、本社でZスピード連絡会議が開かれた。すでにTPM社から和解案が提出されていたので、TPM社の和解案に対する方針検討がおもな議題だった。

TPM社の和解案は阪神重工が和解金を払う内容だった。その金額も法外に高く、とうてい納得できる額ではなかった。会議の始めに滝川知財部長が発言した。

「裁判まで行くと、何が起こるか予測できません。費用もまだまだかかります。したがって、この機会に当社も和解案の受け入れを検討したいと思います。皆さんのご意見を聞かせください」

浩二は、真っ先に挙手をして発言した。

「今まで何回かご説明しているように、私たちは米国の法律事務所とも相談し、特許上の問題がないように万全を尽くして開発しました。当社の方法については米国特許も成立しています。裁判になっても負ける訳はありません。ですから、決して安易な和解をすべきではないと考えます」

これには、滝川が補足の意見を述べた。

「技術部の皆さんには受け入れられないでしょうが、今まで弁護士費用、皆さんの出張費用など相当なお金がかかっています。裁判まで行くとなると、さらに相当な費用と時間がかかります。したがって、総合的に考えて和解も検討すべきではないでしょうか?」

「おっしゃることは分かりますが、相手は阪神重工が彼らの特許を侵害しているという前提で和解金を要求しているようです。この場合、下手に和解に応ずると、特許侵害を認めたことになりかねません。和解に応ずると、TPM社は阪神重工が特許侵害を認めた、と言ってタイヤ会社に宣伝する可能性だってありますよ」

「渡辺課長の意見は分かりますが、裁判は間違いなく陪審員裁判になると予想されます。その場合、いくら当社の方が法律的に正しくても、陪審員の判断で敗訴する可能性だってある訳です。ましてや、裁判はＴＰＭ社のおひざ元であるオハイオで行われるのですからね」

浩二も陪審員裁判は非常に心配だった。しかし、この時点で和解することは、自分の非を認めるような感じであり、屈辱的でとても受け入れられなかった。

「陪審員裁判は心配ですが、当社が負けるようなことがあれば、私たちが相談したワシントンの法律事務所は何をしていたということになります。それに、当社の米国特許は成立しているのですから、アメリカの特許庁は信頼できないことになりますよ」

これを聞いて、四月に営業部次長になったばかりの衣川が発言した。

「渡辺さんの、その自信と思い込みが問題ではないでしょうか？　私は、陪審員裁判のことを非常に心配しています。ですから、この際、和解も真剣に検討すべきだと思います」

浩二はこの発言を聞いて非常に残念で腹立たしく感じたが、その気持ちを抑えて反論した。

「衣川さん、私の自信と思い込みとは、どう言う意味でしょうか？」

「失礼しました。私の発言が気に障れば謝ります。ただ、申し上げにくいことですが、技術部の皆さんは、心配するな、任せてくれ、と言いますが、新型タイヤ加硫プレスにはまだ問題が残っています。それだけに、特許の件も詰めの甘さがなかったか、心配しているのです。それに、裁判は日本にはない陪審員裁判です」

「新型タイヤ加硫プレスの初期トラブルは収束しつつあります。しかし、これについては、今ここで時間をかけて議論したくはありません。それより、今は特許係争の問題を議論しているのですから、問題をすり替えない方が良いと思いますが…」

「それは…」と衣川がなおも反論しようとした時、リーダーの山田が、

「衣川君、もう良いではないか。今はＴＰＭ社との特許係争について議論しているのだよ」

と言ってそれを制した。そして、全出席者に向かって言った。

「和解をすべきかどうかについて、皆さんの意見をもっと聞かせてください」

この後しばらく議論が続いた。当然、賛否両方があったが、今は安易に和解すべきではないと言うのが大勢になった。最後に山田が次のように発言して収めた。

「下手な和解はせずに、今は裁判まで行く覚悟を決めましょう。当社が本当の意味で国際企業になるためにも、米国での裁判を恐れるべきではありません。今回は勉強のための良い機会だと考えましょう。経営陣にもそのように説明して了解を取ります」

こうして、少なくとも当面は和解をしないことになった。同時に、今後何が起こるか分からないので、状況を見ながら柔軟に対処するとの方針も決まった。

気分的には余裕はなかったが、浩二は暑い八月には全課員が二、三日の夏休みを取れるように努力した。浩二自身も八月下旬に木、金曜日の二日の有給休暇を取り、家族で箱根、芦ノ湖に行った。会社の保養所が箱根にあり、運よく二泊の予約が取れたからである。妻と三人の子供たちは非常に

喜び、浩二にとって予期していた以上に楽しい旅となった。念願の富士山を色々な場所から観ることができ、芦ノ湖で遊覧船にも乗ったりして、後々まで妻や息子たちと話題になるほど良い思い出が残った。

(7)

二泊三日の箱根旅行から帰ったのは土曜日の夕方だった。翌日の日曜日、浩二は出勤した。月曜日の午後からインドに出張することになっていたためである。二日間の有給休暇を取る前に出張準備は済ませていたが、それでも未決箱に残っている書類を処理し、最終的な細かい準備をするのに日曜日の午前十時から午後五時までかかった。

月曜日の午前中は会社に出勤し不在中の業務を藤崎秀雄に引き継いでから、午後に会社を出て成田空港経由でインドのマドラスに向けて出発した。マドラスは一九九六年にチェンナイと改名されている。相手会社の工場を見て、技術供与するに値する会社かどうかの判断をするために工場の製造課のベテラン係長が加わった。東京からは営業担当課長が加わった。

火曜日から木曜日の三日間の交渉で技術供与契約を結ぶことができた。インドからの帰路、マレーシアのクアラルンプールにあるタイヤ会社を訪問した。そのタイヤ会社にも、阪神重工はゴム用ミキサーやタイヤ加硫プレスを納めていたので、将来の増設時の受注を確かにするための挨拶をして、最新技術のプレゼンテーションをするのが目的だった。

インドとマレーシアへの出張から帰国したのは八月の最終日だった。

九月も標準機の図面手配や原価低減策の検討などで、連日夜の十時過ぎまで仕事をする忙しい月になった。ドイツのＳＱ工場のクレームについては、技術的な解決方法は提案してあったが、相手の会社は阪神重工の技術責任者と直接議論しなければ納得しないと主張していたので、早い機会に浩二がドイツに出張する必要があったのだ。

そんな中、九月下旬に入った日にＺスピード会議が開かれた。

それまでの一か月ほどの間、主として知財部がワシントンのオーバリン・ケリー・ニューマン法律事務所と連絡を取りながら必要手続きを進めており、技術部は時々問い合わせに応える程度だったので、浩二は久しぶりのＺスピードの会議に新鮮な気持ちで出席した。その日の会議が開かれたのは、北オハイオ連邦地方裁判所の担当裁判官より阪神重工とＴＰＭ社の双方に対し、ディスカバリーを年末までに終えるように、との指示があったからである。

ディスカバリーとは裁判前に行われる必要な事実情報の開示である。具体的には、特許係争の参考情報を持っていると考えられる人物に、デポジションを実施して証言を取り、裁判に必要な情報を集めて、裁判官に提出することである。デポジションの多くは、原告であるＴＰＭ社の弁護人が行う。阪神重工がＴＰＭ社の特許を侵害していると訴えているのだから、原告がその証拠を裁判で裁判官や陪審員に示す必要がある。ただ、必要と判断した場合には、被告側の弁護人もこのためのデポジションに立ち会って質問し、後の裁判で不利にならないようにすることもできる。

オーバリン・ケリー・ニューマン法律事務所からの情報として、TPM社がデポジションを予定している八人の人物名が知財部から報告された。その中の一人は阪神重工のオハイオ連絡事務所長の松岡である。その他の二人はTPM社の現職とOBの主任技術者で、四人はGタイヤ会社の技術者だ。最後の一人はオハイオ州にある油圧機器会社の社長だった。松岡はもちろんだが、それまで仕事で付き合っていたので、浩二はTPM社の二人以外の全員をよく知っていた。

デポジションを受ける松岡には注意事項を伝えること、また、他の五人についての情報を浩二からオーバリン・ケリー・ニューマン法律事務所に提供することなどを確認して、この日のZスピード会議は終わった。

TPM社がデポジションを予定しているG社の四人とは、設備技術部長のディック・タイソン、同課長のテッド・ロバートソン、機械技術者のマイケル・ブゾルフスキーとピーター・シャファーである。このうち、タイソンはアメリカ原住民の血が八分の一入っている男だった。真っ黒い髪と褐色の瞳を持つ彼は、一緒に食事をした時、浩二に、

「コージ、私にも幼い頃、あなたと同じように蒙古斑があったのだよ」

と親しみを込めて言ったことがあるほど、阪神重工に好意的だったように浩二は思っている。

また、ピーター・シャファーはまだ三十歳前の若者で、新型機のテスト機の立会運転のために二回、合計十五日間阪神重工を訪問した。この間、浩二はシャファーを週末に二度自宅に招待しご馳走した。優秀なエンジニアであるとともに人柄がよく、浩二の家族からもピーターさんと親しまれた人物だ。最重要な顧客であるG社の四人の貴重な時間を、非生産的なデポジションのために使わ

せることは、浩二にとって心苦しいことだった。

この他、阪神重工側のオーバリン・ケリー・ニューマン法律事務所が、二人の引退した七十代の元技術者にデポジション行うことが決まった。その一人は、阪神重工が従来の機械式タイヤ加硫プレスで技術提携していた会社の元主任技師、ジャック・エイシーで、もう一人はFタイヤ会社の元設備技師、チャールズ・ロジャースである。この二人は古い特許情報によって選ばれたので、浩二は面識がなかった。ただ、ジャック・エイシーの名前は米国特許明細書の発明者として何回も目にしていたので、その名前を見て、懐かしく感無量の思いがした。

これらの人物へのデポジションは、十月から十二月にかけてオハイオで行われた。


この後、翌年一九八七年の一月末まで、浩二はZスピードにはそれほど時間をとられることはなく、知財部からの要求に応えて時々技術情報の提供や意見を述べるだけだった。

もちろん、この間が暇だったとか楽だった、という訳では決してない。主に前からの懸案事項であった、ドイツのSQ工場のクレームの解決などにエネルギーを注いだのである。

十月の初旬、浩二はフランスとスエーデンのタイヤ会社を訪問した後、フランクフルト近郊にあるSQ工場に出張した。そして、工場の技術責任者と三日間の話し合いをして、最終的な問題の解決方法を決めて、打ち合わせ覚書を作成した。

その後いったん帰国し、覚書に基づく準備を整えてから、十日後に機械と電気のベテラン職長を伴って再びSQ工場を訪問した。この時は三週間あまりSQ工場に滞在し、全ての問題を解決することができた。コストはかかったが、何とか半年以上の懸案事項が解決できたのだった。

帰国したのは十一月も半ばを過ぎていた。

ドイツ出張から帰ってみると社内では大騒ぎをしていた。前年秋のプラザ合意から一年余り、予想以上に円高が進んだために、阪神重工の採算が急速に悪化していたのだ。このままでは、翌年三月に終わる会計年度は全社で経常赤字になる恐れがある。その当面の対策として、管理職全員と、ある資格以上の社員には資格に応じた率の賃金カットを実施し、さらに、固定費を減らすために二年間で従業員を二割減らすという方針を経営陣が発表すると言うのだった。

十二月の初め、全管理職が本社に集められ、社長の説明を聴いた。冒頭、社長は、

「皆さん、昨今の円高は輸出比率の高い当社の経営を予想以上に圧迫しています。そのため、当社は未曽有の危機にあると申し上げなければなりません」

未曽有の危機。これは、それまで何回か耳にし、浩二が阪神重工にいる、その後の十二年間にも何回か聞くことになる言葉だ。これを聞けば、社員は全てを受け入れなければならない。

翌日、浩二は全課員を集めて、賃金カット、人員削減計画などを説明した。課員のうち四割が賃金カットの対象だった。課員たちから幾つかの質問は出たが、目立った苦情は出なかった。誰だって給料が減るのはいやだが、会社の置かれている状況は分かっていたのだろう。何しろ、新聞やテレビでは、円高で日本経済は大変な危機に面しているというニュースが、毎日のように流れていたのだから。

それでも、その頃はまだ日本経済にとって良い時代だった、と浩二は後年になって思う。あの後、日本経済はひたすらバブルへと突き進み、そしてバブルが破裂し、失われた十年とか二十年と言われる時代が始まる。未曽有の危機だと言っても、まだ日本経済が強く、「ジャパン・アズ・ナンバー・ワン」とおだてられ、世界中から畏敬されていた時代だったのだ。

一九八六年も押し迫った十二月下旬、Ｚスピードの実務レベルメンバーである、衣川、山本、浜田と浩二の四人が半日をかけて、それまでにかかった弁護士費用や阪神重工従業員の関連出張費用などの費用、和解の場合の必要な費用、裁判まで進む場合に予想される追加の費用を計算し、裁判と和解、各場合の長短を比較する表を作った。翌日の午後、メンバー全員が出席し、和解か裁判かの最終的な判断をするための、Ｚスピード会議が開かれることになっていたからである。

ＴＰＭ社が阪神重工を提訴してからもうすぐ一年になる。オーバリン・ケリー・ニューマン法律事務所の意見から、裁判になっても阪神重工は勝てるとＺスピードのメンバーは考えていた。しかし、北オハイオ地裁が陪審員裁判にすることを正式に決めたことが分かり、和解案を再検討をすることになったのは、米国の陪審員裁判について大きな懸念があったからである。

裁判官と陪審員の前で、原告側と被告側の弁護人が証人に証言させながら議論する。それを見て陪審員が多数決で判決を下すのが陪審員裁判であるから、法律上の正しさよりも、より優秀な弁護人と証人を雇う方が勝つ、と言われていたからである。

陪審員裁判への心配はあったものの、十二月下旬のこのＺスピード会議では、勇気をもって裁判に立ち向かうことが再確認された。阪神重工のニューマンとオブライエン弁護士の方が、相手の巨漢弁護士より優秀だとの判断もあった。ただし、最終的に実際の裁判開始までに、裁判官が再び和解勧告を出す可能性が高いという知財部の説明があったので、何が何でも裁判というのではなく、柔軟に対応することも確認してから会議は終わった。

この後しばらくして、阪神重工は十二月二十八日からの年末年始の休みに入った。

ふり返ると、この年一九八六年、浩二はアメリカ、インド、マレーシア、フランス、スエーデン、ドイツと回数で五回、日数にして七十七日間の海外出張をしていた。この他に、合計で十回、日数にして十五日の国内出張もしている。

年が明け一九八七年の二月に入ると、Ｚスピードは急速に進展し始めた。

二月九日に、クリーブランドの北オハイオ地裁の担当裁判官から原告と被告に対して、裁判に入る前の二月十六日から同地裁において和解交渉をするようにとの勧告、事実上の命令が出された。

二月十一日の午後、阪神重工の本社でＺスピード会議が開かれた。会議の目的は、和解の場合の阪神重工が受け入れ可能条件を決めることである。結果として、阪神重工は最小限の解決金を用意しておくが、基本的にはＴＰＭ社が提訴を取り下げる場合には、アメリカ向けのタイヤ加硫プレスの部品をＴＰＭ社に発注することを和解条件にすることを決めた。また、和解交渉には滝川、浜田、衣川、それに浩二が参加することが決まった。

四人は二月十四日の土曜日に日本を出発し、同じ日の夕方にはクリーブランドのホテルに入った。

すでにニューマンとオブライエンもワシントンから同じホテルに到着していた。

その夜は、二人のアメリカ人弁護士、日本からの四人、オハイオ事務所の松岡と黒木の合計八人がホテルのレストランで会食し、翌々日からのTPM社との交渉への決意を新たにした。

翌日の日曜日は朝からホテルの小会議室を借りて、半日をかけてニューマン、オブライエンに阪神重工の方針を説明し、交渉に向けての様々な必要事項を確認した。この説明は、衣川と浩二の立会いのもと、浜田の通訳で滝川が行った。

和解交渉は二月十六日の月曜日から十八日の三日間、北オハイオ地裁で行われた。クリーブランド市内はどこも雪で覆われており、一部の、樅などの針葉樹を除いて樹木は落葉しているので、まったく寒々とした光景だった。三日間とも昼間でも最高気温が摂氏マイナス五度以上にはならない寒さで、中でも二日目の朝は、現地の人たちも『ビローゼロ（零度以下）』と言って騒ぐ、華氏零度（マイナス一七・八℃）以下の寒さとなった。

和解交渉と言っても、実際の交渉はTPM社と阪神重工の弁護人が、それぞれ依頼主の会社の意向を受けて行う。三日間とも交渉の間、滝川以下阪神重工の全員は控室で待った。約三十分毎に、オブライエンが交渉の状況を報告するために控室に来た。当然のことだが、必要に応じてオブライエンは阪神重工側の意向を訊いて滝川の許可を得た。

まず判明したのは、TPM側が予想以上に強気な要求をしていることだった。阪神重工が多額の一時金を払い、さらに機械の売上額に応じて特許使用料を払うものとするというのだ。これは、阪神重工によるTPM特許の侵害を前提にした一方的な要求である。とても受け入れられないので、阪神重工は即座に拒否した。

午後になって、ＴＰＭ社は一時金の額を下げるなど歩み寄ってきた。阪神重工側は不確定要素のある陪審員裁判を避けるためにある程度の解決金を覚悟していたが、まだＴＰＭ社の要求金額は受け入れられる額ではないので、これもすぐに拒否した。

二日目に、阪神重工は予定していた解決案、すなわちＴＰＭ社が訴訟を取り下げ阪神重工が同社に部品外注をするという案を提案した。しかし、相手が受け入れなかったために、交渉決裂の色が濃厚になった。その夜、滝川知財部長が山田副本部長に電話をし、ＴＰＭ社がこれ以上の譲歩をしない限り、阪神重工側は交渉決裂とすることを決意した。

三日目の朝、阪神重工側が交渉決裂を示唆すると、ＴＰＭ社側はさらに一時金、特許使用料とも下げてきた。だが、阪神重工は拒否し、その日の午前をもって和解交渉の決裂が決まった。

この報告を受けた北オハイオ地方裁判所の担当裁判官は、その日の午後、翌月の三月九日から陪審員裁判を開始することを決定した。

いよいよ裁判が始まる。遂に来たるべきものが来た、と浩二は思った。同時に、ここまで来れば、後はなるようにしかならない、という開き直りの気持ちにもなっていた。

その日の午後、阪神重工側の全員は、クリーブランド市内のピーターズ・デイ法律事務所に集まった。この法律事務所は、オーバリン・ケリー・ニューマン法律事務所が北オハイオ地区の連絡事務所として提携している法律事務所である。

浩二たちは、そこで今後の方針、予定などを話し合った。浩二たちとは、日本から出張してきた四人にオハイオ連絡事務所の松岡所長、ニューマン、オブライエンの両弁護士、それに、ピーターズ・デイ法律事務所のマリリン・ストークスという女性弁護士の八人である。ストークス弁護士は敏腕の女性弁護士と言うより、見るからに優しいお母さんという表現がぴったりの小柄でブロンドの中年女性だ。

翌日の午前中も同じ場所で、同じメンバーで話し合いをした。ニューマンとオブライエンのアドバイスを入れて、できる限り裁判の議論をオープンな技術問題に絞ること、機械の構造の重要なポイントをできる限り分かり易く図面を使って、陪審員に説明して裁判官と陪審員の印象を良くすることを阪神重工の方針にすること決定した。そのために、浩二が専門家証人として機械構造、開発経緯についての証言を行い、タイヤ加硫プレスについての歴史的背景など補足の証言を、ジャック・エイシーとチャールズ・ロジャースに依頼することが決まった。

浩二の証言に関しては、安全のために通訳をつけるべきではないかと滝川部長は提案したが、ニューマンは浩二が英語で直接証言すべきだ、と強く主張した。アメリカ人のように流暢でなくても、日本人が英語で直接証言する方が陪審員にはるかに良い印象を与えるし、浩二なら問題なくそれができると強く言った。通訳がつくと、何かを隠しアンフェアなことをしている、とアメリカ人は考える傾向があるようだ。結局、英語で直接証言することが決まったので、浩二は腹を括るしかなかった。この後四人は帰国の途に就いた。浩二が帰宅したのは二月二十三日の夜だった。

（8）

帰国してから、裁判のために再渡米するまで、十日もなかった。その間、浩二は裁判に備えて、知財部の山本課長と浜田の助けを借りながら、関連書類の読み込み、証言で使用する色分けした大きな図面の作成などで忙殺された。しかし、ここまで来たら陪審員の前で無難に証言をして、何が何でも裁判に勝つしかない。再渡米までの間、浩二は休日もなく夜遅くまで働いた。太田垣工場長、村山部長、それに課員たちも浩二が裁判準備だけに集中することを許し、そっと見守ってくれた。

渡米の前日、中内取締役から電話がかかってきた。また何か叱られるかと身構えたが、中内は、

「渡辺君、もうすぐ裁判だね。しっかり証言して勝ってこいよ。私は君を信じているからな」

と言う。浩二は、「はぁ、頑張ります」と答えたものの、負けたら中内にどんな叱られ方をするだろうか、と思うと、いよいよ負けられないぞと覚悟を新たにするしかなかった。

一方、その頃何かと問題を抱えていた子供たちとは、その十日間ほとんど話ができないことに、心が痛んだ。三月四日の早朝にタクシーを呼んで渡米のために家を出た時は、普段なら子供たちはまだ眠っている時刻である。ところが、末息子の良夫が、「今日はどうしても、お父さんを見送る」と言って起きてきたので、浩二は驚いた。二月下旬に帰宅してから連日、良夫が起きる前に家を出て寝入ってから帰宅していたので、見るのは寝顔だけだった。タクシーに乗り込む前に、浩二は「二週間ほどしたら帰るから、一緒に遊ぼうな」と言って良夫を抱きしめた。

クリーブランドに着いたのは同じ三月四日水曜日の夜だった。今回の裁判に阪神重工から参加したのは、知財部の山本課長と浜田と専門家証言を行う浩二の三人だけである。

翌日、浩二はオハイオ連絡事務所の松岡所長とともに、G社の設備部と購買部を訪問した。この裁判のためにTPM社によるデポジションに協力してもらった人々に礼を述べるとともに、裁判への決意を表明するためである。G社の人たちは、幸運を祈るとは言ってくれたが、きわめて冷静に見えた。特許裁判をそれほど特別のことと考えていないようである。

三月七日、八日の土日の両日は、ピーターズ・デイ法律事務所において、翌週の月曜日から始まる裁判の準備で忙しかった。日曜日には、休日にも関わらず、浩二以外の阪神重工側の専門家証人となる、ジャック・エイシーとチャールズ・ロジャースも加わった。二人とも七十過ぎの老人である。エイシーはまだ元気でやんちゃな老人で、ロジャースは物静かな老紳士、という印象だ。

二日ともマリリン・ストークス弁護士が参加した。彼女は説明や議論に積極的に加わるのではなく、議論を静かに聴き、時々コーヒーを入れ、ランチのサンドイッチを用意するなどの世話をしてくれた。笑顔が優しそうな彼女は、いるだけで緊張したその場の雰囲気をとても和らげてくれた。

この時も、二日間の合計六時間に亘って、ニューマンとオブライエンが専門家証人としての浩二の特訓を行った。TPM社側のケラー弁護士がすると予想される質問をし、それに答えるという形式の予行演習による訓練である。最後に、ニューマンが、

「ミスター・ワタナベ、もう大丈夫です。安心して証言台に立ってください」

と言って肩を叩いたので、浩二も何とかなりそうだと言う自信がついた訳である。

エイシーとロジャースに対して、ニューマンが丁寧にTPM社からの提訴から始まって、今回の裁判の趣旨を説明した。そのあと二人に対してそれぞれ一時間ほどの質問、回答のトレーニングがあった。二人とも、自分の古い知識、経験が役立つのでうれしそうで、とても生き生きした表情をしているように見えた。また、裁判所で証言するのは初めてだと言って興味深そうでもあった。いくら訴訟の多いアメリカでも、裁判に直接に関わる確率はそう高くないようだ。


裁判が始まる三月九日の朝は、三月だと言うのにマイナス六℃という寒さだった。

ニューマン、オブライエン、エイシー、ロジャース、山本、浜田、浩二の七人は、午前八時五十分に北オハイオ地方裁判所の控室に入った。既にTPM社側の関係者も控室に入っていたようだ。

午前中は、まず別室で双方の弁護人と裁判官による話し合いが行われた。専門家証人による証言の進め方、証言者の名前、証言する順序などを決めるためである。この話し合いは午前いっぱいかかった。もちろん、その間、阪神重工側の五人は控室で待つだけだった。

オブライエンが後で、詳細の進め方に関して原告側と被告側に若干の意見の違いがあり、裁判官が調整に手間取ったので時間がかかった、と説明してくれた。

午後は十二時五十分に阪神重工側の七人は入廷し、被告側の席に座った。ほとんど同時に、TPM社側の関係者八人が入廷し原告側の席に着いた。ケラーとジョンソンの二人の弁護士以外は、浩二が初めて見る顔ばかりだったのは、当然だろう。

被告席から向かって左側の陪審員席には、三十人ほどの陪審員候補の人々が椅子に座っていた。年齢も肌の色も様々な男女である。オブライエンが、この中から八人程度の陪審員が選ばれる、と説明した。傍聴人席には十人ほどが来ていた。その中には、阪神重工のオハイオ事務所の松岡と黒木もいたが、Ｇタイヤ会社からの傍聴者はいないようだった。

これだけの人がいるために、法廷内は人声でざわついていた。浩二は、日本でも傍聴のためであっても裁判所に行ったことがなかった。そのため、法廷内のすべてが非常に珍しく新鮮だった。もちろん、専門家証言をすることになっているので、落ち着かない気分もあったが、それ以上に法廷の雰囲気に興味を惹かれたのである。

ちょうど午後一時に裁判官が現れ着席すると、すぐに人声が消え法廷内は静まりかえった。水を打ったようにとは、まさにこういう場合を言うのだ、と浩二は思った。

裁判官はキャロル・マーチャントと言う女性である。担当の裁判官が女性であることは聞いていたけれども、日本人並みに小柄でほっそりした女性であることを知って、浩二は少し驚いた。黒っぽい髪をした四十代半ばの女性である。小柄であっても、黒縁の眼鏡をかけ、黒い法衣姿には、やはり威厳を感じた。関係者が揃っていることを確認した後、彼女が発言した。

「皆さん、ただ今からＴＰＭ社と阪神重工の特許係争に関する審判に入ります。始めに、陪審員の選定に入ります」

当時のアメリカの裁判における陪審員の最終選定がいつも裁判の初日にこのようにして行われる

のか、浩二は知らない。ただ、この陪審員選定のプロセスを観ていると、まるで演劇の場面を観ているような感じがした。冒頭に裁判官が陪審員候補たちに説明した。

「陪審員候補の皆さん、本日はここにお集まり頂き心よりお礼申し上げます。これから始まるのは、アメリカと日本の会社の間の特許に関する裁判です。原告のアメリカの会社は、被告である日本の会社が自分たちの特許を侵害していると言って訴えました。これに対し、日本の会社は、特許侵害をしていない、自分たちは別の特許を出願しており、米国特許も取得済みだと言って反論しています。陪審員に決まった方々は、これから始まる証言と両方の弁護人の議論を聴いて、どちらが正しいか判断しなければなりません。判断は、決して各人の好みや偏見によって左右されてはならず、法律に従って公正（フェア）でなければなりません。特に被告側が日本企業だからと言って、決して不公正（アンフェア）であってはいけません」

裁判官はこういう意味のことを淡々と説明した。非常に分かり易く明快な英語だった。様々な分野で日米経済摩擦が絶えず、日本がアメリカによって叩かれていた時だっただけに、彼女の「被告が日本企業だからと言って、決してアンフェアな判断をしてはいけません」という説明に、浩二はとても爽やかな印象を持った。

次に陪審員の具体的な選定に入った。まず、裁判官は全員に、日系企業に勤務している人はいないか、と尋ねた。オハイオには鉄鋼や自動車など、幾つかの日本企業の現地法人があったのである。彼女の質問に対して、二人の男性が挙手した。彼女は二人に、

「挙手をした方は、今すぐ退席してくださって結構です。本日はありがとうございました」

と言って、陪審員候補から外した。このあと彼女は、原告、被告、傍聴人の前で一人ひとり順番に面接した。陪審員となる人を決定するためである。この時の裁判官と候補者とのやりとりを、浩二が完全に理解した訳でもないし、まして全てを記憶している訳ではない。しかし、舞台劇でも観ているように興味深く、次の二人のことは今もよく覚えている。

一人は車いすに座った七十代半ばに見える白髪の白人男性だった。裁判官が男性に姓名と住所を訊いたあと、次のやりとりがあった。

「あなたの職歴を簡単に述べてください」

「十年以上前に退職しましたが、三十年間、クリーブランドの製鉄会社の社員でした」

「日本との関わりで、何か言っておくべきことがありますか？」

「私は太平洋戦争に従軍し、海軍の水兵として太平洋で日本海軍と戦いました」

「そうですか、それで、いま日本に悪い感情を持っていますか？」

「いいえ、今は悪い感情はまったく持っていません。でも、若い時、日本は敵でした」

この後、裁判官は数秒のあいだ考えてから男性に言った。

「わかりました。それでは、退席してくださって結構です。本日はありがとうございました」

男性は、やれやれと言う感じで、「サンキュー」と言って退席した。

もう一人は四十代半ばに見える女性である。アメリカの主婦の典型とでも言えそうな、体格の良い堅実な感じのする赤毛の白人女性だった。裁判官がまず住所、氏名、職業などを訊く。女性はクリーブランドの郊外で三人の子供を育てている専業主婦だ。このあと、裁判官は日本との関わりについての質問をし、女性は答えた。

「そうですね。特にありませんが、私の車はホンダです。オハイオの工場で製造された車ですが、燃費がよくて故障の少ない、素晴らしい車ですよ」

「そうですか。日本について何か特別の感じをお持ちですか？　また、日本との関係で何か特別に言っておきたいことがありますか？」

「日本についてですか？　車やテレビなどすぐれた製品を作る工業国だと思いますが、特別な感情はありません。そうそう、私の従弟がコロンバスにいて、日系企業に勤めています。ですから私の場合、陪審員にはふさわしくないのではないでしょうか？」

「それについては、私が判断いたします。他に、言いたいことがありますか？」

「私には学校に通う子供が三人いて、忙しい毎日ですので、できれば陪審員から外して頂くことはできませんか？」

「言い分は承りました。これについても私が判断します」

女性の面接は終わった。なお、最終的にはこの女性は陪審員に選ばれた。

面接後に退席するよう言われなかった十四、五人の人たちの中から、予備の二人を含んで八人の陪審員が選ばれた。陪審員に選ばれた人の名前が読み上げられる度に、静かなどよめきが上がった。選ばれたのは、男性が三人、女性が五人で、みな四十代から六十代に見えた。二人のアフリカ系の女性も含まれていた。

浩二が強い印象を受けたのは、陪審員を選定する時の裁判官の決断の速さである。陪審員候補に対する質問の多くは、日本との関わり、日本についてどのように考えるか、だった。彼女は面接中も何回か、陪審員の判断は公正でなければならないこと、被告が日本企業だからと言って個人的な感情によって左右されてはいけないことを繰り返し強調した。

この陪審員選定が終わると午後四時になっていた。裁判官は、予定の五時までに少し時間はあるがと言ってから、その日の閉廷と、翌日午前九時からの開廷を宣言した。翌日は原告、被告のオープニング・ステートメントから裁判が始まることを説明したあと、陪審員に選ばれた人たちに、繰り返し開廷時刻までの出廷を要請し、退席した。彼女がいなくなると、陪審員に選ばれた人も選ばれなかった人も、騒がしく喋りながら順次出て行った。


翌日もエリー湖からの北風が強く、北オハイオらしい寒い日だった。浩二たちは、コートの他にマフラー、毛糸の帽子と手袋で防寒してホテルから連邦地裁までの十分間を歩き、午前八時四十五分に入廷した。ほとんど同時に、陪審員、原告関係者も揃ったが、裁判官が入廷したのは九時半を過ぎてからだった。彼女は始めに弁護人と陪審員たちに、別の刑事事件の手続きをする必要があったので、入廷が遅れたと釈明した。

彼女は全員に着席するように促してから、陪審員たちに向かって次のように発言した。

「皆さん、昨日申し上げたように、今から原告側、被告側の弁護人によるオープニング・ステートメントがあります。オープニング・ステートメントの内容は、問題になっている特許の有効性と強制性について、また特許侵害の問題に関係していることを、予め申し上げておきます。ですから、陪審員の皆さんは注意深く聴いてください。それでは、原告側の弁護人より始めてください」

裁判官の発言を受けて、ＴＰＭ社の弁護人、ジョン・ケラーが前に進み出て、オープニング・ステートメントを始めた。

「陪審員の皆さん、おはようございます。裁判官、ありがとうございます。私の名前はジョン・ケラーと言い、原告であるＴＰＭ社の代理人です。今まで三十年ちかく、ＴＰＭ社の仕事をしており、同社の様々な機械の設計や製造にも関与してきました。今回の裁判は、ＴＰＭ社の主要製品であるタイヤ加硫プレスに関する裁判です」

この後、ケラーはタイヤの構造やタイヤ製造技術の概要と変遷から始めて、タイヤ加硫プレス開発の歴史の概要を説明した。そして、従来からある機械式と最近の油圧式のタイヤ加硫プレスの違いについて説明をし始めた。

前年の衣川と浩二へのデポジションの時と比べて、今回のケラーは堂々としているように、浩二は感じた。何しろ百三十キロの巨体だ。陪審員の横で立っているだけで迫力がある。浩二はタイヤ製造機械の専門家なのでケラーの説明がよく理解できた。しかし、説明は専門的すぎて、素人の陪審員たちはとても理解できないだろうと思った。ＴＰＭ社側はことさらに論点を複雑に見せて、陪審員の心情に訴えようとしているのか。ケラーは三十年間もＴＰＭ社の顧問弁護士をしているので、タイヤ加硫プレスの技術について詳しいようだ。

ケラーが主張したいことは、―タイヤ加硫プレスには二種類ある。従来型の機械式プレスはＴＰＭ社も阪神重工も製造してきたが、新型の油圧式プレスは、阪神重工より早くＴＰＭ社が開発に成功した。機械式と油圧式と機械の構造上の差は大きいけれども、阪神重工とＴＰＭ社の油圧式プレスについては構造上の差はほとんどない。阪神重工は明らかにＴＰＭ社の先行特許を侵害している―ということのようである。この主張中にケラーが次のように言った時、浩二は耳を疑った。

「阪神重工はＴＰＭ社の特許を潰し、アメリカ市場に侵入しようとしています。彼らがこんなことさえしなかったなら、私は今この席に立つ必要はなかったのです」

明らかに感情的なものの言い方だ。これは特許裁判であるから、阪神重工が特許侵害していると主張したいのなら、その根拠を論理的に説明すべきである。そんな専門的な説明をしてもどうせ陪審員には分からないと考えたのか、ケラーは特許の内容にはほとんど触れず、陪審員の感情に訴えようとしているだけのように見える。要するに、

「タイヤ加硫機の製造会社としてアメリカにはＴＰＭ社があるのに、遠い日本からアメリカ市場を荒らしに来ている阪神重工は怪しからん会社ですよね？」

と陪審員に訴えかけているように聞こえる。こんな調子で一時間ほど演説をしてから、ケラーは最後に次のように述べて、オープニング・ステートメントを終えた。

「ＴＰＭ社の特許は非常に重要です。阪神重工はこの重要な特許を潰そうとしているだけでなく、明らかに侵害しています。皆さん、どうかこの事実を理解してください」

ケラーが原告席に帰ると、裁判官はニューマンに発言を求めた。ニューマンが進み出て被告側のオープニング・ステートメントを開始した。

「裁判官、ありがとうございます。陪審員の皆さん、おはようございます。私は今から、ここにおられる陪審員全ての皆さんとご一緒に学んでいきたいと思います。皆さんが希望されるなら、封切前の映画の試写会のように、今から始まる裁判で行われる議論の下見を試み、基本的に一つ一つの証拠が何を示すかを説明したいと思います。ご承知の通り、これはタイヤ加硫プレスの特許侵害に関する裁判です」

ニューマンは真っ先に素人の陪審員たちに、「一緒に学びましょう」と問いかけている。そして、事実一つひとつを明確にしようと、言うのだ。さらに説明は続く。

「まず始めに申し上げますが、私は陪審員の皆さんに、機械の詳しい構造を説明しようとは毛頭考えていません。また、皆さんは、限られた時間内の説明によって、機械の構造や動きを理解しなければならないと、考える必要は全くありません。理解できなくても良いのです。これをお聞きになって、皆さんはまず、少しほっとされたのではないでしょうか」

この後、ニューマンは、時々ケラーによる先のステートメントの一部を引用しながら、機械構造は複雑だがタイヤ加硫プレスの概念はむしろ単純であること、それは上下の金型を締め付け、加熱し、タイヤのゴムが加硫されるまで保持する機械である、と説明した。その後、先のケラーの説明を補足するように、過去五年ほどの油圧式タイヤ加硫プレス開発の歴史を説明した。阪神重工もTPM社も、世界のタイヤ製造技術をリードするアメリカのGタイヤ会社の要請を受けて、開発を進めた事実も明らかにした。そして、次のように続けた。

「阪神重工は、始めから他社の特許に抵触しないように慎重に開発を進めました。開発初期に一つの案ができた時に、私たちの法律事務所に相談を持ちかけました。検討の結果、他社の特許を侵害する恐れがあると判断されたので、私たちは阪神重工に設計変更を勧めました。このあと阪神重工は設計変更し、再び私たちの意見を求めてきました。私たちは慎重に検討した結果、新しい案は他社の特許を侵害しないとの結論を出しました。こうして完成したのが、今の阪神重工の油圧式タイヤ加硫プレスです。阪神重工はその後、完成したタイヤ加硫プレスの重要部分について米国特許を取得しています」

このように阪神重工が開発を進めた経緯をそのまま正確に説明している。この後、ニューマンは特許の有効性、強制性など、特許の基本的な意味を陪審員に説明してから、オープニング・ステートメントを終えた。午前十一時になっていた。

（9）

この後すぐに、TPM社の元技術担当副社長で開発技術者のエドウィン・マイケルソンによる証言が始まった。この裁判で最初の専門家証言である。マイケルソンは七十歳を幾つか超えていると見える温厚そうな白髪の老人だ。普通、証人は立ったまま質問に答えることになっているが、マイケルソンは高齢のために、椅子に座ったまま証言することが許された。

始めはケラーの質問による証言である。この証言は、昼休みを挟んで午後三時までの三時間に及んだ。ここでもケラーの質問はマイケルソンの経歴、TPM社での仕事の内容など詳細を極め、ただ時間を浪費しているように見えた。ケラーはＴＰＭ社の技術者たちがいかに苦労して、アメリカでタイヤ加硫プレスを開発してきたかを、陪審員たちに強調するために老エンジニアの証言をとったようだ。結局、肝心の特許問題には、最後まで触れなかった。

ケラーの質問が終わると十分間のコーヒーブレイクがあり、その後ニューマンの質問による証言が始まった。ニューマンはイーゼル（図面懸け）に懸けた図面を使いながら、阪神重工とＴＰＭ社のプレスの違いについて意見を訊くなど、質問を進めた。ところが、ニューマンが次々と鋭い質問をするので、長時間の質問に疲労の色が見える老エンジニアは、時々立ち往生した。ニューマンが再確認すると、うろたえた様子で訂正する場面もあったので、浩二は見ていて気の毒になった。ニューマンは一時間ほどで質問を終えた。

この時、午後四時二十五分だったが、裁判官は陪審員たちに向かってその日の閉廷を告げた。

「陪審員の皆さん、予定より少し早いのですが、本日の裁判はこれで終わります。明日は午前九時より開始しますので、それまでに入廷してください。本日、裁判中に聴いたことは、外に出てから決して誰にも話してはいけません。また、陪審員どうしの間でも話し合ってもいけませんので、注意をしてください」

この注意は一日の審議が終わる時だけでなく、審議が休憩に入る度にも繰り返された。

この後すぐに浩二たちはホテルに帰った。全員がニューマンの部屋に集合し、ニューマンとオブライエンからその日の裁判内容についての詳細説明を受けた。ＴＰＭ社側は、ことさらに特許問題をはぐらかし、問題を複雑に見せて陪審員の同情に訴えようとしている。それに対し阪神重工側は、問題が単純であり、阪神重工はＴＰＭ社の特許に抵触せず、手続き上も問題がないことを陪審員に知ってもらう方針を再確認した。

その後、ニューマンが、翌朝の九時から浩二の専門家証言の実施が決まったことを告げた。ケラー弁護人による浩二への質問があるのだ。すぐに、オブライエンが浩二に言った。

「ミスター・ワタナベ、今からもう一度あなたの証言の練習をしますが、良いですね？」

その時のオブライエンの表情が真剣そのものなので、浩二は驚いた。オブライエンはとても背が高いだけでなく剽軽な感じがする。特に、見るからに切れ者のニューマンと比べるとそうなので、この時の彼の真剣な顔つきは浩二に強い印象を残した。

それから一時間、オブライエンは次々と質問し、浩二に答えさせた。ほとんどが技術的な、それも阪神重工の新型タイヤ加硫プレスの構造に関する質問だった。オブライエンもずいぶん勉強しているようだ。浩二もそれまで以上に真剣に答えた。もちろん、そばではニューマンが厳しい表情をして見ている。少しでも不適切な答え方をすると、ニューマンとオブライエンがそれまでになく厳しく訂正を求めた。浩二は答える内容については全く心配していなかったが、英語なので時々どんな表現を使うべきか迷うことがあった。これでは多分少しおかしいだろうと思っても、まあいいか、と考えて答えると、ばれて厳しく指摘される。二人の弁護士は、曖昧にしか知らない場合は、遠慮せずに知らない、記憶にないと答えるよう繰り返し注意した。

特訓は夕食後も続き、合計三時間に及んだ。この特訓が終わると、浩二はかなり疲れを感じた。

その様子を見たニューマンが、歩み寄って来て浩二の肩を叩いて、

「ミスター・ワタナベ、これであなたの専門家証言は大丈夫ですよ。明日は自信を持って証人席に立って、質問に答えてください」

と激励してくれたので、浩二も何とかなるだろうという気になった。ニューマンは鋭いだけでなく、人の心理も分かる人物のようである。


翌日もどんよりした曇り空の寒い日だった。二人のアメリカ人弁護士、二人のアメリカ人証人を含む、阪神重工側の七人は午前八時四十五分に入廷した。ホテルから裁判所まで十分ほど歩く間も、オブライエンは浩二に色々な注意をした。

前夜はベッドに入った後も明日は本当に大丈夫かと心配だったが、それ以上に疲れていたせいか、すぐに眠ってしまった。朝もホテルのモーニングコールで起こされるまでぐっすり眠った。それにしても、生まれて初めての裁判での証言、それも英語で行うと言うのに、よくもぐっすりと眠れたものだ。自分では何事も神経質に悩む方だと思っているのだが、前夜だけでなく今までもどんなに心配事があっても眠れないことはなかったことを考えると、案外ずぶとく、能天気にできているのかも知れない、とも浩二は思うのだった。

阪神重工側の七人が入廷するとほとんど同時に、ＴＰＭ側の八人と陪審員が入廷した。午前九時五分前だった。九時に裁判官が入ると、ざわついていた法廷はさぁっと静かになった。

裁判官は、自分の席に着くと全員に席に着くよう命じた。

浩二はすぐに証人席に呼び出されるかと思っていたが、その前に、ニューマン、ケラー、それに裁判官の三人がベンチミーティング（裁判官の前で行う短時間の打ち合わせ）を始めた。何を話し合っているのか浩二の席から聞こえなかった。裁判記録によると、外国人である浩二には、他のアメリカ人証人に対するより明確にゆっくりした英語で質問すること、また浩二が質問を訊き返しても我慢強く許容するようにニューマンが要請し、裁判官もケラーにそうするよう命じたのだった。

この小会議が五分ほどで終わると、浩二は裁判官から証言者席に来るよう呼ばれた。

証言者席は裁判官と陪審員の中間にあり、質問する弁護士人の席の近くである。間近に見る陪審員たちは、みな普通の家庭の主婦やサラリーマン、或いは退職した男性など、典型的なアメリカ市民のように見える。この人たちは、いきなり裁判所に呼び出され、弁護士のやりとりや専門家の証言を聞いただけで、特許に関する原告と被告の主張などが理解できるのか、やはり大いに疑問だ。

そばで見るキャロル・マーチャント裁判官はごく平凡な中年女性で、発言する時以外は、どこか恥ずかしそうにうつむいているように見える。だが、近くで見ても威厳を感じるのは、裁判官の肩書きと黒い法衣が、彼女に威厳を与えているからか？

裁判官に促され、ケラーが浩二に質問を始めた。最初の質問は、

「ミスター・ワタナベ、記録のためですが、あなたの名前を正確に述べてください」

であった。浩二は、特訓してもらった通りに、名前の音読みと英語の綴りで答えた。

「私の名前はコージ・ワタナベ、K・O・J・I―W・A・T・A・N・A・B・Eです」

答えを聞いて、浩二とケラーの間にいる記録係が、専用の記録機械に手早く文字を入力する。ケ

ラーの質問は、働いている会社名、部署名、肩書き、今までどんな仕事をしてきたか、と続いた。そして、学歴や学位を確認した時は質問が始まってから十分近くが経っていた。

特訓を受けていたので、浩二はここまでは問題なく進んだ。だが、これからが本来の質問だ。ケラーは予めイーゼルに懸けてあった横一メートル、縦二メートルほどの図面を示して、質問した。それは旧式の機械式のタイヤ加硫プレスの図面だった。

「ミスター・ワタナベ、あなたの経歴から判断すると、この図面を理解することができますね？」

「はい、できます」

「これは何の機械の図面ですか？」

「これは、従来からある機械式のタイヤ加硫プレスの図面です」

という具合に、多くの質問は単純な内容である。ところが、こんなやりとりをしているうちに、突然、ケラーが浩二に質問した。

「ミスター・ワタナベ、私が質問している時、あなたは盛んに頭を前後に振るように見えますが、その動作は何を意味しているのですか？」

どうやら、彼の質問を聞きながら、浩二が時々頷くのが何を意味するのか不思議に感じたようだ。多くの人は他人の話を聞く時、聞いていることを相手に示すために、頷く。しかし、これは必ずしも相手の言うことに同意している訳ではない。なお、アメリカ人は、日本人に比べてあまりこの動作をしないようだ。誤解をされては困るので、浩二は答えた。

「これは私のくせのようなものです。あなたの質問を聞いていますよ、と言うことを示すために頷くのです。しかし、誤解して欲しくないのですが、これはあなたの言うことに同意していることを示すものではありません」

この返答に対し、ケラーは何も言わず、すぐに次の質問に移った。こんなやり取りをしている中に、浩二は段々と場の雰囲気に慣れてきた。一通り従来型の機械式タイヤプレスについて質問した後、ケラーは次の質問をした。

「阪神重工が、新型の油圧式タイヤ加硫プレスを開発し始めたきっかけは何ですか？」

「あるタイヤ会社から開発要請があったことが発端でした」

「そのタイヤ会社の名前を聞かせてください」

「アメリカのGタイヤ会社です」

「Gタイヤ会社の要求に基づいて開発したのが、阪神重工の新型タイヤ加硫プレスですね？」

「そのように理解して頂いて結構です」

「今まで、阪神重工はこの新型タイヤ加硫プレスを何台くらい販売しましたか？」

質問はこのように続いた。そして、質問はだんだんと核心に及んできた。ケラーは一枚の図面をイーゼルに懸けて、質問し始めた。その図面は、浩二たちが開発の初期にGタイヤ会社に提出した数枚の構想図の一枚であるが、単にアイデアの一例を示すものだ。

浩二はこんな図面がTPM社の弁護人から出されたことに驚いたが、Gタイヤ会社から入手したものだろう。専門家からみると阪神重工とTPM社のタイヤ加硫プレスには、金型を締め付ける方法に明確な違いがある。しかし、ケラーが懸けた図面は、浩二たちが最終的に開発完成したプレスの構造を示すものではなく、むしろＴＰＭ社のプレスに近い構造をしている。この構造のままでは、ＴＰＭ社の特許に抵触する恐れがあるので、設計変更をしたのだった。

ケラーは、勢いづいた様子で質問し始めた。

「ミスター・ワタナベ、あなたはこの図面を見たことがありますか？」

「はい、あります。と言うより、これは私たちが作成した図面です」

「それでは、これは何の図面ですか？」

「開発の初期に、一つのアイデアとして作成し、Ｇタイヤ会社に提出したものです」

「あなた方はこの図面に基づいて、実際のタイヤ加硫プレスを製作したのですね？」

「いいえ、製作していません。それどころか、これは単なる概念図であり、製作のための詳細図面さえ作成していません。私たちが最終的に開発したタイヤ加硫プレスの構造は、根本的にこれとは異なります」

「そうですか？　この図面が示すタイヤ加硫プレスは製作していないのですね。それでは、阪神重工の新型タイヤ加硫プレスとはどんな機械ですか？　裁判官と陪審員の皆さんに分かるように説明してください」

いよいよ重要な証言の場になってきた。説明のために浩二は、用意してきた図面をイーゼルに懸けた。当然、ケラーだけでなく、陪審員にも裁判官にも見えるようにした。図面は単純化し、主要部品ごとに色分けしている。阪神重工、ＴＰＭ社の機械の違いが分かるように、ＴＰＭ社の新型タイヤ加硫プレスの構造を示す図面も用意しており、両方の図面を懸けた。

タイヤを構成する生ゴム（硫黄などが加え、練り込んである）は、上下の金型で加熱、加圧されることで加硫されて丈夫なゴムになる。阪神重工とＴＰＭのタイヤ加硫プレスの違いは、この金型を加圧する方向の違いにあった。

製品タイヤを製造するために加熱・加圧するための上下の金型は、上プラテン、下プラテンという加熱部品に取り付けられる。ＴＰＭ社のタイヤ加硫プレスでは上下金型が閉ってから下プラテンが上方向に押されるのに対して、阪神重工のプレスでは上プラテンを下に引っ張ることにより、加圧力を発生させるようになっている。この方が、加圧中の機械精度が維持しやすいと浩二たちは考えており、それが認められ、米国特許を取得できた、とも考えていた。

ところが、ケラーの質問に応えて説明を始めようとして二つの図面を見た時、浩二は、

―この二つの図面は似ている。これでは、陪審員たちは同じだと思うかもしれないぞ―と急に心配になってきた。もっと違いを鮮明に示すように工夫すべきだったなぁ、と後悔の念が起き、一瞬のあいだ弱気になった。しかし、一方では、今さらじたばたしてはいけない、それだけに違いをきちんと陪審員に説明しなければいけないぞ、と自分に言い聞かせた。

浩二は時間をかけ図面を使って、両方の違いを説明した。時々、ケラーが確認の質問をしたが、三十分ほどの間はほとんど浩二ひとりが喋った。何回かニューマンとオブライエンに説明し、説明の仕方を直されてきたところなので、裁判官と陪審員に両社のプレスの本質的な違いを理解してもらえたのではないか、と浩二は思いたかった。

浩二がこの説明を終えると、ケラーはタイヤ加硫プレスに用いている断熱材について質問してき

た。随所に使用される断熱材は、省エネルギーと油圧油の劣化防止のためには極めて重要だが、機械の精度維持のためにはやっかいなものである。ただ、断熱材は今回の特許係争に直接には関係がない。断熱材について詳細な議論をすれば、裁判官と陪審員たちは混乱するだけである。ケラーは、ことさら問題を複雑に見せかけようとしているのだ。浩二はこの部分は、できるだけイエス、ノーだけの最小限の回答で済ませるよう努力した。

ケラーによる最後の質問は、ＴＰＭ社と阪神重工の特許に関する質問だった。ケラーは、

「ミスター・ワタナベ、あなたは阪神重工のタイヤ加硫プレスの特許に関係していますね？」

と質問してきた。もちろん浩二は当事者で発明者の一人である。

「はい、私は深く関係していて、発明者の一人です」

「あなたは、ＴＰＭ社の特許を無効にするために、ワシントンの法律事務所に来ましたね？」

新型タイヤ加硫プレスの開発中にワシントンに来たが、決してＴＰＭ社の特許を無効にするために来たのではない。

「阪神重工の新型タイヤ加硫プレスが他社の特許に抵触しないことを米国の特許専門家に確認してもらうために来ました。決して他社の特許を無効にするために来たのではありません」

この後、ケラーは再び断熱材についての質問をしたり、機械の細部の構造を確認したりし始めたが、少しいらだち始めたようだった。そのせいか、質問がやや投げやりになり、話す速度が速くなった。ケラーの質問に対して、浩二が訊きかえし内容を再確認する回数が増えてきた。アメリカ人であるケラーは、浩二の日本人英語のペースに合わせるのに疲れたのか？　こんな質疑応答をして

いるうちに、ケラーは、「これ以上質問はありません」と言って質問を終えた。

浩二は、何の前触れもなく突然質問が打ち切られたように感じた。この後、裁判官がケラーに再び質問を終えたことを確認してから、

「ミスター・ワタナベ、ありがとうございました。自分の席に帰って下さって結構です」

と言ったので、自分の専門家証言が終わったことを知った。ニューマンとオブライエンを見ると、頷いている。そこで、浩二は先ず裁判官に、次に陪審員席に向かって丁寧にお辞儀をした。その時、陪審員席からどよめき、女性たちの声で小さな歓声が上がった。浩二はこのどよめきが何を意味するのか理解できず、不思議な気持ちを持ちながら被告席に帰った。同時に、自分で懸けた阪神重工とTPM社の機械構造の概要を示す図面が似すぎていた、これでは、陪審員たちは同じだと思わないか、心配でならなかった。

浩二の証言には二時間以上がかかり、時刻は午前十一時半になっていた。オブライエンが握手を求め、小声で「グッド・ジョブ（よくやった）」と言ってくれたので、無難に証言を終えることができたのかな、と思った。心配しながら証言を見ていた山本と浜田が、小声で「無事に済んで良かったですね」と言って、握手を求めてきた。

（10）

この後すぐにTPM社の主任技師、アーナンド・クマールの専門家証言が始まった。インド出身

のクマールは、浩二と同じくらいの身長と年齢で、濃褐色の肌をした精悍な風貌の男だ。

始めは、ケラーの質問による証言である。ケラーの質問への回答から、彼がボンベイの工科大学を卒業してからオハイオの工科大学の修士コースで学び、そのままＴＰＭ社の設計技術者として二十年間働いていることなどが分かった。

ここでもケラーは、クマールの証言を通じて、ＴＰＭ社がいかに苦労して新型の油圧式タイヤ加硫プレスを開発したかを陪審員に訴えているようだった。二人の応答から、新しい事実が分かった。それは、同じ分野で苦労してきた浩二にとって非常に興味深い内容だった。二人のやりとり内容をまとめると次のようになる。

―ＴＰＭ社は阪神重工より約二年も早く、Ｇ社の厳しい要求仕様に基づいて新型タイヤ加硫プレスの開発に着手した。開発には二年近くかかり、試作機の一台をＧ社に納入し半年ほど使ってもらって性能を確認した。その結果、既に七十台以上をＧ社および他のタイヤ製造会社に納入している。

阪神重工が二年ほど遅れて新型タイヤ加硫プレスを開発するまでは、精度、エネルギー消費などでＴＰＭ社の新型プレスを上回るものがなく、アメリカ市場を独占していた。ところが、阪神重工が新型タイヤ加硫プレスを開発した。性能は同じだが阪神重工のタイヤ加硫プレスは価格が二十五パーセントほど低いので、ＴＰＭ社の新型機は売れなくなった。このままではＴＰＭ社の存在が危うくなり、アメリカからタイヤ加硫プレスを作る機械会社がなくなってしまう。日本の会社のために、アメリカの会社がなくなってしまってよいのか―

ここまでの証言を終えると、正午近くになったので、裁判官が午前の部の終わりと、午後一時からの午後の部の開廷を宣言した。彼女は陪審員たちに、「裁判で聞いたことは誰とも、陪審員同士でも決して話してはいけません」と繰り返した。

近くのカフェテリアで阪神重工の関係者七人が一緒に昼食を摂った。やはり疲れたのか、浩二は食欲がなく、コーヒーと卵サンドイッチだけを注文した。食事が始まる前にニューマンが、

「ミスター・ワタナベの証言は良かった。必要なことだけ喋り不要なことは言いませんでした」

と言った。どうやら、浩二の専門家証言は合格したようだ。浩二はニューマンに質問した。

「私の証言が終わった後、なぜ陪審員たちはどよめいたのですか？」

「あぁ、あれですか。あれはあなたが陪審員たちに向かってお辞儀をしたからです」

「私の証言を聞いて下さったお礼にちょっとお辞儀をしただけのつもりですが、いけなかったのでしょうか？」

「とんでもない。あのお辞儀は大変よかったですよ。だから、陪審員たちは喜んだのです。アメリカ人の証人の場合、あんなに丁寧にお辞儀をする人はまずいませんからね」

「ところで、もう私の役割は済んだのですね。もう証言の必要はありませんね？」

「いや、ＴＰＭ社側がどう考えるかによります。明日か明後日に、もう一度、ケラーがあなたの証言を求める可能性は大いにありますよ」

これを聞いて、浩二はまだ自分の仕事は終わっていないのだと失望した。しかし、失望している場合ではない。弁護士費用などで今まで相当なお金がかかっているし、今後の会社のためには、ど

うしても裁判に勝たなければならない。この裁判の行方は日本で阪神重工の多くの人々が注目し見守っている。弱気になっている場合ではないのだ。

午後の部は一時十分に開廷した。

裁判はいつも裁判官による「皆さん、ご着席ください」という一言で始まる。この一言のあと、クマールの証言が続いた。ケラーはイーゼルに懸けた図面を指さして質問した。

「ミスター・クマール、あなたの経歴から判断すると、この図面を理解することができますね？」

図面はＴＰＭ社の新型タイヤ加硫プレスの全体図である。クマールは答えた。

「もちろん。よく理解できます」

「この図面が示しているのは何の機械ですか？」

「これはタイヤ加硫プレスです。私たちがＴＰＭ社で開発した新型のタイヤ加硫プレスです」

「この図面を使って、ＴＰＭ社のプレスの構造と働きを陪審員の皆さんに説明してください」

午前中の浩二への質問と同じだ。クマールは図面の各部品を指示棒でさし示しながら、機械の構造と働きを説明した。アール（ｒ）の発音がはっきり聞こえるインドなまりの英語だったが、クマールの喋り方は普通のアメリカ人と同じ速度だった。ケラーは補足するように次々に質問し、クマールが詳細の説明をした。浩二は専門家だから、彼らのやり取りはよく理解できたが、いくら英語であっても素人である陪審員たちにはどこまで分かったか、やはり大いに疑問である。

二十分ほどすると、ケラーはイーゼルに、ＴＰＭ社のプレスの構造図と並べて、阪神重工の新型タイヤ加硫プレスの構造図を懸けた。その図は、ことさらにＴＰＭ社のタイヤ加硫プレスの構造図と似て見えるように、主な部品が巧妙に色分けしてある。懸けてある二枚の図を見れば、陪審員たちは両方が同じだと思うのではないか、と浩二はさらに心配になってきた。

ケラーはクマールに、「この図面は何の機械を示すか知っていますか?」と質問した。すぐにニューマンが挙手をして、「オブジェクション(異論あり)!」と発言した。

この後、裁判官とケラー、ニューマン三人による話し合いが始まった。浩二の席からは話し合いの内容は聞こえなかった。後のオブライエンの説明によれば、ニューマンが、クマールは原告側の主任エンジニアだから、被告側の機械について証言する資格はない、と言って証言させることに反対したのだ。結果的には、ケラーが、「タイヤ加硫プレスに二十年携わっているクマール氏はどんなタイヤ加硫プレスでも図面を見れば理解できるので、証言する資格がある」と主張し、裁判官はケラーの主張を認めニューマンの意見を却下した。

その後、阪神重工のタイヤ加硫プレスに関する、ケラーの質問が再開された。クマールの阪神重工のタイヤ加硫プレスに関する理解は概ね正しかった。しかし、ケラーが、

「両方のプレスの加圧力の発生方法には違いがありますか?」

と質問すると、クマールが「相対的なもので、基本的に両者はまったく同じです」と答えたことに浩二は驚いた。明らかに、ケラーとクマールは演技をして、陪審員に、後発の阪神重工がTPM社と同じタイヤ加硫プレスを作り、TPM社の特許を侵害しているという印象を与えようとしている。この後、ケラーは特許出願に関する三つの基本的な質問をし、クマールへの質問を終えた。

五分間のコーヒーブレイクの後、ニューマンの質問によるクマールの証言が始まった。ニューマンの質問は無駄がなく鋭かった。半年前に行われたデポジションの記録や、先ほどのケラーによる質問への回答を随所に引用しながら、話の矛盾を突いた。浩二は、もし自分がこのような質問を英語でされ続けられたら、すぐに立ち往生してしまうだろう、ニューマンが原告側の弁護人でなくて幸いだった、とつくづく思った。

ニューマンは、クマールが半年前に行ったデポジション記録を丁寧に読み返したようで、その時とこの日のクマールの発言の細かい矛盾の幾つか暴いた。クマールも、聞いている浩二が感心するほどニューマンの指摘をはぐらかそうとしたが、同じエンジニアである浩二から見ても、クマールの言い訳には無理があった。

ニューマンは、ケラーの質問によるクマールの「阪神重工のタイヤ加硫プレスもTPM社のタイヤ加硫プレスも金型締め付け力の発生メカニズムは同じであり、違いはない」という証言を問題にした。ニューマンは質問する。

「ミスター・クマール、阪神重工の金型締め付け力の発生は引下げ式で、TPM社のプレスは押し上げ式だとは思いませんか？」

「そういう言い方には同意しません。両方とも基本的に同じです」

「昨日の証言で、マイケルソン氏は両者には引下げ式と押し上げ式の違いがある、と証言しましたが、その点はいかがですか？」

「それはマイケルソン氏の意見であり、私の意見は異なります。両方のプレスは同じです」

「一昨日の冒頭演説で、ケラー氏は阪神重工のプレスは引下げ式であり、ＴＰＭ社のプレスは押し上げ式だと説明しましたが、それでもあなたは違いを認めないのですか」

「私は、あくまで原理的に同じだと信じます」

「六か月前に行われたデポジションで、あなたは引下げ式と押し上げ式の違いを認める発言をしていますが、それでも今は同じだと言うのですか？」

「半年前のデポジションで何を言ったかよく覚えていませんが、ＴＰＭ社のプレスも阪神重工のプレスも基本的に同じです。第一、加圧力は二つの物体の間で起こる相対的な現象です。ですから引下げ式も押し上げ式も同じです。例えば、人が壁を押した場合、人は押した力と同じ力を壁から反作用の力として受けているのです」

どこまでも阪神重工がＴＰＭ社の真似をしたと主張したいようで、ニュートン力学の法則まで持ち出して反論したのだ。クマールの言うことは力学的には間違っていないかも知れないが、工学的には無理があると、浩二は思うのだった。

この後、ニューマンは、ＴＰＭ社のタイヤ加硫機の構造について質問した。それは、タイヤ加硫プレスの締め付け力を発生するための、油圧シリンダーのピストンロッドと下プラテンとの間の断熱材についての質疑応答である。ＴＰＭ社の図面には硬質断熱材と思われる部品が表示されているが、イーゼルに懸けられた図面でその部品を示しながら、ニューマンは質問した。

「下プラテンとピストンロッドの間にあるこの部品は何というものですか？」

「私たちはスペーサーと呼んでいます」

「スペーサーの材料は何ですか？」

「材料は特定していません」

「材料は何でもいいのですね？　それでは、例えばウランであっても良いと言うのですか？」

「そんな質問には答えるつもりはありません」

「はっきり申し上げて、あなたの言うスペーサーは、高熱の下プラテンから油圧シリンダーのロッドへの熱の流入を防ぐための、断熱材ではありませんか？」

「知りません。繰り返しますが、材料は特定していません」

「この部分に断熱材は不要だと、あなたは言いたいのですか」

「その点についてもお答えできません。このスペーサーの材料が何であっても、ＴＰＭ社のタイヤ加硫機プレスは機能を発揮しています」

浩二はこの時、クマールのこの発言と頑固な態度が全く理解できなかった。この部品が断熱材であることは、少しでもタイヤ加硫プレスに関係したエンジニア、いや、機械技術者なら見れば明白な事実であろう。断熱材がなければ、油圧シリンダー内の油が加熱されて劣化し、機械はすぐに機能しなくなるのは自明のことだ。何よりも、クマールがそれを認めても、この裁判でＴＰＭ社が不利になるとは考えられない。

ニューマンは、これ以上この質問を続けることをせず、ちょっと悪戯《いたずら》っぽい表情で訊いた。

「ミスター・クマール、あなたは阪神重工のタイヤ加硫プレスの性能は同じだが価格が二十五パーセント安いと言いました。それなのに、その後、ＴＰＭ社も阪神重工もＧ社からそれぞれ何台かを受注しているのはなぜですか？　二十五パーセントも価格差があれば、阪神重工が全部を受注してもおかしくないのではありませんか？」

この質問には、陪審員席から笑い声が聞こえた。クマールは困った表情で答えた。

「二十五パーセントほど安いと言うのは私が聞いたことです。しかし、販売を担当していないのでそれ以上はよく分かりません」

ニューマンは微笑しながら、「これ以上、質問はありません」と言って、質問を終えた。


午後三時になっていた。原告側と被告側の質問があったクマールの証言には、午前と午後で三時間ほどかかっていた。十分間のコーヒーブレイクの間、オブライエンが浩二に告げた。

「ミスター・ワタナベ、次のハリソン氏の証言のあと、多分明日になるでしょうけれども、ケラー弁護人があなたへ再び質問することを決めました。再証言です。いいですね？」

やはり再証言があるのだ。前の証言の時と違って、浩二はこの時ひどく不安になった。不安になったのは、自分の証言で使った阪神重工とTPM社の図面がそれまで考えていた以上に似ていたこと、さらにケラーの用意した二つの図面がよく似て見えたことが、陪審員たちに、両方が同じだと思わせたのではないか、という心配が強くなっていたからだった。浩二は力なく答えた。

「やはり再証言があるのですね。今度は大丈夫か、心配ですね？」

「前のように質問に正直に答えれば問題ないですよ。知らないことは知らない、記憶にないことはない、とはっきりと言えば良いのです。あなたなら大丈夫ですよ」

前のようにケラーがゆっくりと質問してくれれば良いが、意地の悪い質問を速いアメリカ英語で次々にするのではないか、と心配は強くなった。そうは言っても、今さら逃げられない、覚悟を決めて証言するしかない、ことは分かっていたけれど。

やがて法廷には再び全員が揃い、ハワード・ハリソンの証言が始まった。ハリソンは過去三十年に亘ってTPM社の特許出願を担当している特許弁護士で、年齢は七十を超えているように見える。まず、ケラーの質問による証言である。ケラーの勧めによって高齢のハリソンも椅子に腰かけたまま質問に答えた。

学歴や職歴などを確認したあと、TPM社の新型タイヤ加硫プレスの特許明細書に基づいて、ケラーは次々に質問した。ハリソンはよどみなく答えたものの、内容の多くは裁判にとってどうでもいいような質疑応答のように、浩二は思った。やがて、ケラーは、

「あなたは阪神重工の油圧式のタイヤ加硫プレスのことを知っていますか？」

と尋ねた。ハリソンは答えた。

「ある程度、知っています。今回の裁判のために勉強しましたからね」

ケラーが次の質問をしようとした時、ニューマンが再び挙手をして「オブジェクション」と言って動議を出した。結果的に、裁判官がこの動議も却下したので、すぐに証言が再開された。

ケラーがハリソンに質問をする。

「ミスター・ハリソン、あなたは阪神重工のタイヤ加硫プレスをどのように考えますか？」

「ＴＰＭ社のタイヤ加硫プレスとよく似ていると思います。基本的には同じものです」

「あなたは阪神重工のタイヤ加硫プレスが、ＴＰＭ社の特許を侵害していると思いますか？」

「はい、幾つかの点で、阪神重工のプレスはＴＰＭ社の特許を侵害しています」

ケラーはハリソンにこれを言わせたかったようだ。ケラーは続ける。

「阪神重工のプレスのどんな点がＴＰＭの特許を侵害している、と思いますか？」

「いくつかありますが、まず両者は基本的に同じであり、類似性で侵害していると思います」

特許を侵害していると言うのなら、原告は厳密にその証拠を示す必要があり、似ていると言うだけでは証拠にならない。特許明細書の文言で示されるか、類似性も具体的に説明する必要があるが、浩二からみてもハリソンのこの言い方は曖昧過ぎるようだ。

判断するのは素人の陪審員たちだから、似ていると言えばそれで十分だと考えたのか、ケラーは更なる説明を求めなかった。ケラーとハリソンは、こんな演技をして、陪審員たちに阪神重工が特許侵害をしているという印象を与えようとしているようだ。

（11）

ケラーの質問は四十分ほどで終わり、すぐにニューマンの質問によるハリソンの証言が始まった。まず始めにニューマンは、「特許が意味することとは、正確にはどういうことでしょうか？」と特許弁護士に特許の定義を説明するよう求めた。ハリソンは、

「発明者の発明を、十七年の間、他の人が製造・販売できないように保護するものです」と応えた。さらにニューマンの質問は続いた。

「発明者が自分の発明を特許にしたい場合、まず行うべきことは何ですか？」

「特許明細書を書いて、それを特許庁の審査官に提出することです」

このように、基本的なことを訊いて答えさせ、陪審員に特許の基本を知らせようとしたようだ。

浩二が最も興味深く聴いたやりとりは、ニューマンが、

「特許出願された発明内容が公開される目的の一つは、発明の技術内容を他の人がさらに発展させるための情報を与えることである、と考えても間違いないですね」

と訊き、ハリソンが、「その通りです。これは非常に重要な点です」と答えたことだった。

ニューマンはこのやり取りによって、特許とか特許侵害とかは厳密に定義されるべきであって、単に似ているだけでは侵害にならない、ということを陪審員に知らせたかったようだ。

このような証言が行われている中に裁判の三日目も午後五時になり、裁判官がこの日の閉廷と翌日の午前九時からの開廷を宣言した。彼女は陪審員たちにいつもの注意を繰り返した。

その日の夕食後も、オブライエンが二時間ほど浩二の質疑応答の訓練をした。翌日の再証言のためである。予想質問を次々に出して答えさせ、必要に応じて直すのである。ただ、オブライエンは、この期に及んで浩二が自信を失わないように配慮したらしく、意地の悪い質問はしなかった。

その夜、浩二はなかなか眠れなかった。この日の朝の証言を控えた昨夜は、ほとんど気にならず

に眠れたのに、二回目の証言はうまく行くかどうか非常に心配だったのだ。ケラーが本来のアメリカ人英語の速度で意地の悪い質問を次々にし、何回か立ち往生してしまうことにならないか、などが心配になり、午前一時頃までベッドの中で悶々とした。いつもの浩二のように、なるようになれ、と言う心境にはいつまでもならなかったのだ。が、そのうち眠りについたようだ。

翌朝はいつもののように目覚めたようで、気がつけば、すでに椅子に座っている。それも、北オハイオ地裁の被告席ではなく、阪神重工の本社の会議室の席のようだった。五十余の席が円形に並ぶ、重役会議や生産会議が開かれる会議室で、浩二も月に一度くらいは入る会議室だ。

今日は裁判で二回目の証言をすることになっているのに、なぜこんなところにいるのだ？　しかも、部屋には他にだれもいない。どうして自分ひとりだけなのだ？

そんな思いでいると、入り口のドアが開いて、二十人ほどの男たちが靴音を立てながら入って来た。あっけにとられる思いで浩二がそれを見ているうちに、彼らは周りの席に座った。

その時の浩二は、やっと裁判官と陪審員が揃った、と何の疑いもなく思った。そして、いよいよ自分の二回目の専門家証言が始まるのだと身構えた。ところが、中心の裁判官席、いや議長席にいるのは、あの中内取締役ではないか？　あれっ、裁判官はアメリカ人女性のはずだったが、どうしたのだ？　浩二が納得できない思いでいると、中内が浩二に向かって質問し始めた。

「渡辺君、君は開発の段階で、ＴＰＭ社の特許を調べたのかね？」

「もちろん、調べました。ＴＰＭ社の特許だけでなく、全世界の競合企業の特許を調べました」

「君は開発した新型タイヤ加硫プレスが、それらに抵触しないようにしたのだな？」

「もちろん、そうしました。特許専門のアメリカの弁護士とも相談したので大丈夫です」

「君はずっとそう言ってきたが、大きな間違いをしていたらしい。君たちの開発したタイヤ加硫プレスが、明白にＴＰＭ社の特許を侵害していることが、分かったのだ」

すると、会議室に集まっていた二十人ほどの男たちが、一斉に「そうだ。そうだ」と合唱しはじめた。浩二は驚いた。まるで鴉の集団が一斉に「アーアー」と鳴いているようだ。

その合唱が一息ついたころ、再び中内が発言した。

「皆の意見は私と同じようだが、念のために多数決で決めたい。渡辺の開発した案が、ＴＰＭ社の特許を侵害していることに賛成する者は挙手をしてくれ」

全員が「そうだ。そうだ。悪いのは渡辺だ」と言いながら挙手をする。中内が続ける。

「全員が私と同じ意見だから、君は有罪だ。正式な罰則を決める前に、まずは君を首にする」

「えっ、首だって？　そんな無茶な！」

と言おうとして目が覚めた。じっとり汗をかいている。目が覚めてもしばらくは、

「あぁあ、俺は会社をくびになった。明日から家族をどのように養えばいいのだろう？」

と思っていた。だが、ゆっくりとではあるが夢であることに気がつき、まずは安堵した。

やがて、再び寝入ったようだが、その後も、巨漢のスキンヘッドに追いかけられたり、速いアメリカ英語の彼の質問に立ち往生したりする夢にうなされ続ける、眠られない夜になった。

次の朝、八時五十分には関係者全員が法廷に揃った。裁判官が着席し、法廷はしんと静かになり、予定通りニューマンによるハリソンへの質問の続きが始まった。

ニューマンはクマールが知らないと言い張った、油圧シリンダーのピストンロッドと下プラテンの間にある断熱材について質問した。ニューマンが、

「クマール氏はこちらの質問に誠実に答えていないと私は思います。あなたは聞いていてそのように感じませんでしたか？」

「彼は、スペーサーが断熱材である必要があるかどうか知らない、と答えました。知らないことを知らないと言ったのですから、彼は誠意をもって答えたと思います」

「あの油圧シリンダーのピストンロッドの端にあるスペーサーが、断熱材であることは明白で、クマール氏が知らない訳はないと考えます。それなのに、彼は知らない、で通しましたね」

ハリソンは、「それは…」と言って言葉に詰まった。浩二から見ると、白髪の老人に見えるハリソンが切れ者のニューマンにいじめられている感じに見えてきた。ニューマンはその後続けて、TPM社の特許明細書の内容に踏み込み、断熱材の使用が明記されていないなど、発明時の最新技術の開示義務が実行されていない、と追求した。

特許専門家であっても、タイヤ加硫プレスの開発設計もサービスも経験したことのないハリソン老人は、ニューマンが断熱材にあれほどこだわる理由が理解できなかったようだ。

これらの質問を終えると、ニューマンは、「あなたはタイヤ加硫プレスの設計をしたことがありますか？」「開発したことは？」「フィールドサービスの経験は？」などと次々に尋問し、ハリソン

氏がそのすべてに「ノー」と答えると、ちょっと微笑してからすべての質問を終えた。ニューマンは、この老人に阪神重工のタイヤ加硫プレスについての証言をさせることが無理であることを、陪審員に知らせることができた、と考えたようである。

この後、ケラーによるハリソンへの短時間の再質問があり、ハリソンの証言が終わった。午前十一時近くになっていた。すぐに自分の二回目の証言が始まる、と浩二は緊張して待っていたが、この時、ケラーが裁判官に提案した。

「ミスター・ワタナベの再証言を行う前に、Gタイヤ会社の四人の技術者のデポジション証言記録の一部を陪審員の皆さんのために読み上げたいと考えます」

「私も彼らのデポジション証言は重要だと考えます。朗読してください」

と裁判官は答えた。ところが、ケラーが更に発言した。

「Gタイヤ会社の四人の証言は、この裁判にとって大いに参考になるものと考えますが、問題はGタイヤ会社ができれば朗読して欲しくないと言っていることです」

朗読を提案しておきながら、こんなことを言うとは？　ケラーは、本当の所は、できれば彼らの証言記録を朗読したくないのだろうと浩二は思った。これにはすぐに裁判官が反応した。

「裁判に必要だと判断されれば、裁判官の裁量で読み上げることはできます。この場合、法廷で読み上げた部分は記録に残して、Gタイヤ会社に知らせる必要があります。ところで被告側は記録を読み上げることに同意しますか？」

これには、ニューマンが答えた。

「読み上げることに同意します。しかし、条件として原告側の都合の良い部分だけでなく、必要なら、被告側が希望する部分をも、追加して読み上げさせて頂きたいと思います」

「その点は大丈夫です。私がそのように原告側に指示します」

ケラーも裁判官の指示に同意した。こうしてG社の四人のデポジション証言の一部が読み上げられることになった。繰り返しになるが、G社の四人とは、設備技術部長のディック・タイソン、同課長のテッド・ロバートソン、それにエンジニアのマイケル・ブゾルフスキーとピーター・シャファーである。

デポジション証言記録は、TPM社側の若い弁護士、ロバート・ジョンソンが朗読した。時々、ニューマンの指示でオブライエンが追加して読み上げた。四人の証言を朗読し終えるのに、午前と午後の合計二時間半ほどかかった。

デポジションの内容は、G社がどんな経緯で従来の機械式タイヤ加硫プレスに満足せず、機械メーカーに新型の油圧式タイヤ加硫プレスを開発するよう要請したか、だった。それは五、六年に亘る技術発展史を聞いているようで、専門家の浩二には非常に興味深いものだった。

阪神重工がG社から二百数十ページの仕様書を受け取り、それを満たす新型タイヤ加硫プレスを開発するようにとの要請を受けたのは四年ほど前のことだが、TPM社はそれよりも二年も早くG社より同様な仕様書を受け取り、開発に着手していたのだ。

G社はそれ以外にも、西ドイツの二つの産業機械会社にも働きかけたが、二社とも頑固に自社の技術にこだわり、G社の要求を受け入れなかったことも分かった。朗読を聞いて、浩二は何度も「そうだったのか」と目から鱗の感じを持った。しかし、証言内容の大半は、機械設計や製造に関係した人でなければとても理解できるとは考えられない内容だったので、陪審員たちが理解したとはとうてい思えなかった。

浩二が心強く思ったのは、四人とも阪神重工とＴＰＭ社のプレスがはっきりと違うこと、また締め付け力発生のための油圧シリンダーのピストンロッドと下プラテンの間には、断熱材が必須であると証言していることであった。

朗読を聞いた浩二は、ケラーがなぜ四人の証言をここで朗読させたのか、理解に苦しんだ。ＴＰＭ社に有利な内容だとは考えられなかったからである。ケラーは、どうせ陪審員は詳しいことは分からないと考えて、ＴＰＭ社の方が二年以上も早く開発を始め、後発の阪神重工が真似をしたという印象を、陪審員に与えたかったのだろう、と浩二は思った。

G社の四人のデポジション証言の朗読が終わると午後二時半になっていた。いよいよ自分への再質問が始まると浩二は覚悟し身構えたが、この時、裁判官が陪審員に向かって発言した。

「陪審員の皆さん、私と弁護人たちは手続き上のことで話し合いを始めますので、皆さんは控室でコーヒーでも召し上がってゆっくりなさってください。何回も申し上げているように、裁判の内容については、たとえ皆さん方の間でも決して話をしないでください」

陪審員が退席すると、すぐに原告側、被告側の二人ずつの弁護人たちは裁判官の前に集まった。

浩二は何が始まるのかと驚いて見たが、三者それぞれが持っている図面や参考資料の確認をし始めたようだった。お互いが持っている資料、特に裁判官が受け取っている図面や資料を確認しているように見えた。

三十分ほどでこれが終わると、陪審員抜きで審議が再開された。法律専門用語が多くなったせいもあり、渾身の注意を払って聴いたが、浩二が内容のすべてを理解できた訳ではなかった。それでも、裁判官と双方の弁護人たちが、三日間の四人による証言、Gタイヤ会社の四人のデポジション内容、さらに図面や資料に基づいて、法律専門家としての議論を進めたことは確かだった。この議論の中で最も重要なのは、ニューマンが出した動議である。議論の終わり近くになって、ニューマンが裁判官に次のような提案をした。

「裁判官、この辺で、この裁判は陪審員の判断に任せるのではなく、裁判官の指示評決にして頂くよう動議を提出いたします。原告が被告による特許侵害を主張したいのなら、具体的にその証拠を示すのは原告側の義務です。しかし、今まで明らかに、文言上も相似性についても具体的な証拠は示されていません。したがって、このケースは指示評決にすべきだと考えます。

さらに、ピストンロッドの断熱材について、原告側の証人の一人は明らかに誠意と公正に反する証言をしていると、私は考えます。G社の四人を含めて全ての専門家が断熱材は必要だと証言しているにも関わらず、彼はこれについては知らない、材料は何でもいいと証言しているのですから、誠意と公正に違反していることは明白です。したがって、この点も略式判決の対象に相当すると、私は考えます」

指示評決とは、事実審理に疑問の余地がないために、裁判官が陪審員に対し結論を指示することだ。言いかえれば、どちらが正しいかが法律的には明らかなので、陪審員に判断を任せずに裁判官が判決を下すことである。陪審員裁判でも、こういう場合があるのだ。

これに対し、ケラーは今までのマイケルソン、クマール、ハリソンの証言で特許侵害は明らかになっている、と反論している。また、ニューマンが「スペーサーの材料がウランでもいいのか？」とクマール氏に詰め寄ったことは脅迫めいていて問題を含むと反論しているが、ニューマンの主張に比べると明らかに迫力を欠いている。ケラーの反論が終わったことを確認してから、裁判官は、

「しばらく休憩とします。ニューマン弁護人の動議に関しては、休憩中によく考えてから、私が休憩後に結論を申し上げます」と言って退席した。

およそ四十分後に裁判官が戻り、弁護人と再び呼び戻された陪審員が席に着くと、裁判官は、

「陪審員の皆さん、今回の裁判は指示評決とすることにします。したがって、皆さんは今すぐにお帰りになって結構です。四日間のご協力まことにありがとうございました」

と言ったので、陪審員席から歓声が上がり、ほんの数分の中に全ての陪審員が法廷から出て行った。陪審員たちが退席すると、裁判官は、次のように評決を下した。

「休憩の間、私は今までの判決例を参考にして、ニューマン弁護人の指示評決の動議の内容を熟考しました。結論を申し上げますと、被告が原告の特許を侵害していると言う原告の訴えに関して、原告は具体的な証拠を示していないと判断しました。また、今までの証言、図面、資料から判断し

て、被告が特許侵害しているとは言えないというのが、結論です。したがって、被告は原告の特許を侵害していない、という指示評決とします。また、誠意と公正への違反に関する略式判決を下すかどうかについては、今夜もう少し考慮し、明日の朝申し上げます」

本当はもっと多くの専門用語を用いているので、どのように正確な日本語に訳すべきか浩二に分からない所があるのだが、彼女が言ったのは、こんな内容である。

この後すぐに裁判官がその日の閉廷を宣言した。午後四時半を過ぎていた。

この時の浩二はしばらく何が起きたのかよく判らなかったのだが、裁判には勝ったことは理解できた。それでも、半ば呆然としていると、オブライエンがやって来て握手を求めながら、

「コングラチュレーションズ（おめでとう）、ミスター・ワタナベ、でも、あなたが希望していた再証言をする機会がなくなってしまい、残念でしたね」

と言った。剽軽もののオブライエンは、こんな状況でも冗談を言う。浩二は、悪夢のように昨夜悩まされた再証言が不必要になったので、何よりも安堵していたのだが、それでも、

「そうですね。私も再証言したかったなぁ。でも裁判は終わり、私たちは勝ったのですね？」

と冗談で応じた。この後すぐに、ニューマンが山本、浜田、浩二に次々と握手を求めながら、

「我々は完璧に勝ったのですよ。皆さん、コングラチュレーションズ！」

と言った。この後、浩二は山本、浜田と握手をして勝訴を喜びあった。

ニューマンによれば、翌朝の裁判官と弁護人の会合は、事務手続き上の諸確認をするのが目的であり、この日の結論がくつがえることはないそうだ。裁判官が心変わりすれば別であるが、そんな

ことはあってはならないのだ。結果的には、事実上この時点で裁判は終わった。結局、ジャック・エイシーとチャールズ・ロジャースの専門家証言がなかったので、二人とも残念そうだった。

(12)

まだ次の日に最終日の手続きがあるが、その日の夕食は阪神重工関係者による、ささやかな祝宴となった。裁判に参加した七人に、オハイオ連絡事務所の松岡と黒木、それに地元のピータース・デイ法律事務所のマリリン・ストークス弁護士が加わり、日本人五人とアメリカ人五人の計十人が、浩二たちの宿泊しているホテルのレストランで祝杯を挙げた。ささやかと言っても、事実上の完全勝利に終わったので、宴は結構盛り上がった。

祝宴の席で浩二の隣に座ったのは、マリリン・ストークス弁護士だった。彼女は直接裁判には立ち会わなかったが、準備段階で色々と世話をしてくれたのだ。宴が始まって間もなく、彼女が、

「ミスター・ワタナベ、内容からしても私は阪神重工の勝利を確信していましたよ。でも、指示評決になって良かったですね。あなたの専門家証言は完璧だった、とリチャードから伺っています。本当におめでとうございます」

と言って、しばらく浩二の手を握って裁判の勝利を祝ってくれた。

アメリカで女性と握手できる機会は多くないし、あっても彼女たちは普通の場合握り返さない。そのため、ストークス弁護士が温かい柔らかい手で十秒近くもしっかりと手を握ってくれたので、

浩二は幸せな気分になった。が、一方では気恥ずかしい気持ちでいると、テーブルの向かい側に座っていたオブライエン弁護士が、浩二にウィンクしながら言った。

「それにね、マリリン、証言が終わった時、ミスター・ワタナベが陪審員たちに丁寧にお辞儀したので、陪審員たちは大喜びしたのですよ。ミスター・ワタナベの証言の中で一番良かったのはあのお辞儀かも知れないな」

また、それを聞いたロジャース老人までが、次のように言って、追い打ちをかけたのだ。

「あのお辞儀は素晴らしかった。あの時のミスター・ワタナベは大変な名優ぶりでしたよ」

何だ、結局のところ自分の証言で良かったのはお辞儀だけだったのか、と浩二は心の中で苦笑したが、黙っていた。


宴の後、ニューマンにこの時点で勝訴を日本の本社に連絡してもよいことを確認してから、山本がZスピードのリーダーの山田と知財部の滝川に国際電話をして、勝訴の報告をした。

翌朝、裁判所に行ったのはニューマンとオブライエンだけである。

裁判記録を読むと、原告側、被告側の弁護人を前に、裁判官は次のように述べている。

「昨日、特許侵害について私は指示評決を決定しました。これは今も変わらないことを確認します。もう一つの被告側弁護人の出した、公正と誠意への違反に関する略式判決の動議についても、昨夜熟慮しました。結果としては、この動議も認めることになりますが、正式には後ほど書面で原告と被告に通知します。これは私が昨夜時間をかけて今までの判決例を熟読し決定した結論です」

これに対し、ケラーは長々と反論をしたが、裁判官は辛抱強くその反論を許している。しかし、もちろん、前日下された評決内容は変わらなかった。こうして四日半かかった裁判は終了した。

ニューマンの説明で、この日から一か月以内ならTPM社は上級裁判所に控訴できること、キャロル・マーチャント裁判官が判決結果を正式な文書にするまでは、形式上は裁判が継続中であり、裁判官が正式文書を作成し裁判が正式に終了するまでに約一か月を要することも分かった。

その日、金曜日の午後、浩二たちはニューマンとオブライエンに礼を言ってから、松岡の車でクリーブランドを離れてアクロンに向かった。その頃、オハイオ連絡事務所はアクロン市のダウンタウンにある十二階建てビルに事務所を構えていたので、山本、浜田、浩二の三人はそれと隣接している、ホリディーインに泊まることにした。

その夜、浩二は一週間ぶりに妻の裕子に電話をして、裁判の勝訴を報告した。

「もしもし、みんな元気かい。裁判には勝ったから、安心してくれよ」

「何の連絡もないから心配していたけど、勝って良かったわね。それで、いつ帰国するの？」

「うぅん、一週間以内には帰国できるとは思うけど、まだこちらで仕事が残っているので、いつになるかはっきりしないな。それより、子供たちはその後元気かい？」

「それが、今一つなのよ。それもあるし、あなたには一日でも早く帰って欲しいわね」

「分かった。できるだけ早く帰るようにするよ」

裁判のことばかりが気になって半ば忘れていたが、この電話で浩二は、自分には家族、妻と三人の息子がいることを思い出し、熱い思いがこみ上げてくるのだった。

翌日と翌々日の土日とも、ホテルの部屋で一人ゆっくりしたかったのだが、土曜日の夜は、松岡の家での日本人だけの勝訴を祝う宴となった。裁判に勝って、他の皆は大喜びしているように見えたが、浩二はそれほど騒ぐ気になれなかった。裁判が終わるまでは、勝訴で終わればどんなにうれしいだろうと考えていたにも関わらず、そうなっても予想していたような喜びは湧かない。

何か大きな未解決問題を抱えている時は忘れているが、それが解決すると、今度は別の問題が深刻な問題として急速にクローズアップされてくる。その夜の浩二は日本に帰っても様々な問題、なすべき課題が山積していることを思い出していたのだ。

特許侵害していないとアメリカの裁判所が認めてくれても、それは元々自分たちが信じて疑わなかったことが認められただけである。終わってみると、競合相手から提訴されたことには、やはり開発責任者としての自分の責任が大きいという意識が強くなってもいた。問題がないようにしたと確信し今までは裁判に勝つことだけを考えていた。だが、敵から訴えられるような構造を採用したことは自分の責任でもある。この一年あまり多くの人たちを心配させ、会社に多大の損害を与えたという意識がだんだんと強くなり。浩二は強く気が滅入ってくるのだった。

翌日、浩二は松岡、黒木とともにGタイヤ会社の購買部と設備部を訪問した。裁判の勝訴を報告し、それまでの協力への礼を述べることが目的だった。特に、デポジションに協力してくれた四人には丁寧に礼を述べた。運よくその日は設備部長のディック・タイソンも購買部長のポール・ゴーワンも在席していた。タイソンは、浩二の手を握りながら言った。

「コージ、おめでとう。私は阪神重工の勝訴を信じていましたよ。しかし、陪審員裁判では何が起こるか分からないので少しの心配はありました。でも、指示評決になって良かったですね」

「ありがとうございます。皆さんが、公正なデポジションをしてくださったおかげです。アメリカでの陪審員裁判ですから、アメリカ企業に有利な判決がなされることはないかと、正直申し上げて、とても心配していたのです」

「宣誓をしているデポジションでは、私たちはどちらに有利にと言うのではなく、真実を証言しただけです。それに、アメリカは法と正義が支配するフェアな国ですよ」

「その通りだと、改めて知りました。負けていれば御社にも大きなご迷惑をおかけしたので、本当に良かったと思います」

この後、タイソンは、その日の夜に阪神重工の勝訴を祝う夕食会を開こうと提案してきた。タイソンがその場ですぐに電話をしたので、当日のことにも関わらず、G社と阪神重工の祝賀懇親会には、設備部と購買部の七人が参加することになった。幸いにして、デポジションで証言した四人とも参加してくれる。懇親会は中東風の名前の、アクロン市内で最も豪華なレストランで催した。もともとレバノン系のオーナーが作った中東風の建物のレストランだが、シシカバブーなど一部の中東風メニューがある以外、今は典型的なアメリカ風のレストランである。阪神重工の五人を入れて十二人による宴は午後七時から十一時過ぎまで続いた。

翌日の午後、ニューマンから浜田に電話が入り、ＴＰＭ社が和解を提案してきたことが知らされた。裁判が終わってから和解とはおかしな感じがするが、裁判官が正式に判決文を発行するまでは形式上、裁判は継続中だ。ＴＰＭ社は一か月以内なら上級裁判所に控訴もできる。

ＴＰＭ社が提案してきた和解案は、ＴＰＭ社は今後阪神重工もその関係会社も訴えず上級裁判所への控訴もしないので、正式判決文が出る前に和解したことにし訴訟を取り下げたい、と言う内容だった。阪神重工が特許侵害をしてない事実だけでなく、ＴＰＭ社が公正と誠意に違反していることが判決で確定すると、ＴＰＭ社にとって極めて不名誉な結果になる、と判断したからか？敗訴が確定的になってから和解とは虫が良すぎるが、阪神重工もこれ以上裁判に関わっている時間も、弁護士費用など経済的な負担に耐える余裕もない。すぐに、山本課長がこの内容を東京にいる、山田リーダーに報告した。翌日、山田からＴＰＭ社の和解提案を受け入れるとの連絡が入り、和解が成立した。ＴＰＭ社は形式的に千ドルの和解金を阪神重工に支払うことになった。

これにより、一年三か月ほどの期間、阪神重工の人々の心に重くのしかかっていた特許係争が完全に終わったのである。一九八七年の三月十九日になっていた。

浩二は、その後も忙しい日々を送った。しかし、円高がさらに進んだので価格競争力がなくなり、阪神重工で製造した機械を日本から世界の市場に販売することが難しくなってきた。そのため、阪神重工はアメリカや中国に工場を建てることを検討し始めた。

一九八八年の半ばから浩二はアメリカ工場建設プロジェクトチームの一員になり、オハイオに新会社が設立された後の一九八九年の六月から三年間その新会社で働いた。ちょうど、日本経済がバブルになり、それが弾けて、高度成長時代が完全に終わろうとしていた頃のことである。

エピローグ

二十一世紀も十三年目に入った今、浩二は、今まで全て自分の意志で行動してきたと考えていたけれども、実際は何かに流されてここまで来たようだ、と感じることが多くなってきた。誰かが言ったように、『この世界では個人の意思は何も決めない。すべては大きな流れの中にあり、我々はそこに浮いているだけ』かも知れない、と思うのである。

この話に登場した人々の中の何人かが既に鬼籍に入っているのは、あれから四半世紀以上が過ぎているのだから、当然のことかも知れない。

数年前、あの中内勝が他界したことを耳にした時、浩二は、工場の管理職会議で何回か叱責されたこと、とりわけ取締役になったばかりの中内から課員の前で罵倒され、「君はこれ以上昇進できないぞ」という捨て台詞を投げつけられた日のことを無性に懐かしく思い出すと同時に、人は誰でも必ず死ぬのだという強い無常観を感じた。

もう一つ、中内の死よりさらに数年前になるが、浜田茂雄の訃報を聞いた時、浩二は驚きと悲しみで動転した。まだ五十代半ばの若さだった。浜田が「渡辺課長、大変です」と電話してきた日のことを、浩二は今も昨日のことのように思い出すのである。

（完）

（付）主な登場人物　（　）内は１９８６年２月現在の年齢

（1．主人公とその家族）

渡辺浩二（43）阪神重工（株）業機械工場技術部高分子機械課課長

　裕子（40）その妻

　雅夫（13）長男　中学1年生

　和夫（11）次男　小学5年生

　良夫（7）三男、小学1年生

（2．阪神重工関係者）

中内　勝（55）取締役（前産業機械工場長）

太田垣浩三（53）産業機械工場長

村山　武（50）産業機械工場技術部長

藤崎秀雄（37）同技術部高分子機械課主任

山田　茂（52）産業機械本部副本部長兼営業部長

衣川耕太郎（43）産業機械営業課長

池田　治　(34)　営業課担当者
滝川賢一　(53)　知的財産部　部長
山本貞治　(42)　知的財産部担当課長
浜田茂雄　(35)　知的財産部　主幹
松岡武彦　(37)　オハイオ連絡事務所所長
黒木和夫　(35)　オハイオ連絡事務所　主幹

(3．阪神重工側の米国人弁護士)

アレックス・ニューマン　(48)　ワシントンDCの法律事務所の弁護士
リチャード・オブライエン　(38)　同法律事務所の弁護士
マリリン・ストークス　(42)　クリーブランドの法律事務所の弁護士

(4．阪神重工側の専門家証人)

ジャック・エイシー　(72)　元タイヤ加硫プレス開発技術者
チャールズ・ロジャース　(75)　元Fタイヤ会社の技師

(5．TPM社関係者)

ジョン・ケラー　(55)　主任顧問弁護士
ロバート・ジョンソン　(42)　顧問弁護士
エドウィン・マイケルソン　(72)　元技術担当副社長、現顧問
アーナンド・クマール　(44)　現主任技師

ハワード・ハリソン（73）　特許弁護士
（6．Gタイヤ会社関係者）
ディック・タイソン（52）　設備技術部長
テッド・ロバートソン（45）　同課長
マイケル・ブゾルフスキー（37）　同部のエンジニアー
ピーター・シャファー（29）　同部のエンジニア
ポール・ゴーワン（50）　購買部長
（7．その他）
キャロル・マーチャント（45）　北オハイオ地方裁判所裁判官

幅広の靴

初めてノーマンに会った時、まるでピンク色の達磨だ、と健二は思った。アメリカ人としては中背のがっしりした柔道家のような体格で、半白の褐色の髪は一センチほどに刈られている。緑がかった青い目は深く大きく、黒縁の眼鏡をかけた顔は禅画に見る達磨のようだったのだ。

次に健二の目に入ったのが、異常に横幅の広い大きな黒い靴だった。一般的に日本人の靴に比べて横幅の狭いアメリカ人の靴とはあまりにも違う。そのため、初めて会ったというのに、その靴をしばらく凝視してしまった。すると、ノーマンはいたずらをしているところを見つかった少年のような表情をして、にやっと笑った。

「幅の広い靴で、おかしいでしょう?」

「いや、初めてお会いしたというのに、大変失礼しました。すみません」

「なぁに、いいのですよ」

こう言いながら、椅子に腰をかけて靴を脱いで、健二に足を見せた。異様に横幅がある足だった。彼はその後すぐに、靴を履いて靴紐を丁寧に結び直した。

「不格好な足でしてね。私の父もこんな足をしていましたよ。私が履ける靴はJCペニーには売ってないので、いつも特別注文しなければなりません。ですから、少なくとも五百ドルはするので、高くついて困りますよ」

ノーマン・アンダーセンと中村健二との最初の出会いはこうであった。

一九八九年に入り、ペレストロイカとグラスノスチで体制が揺らぎ始めたソ連からの東欧諸国の独立の動きが勢いを増し、昭和から平成と改元された日本では後にバブルとよばれるほど景気が過熱していた、その年の四月の初めに健二は神戸の会社、阪神重工㈱から米国オハイオ州のS社に出向した。S社は阪神重工が現地の会社、カヤホガ機械㈱を買収して設立したばかり子会社だった。

S社のあるオハイオ州北部は、米国製造業の衰退を象徴するラストベルト（錆付いた帯状地域）と呼ばれる地域にある。かつて米国の鉄鋼、機械工業の中心地だったこの地域が、世界市場での米国の価格競争力低下とともにラストベルトと呼ばれるようになってから久しい。それでも今なお全米のゴム産業の中心で長い歴史を持つゴム関連機械のメーカーがいくつかあり、カヤホガ機械もそんな機械メーカーの一つだった。

S社の技術担当の役員でもあった健二がまず具体的にすべきことは、新たにアメリカ人技術者を採用し阪神重工の標準タイヤ加硫機の図面を米国規格に直すことだった。

ノーマン・アンダーセンはカヤホガ機械の技術部長であり、すでに六十歳を超えていたが、S社になってからも引き続き技術部長として残ってもらっている。

日本から派遣された健二にとってノーマンの協力が何よりも重要だ。幸いなことに、健二は初めて会ったときからノーマンと馬が合いそうだと思った。アメリカ人にしては口数が少なく、必要なことを短い文で要領よく話すタイプだ。それまで、外国人の英語力などいささかも斟酌せず英語が分かるのが人間だと言わんばかり長々と早口でしゃべる何人ものアメリカ人に会って閉口してきただけに、ノーマンの話し方は健二には新鮮だった。

単身赴任ではあってもアパート探しなどに時間がかかったので、着任してから三週間あまりの間ホテル住まいをした。アパートを決めて本格的に仕事ができるようになったのは、五月に入ってからである。

五月初めのある日の朝、健二はノーマンを自分の執務室に呼んだ。当時、十四歳も年上のノーマンを呼んで自室に来てもらうことに少し抵抗を感じたが、それにも慣れる必要がある。ノーマンとまとまった話をするのは初めて会って以来二回目だ。その日もノーマンは黒い幅広の靴をはいていた。

「今日から仕事に集中できるようになりましたので、改めてよろしくお願いします」

「日本からひとり来て大変でしょうが、何でも遠慮せずに私に言ってくださいよ」

「ありがとうございます。これから色々とお世話になります。ところで、いま来てもらったのは、日本の図面の米国化について相談するためです」

米国で製造するためには、ミリメートルからインチへの寸法表示の変換や米国規格の適用などで阪神重工の図面をアメリカ人が読める図面に直さなければならない。そのための設計基準について、まずはアメリカ人技術者の意見を聞く必要があった。健二は日本で予め準備していた設計基準案のコピーをノーマンに渡した。

「ご存知と思いますが、当社は今年の十月から阪神重工の標準タイヤ加硫機の米国生産を開始する方針です。そこで、今からすぐに図面の米国化を始める必要があります」

「阪神重工の標準タイヤ加硫機は六種類ありますね。全部を十月から製造するのですか？」

「十月からは一機種だけ試作機として製造を開始する予定です。しかし、それまでに二機種の図面の米国化は済ませたいと考えています」

「二機種なら約千枚の図面ですね。それなら九月末までに何とかなるでしょう」

「具体的な作業はアメリカ人技術者にお願いすることになります。そこで、始めに図面の米国化のための設計基準を決めておく必要があるので、設計基準の案を作りました。この案についてあなたの意見を聞きたいので、チェックしてください」

「分かりました。技術部のメンバーの意見も聞いてから意見を申し上げます。しかし、それにしても時代が変わったものですね」

「時代が変わったって？」

「私はこの土地の人間で三十六年もカヤホガ機械に勤めていますが、カヤホガ機械は十五年前までは日本の会社に技術輸出していました。日本から若い技術者が来て我々の機械を熱心に勉強していたことを思うと、時代が変わったなとつくづく思いますよ」

カヤホガ機械のような小さな会社からでさえ技術導入をしていた日本の会社があったのだ。この話を聞いて、健二は戦後日本の企業の新技術取得への一途な熱意に思いをはせた。十数年前なら、日本の技術がアメリカに移転されることなどアメリカ人技術者は想像さえしなかっただろう。以前と違う現状をノーマンがどのように感じているのだろうか？　複雑で悔しい思いもあったかもしれないが、健二は達磨のようなノーマンの顔から彼の心の中を読みとることは、もちろんできなかった。

　このあと今後の技術部運営の方針や人事などについて話し合ったので、ノーマンとの話し合いは二時間以上になった。その結果、健二はＳ社での仕事が何とかなりそうだという気がして安堵した。とにかく、幅広の靴を履いたノーマンがいてくれるのだ。

　アメリカに赴任以来、健二は本場の英語に慣れるためにホテルやアパートにいる時はいつもテレビのＣＮＮニュース番組をつけっぱなしにしていた。

　ある土曜日の夜、いつものようにＣＮＮニュースを観ていると、妻の典子《のりこ》から電話がかかってきた。アメリカに到着してから三回目で、十日ぶりの典子との電話だった。

　日本人女性としても典子の声は細くて高めである。Ｓ社で働くアメリカ人女性の低めの声に聞きなれてきたせいか、その夜の典子の声はさらに高くか細く、世界の果てから届くように聞こえた。日本を離れてからまだ一か月しかならないのに典子の日本語がなつかしく耳に響く。

「お父さん、私よ。その後元気にしているの？」

「元気だから心配無用だよ。それより、そちらはみんな元気かい？」

「ええ、まあ皆元気よ。あの、靖《やすし》がねぇ」

「靖がどうかしたのかい？　高校生になって張り切ってるんだろう？」

「それがねぇ。靖は野球部に入りたいのだけれど、色々あってね」

靖は健二の次男でこの四月に高校に入学した。県立の進学校だが武道や野球などのスポーツにも力を入れており、質実剛健を標榜している。小学生のとき少年野球のチームに入り中学の野球部でも捕手でキャプテンをしていたので、靖は高校でも野球部に入ると言っていたのである。

「野球部に入ると、丸刈りにしなくちゃあいけないのよ」

「野球をしたいのなら、丸刈りにすればいいじゃないか。靖は丸刈りがいやなのか?」

「そうなのよ。でも野球はやりたいが、丸刈りはいやだ。そんな、丸刈りの規則なんて時代遅れだ。だから、校長に規則変更を要求すると言うのよ。どうしましょうね?」

「入学したばかりの新入生がひとりで校長と交渉する、と言うのかい?」

「そうなのよ、ひとりでも行くと言ってるわ」

「それだけの元気があるのなら、言うとおりにさせればいいじゃないか。やめろと言っても、靖は言い出したらきかないのだろう。校長が規則を変えるとは思わないけどね」

「分かったわ。靖の言うとおりにさせましょう。でも、だめならどうしましょうねぇ?」

「規則が変わらないのなら、丸刈りをして野球部に入ることだなぁ。それがいやなら野球部を諦めることだ。簡単なことじゃないか」

「あなたはいつでも簡単に結論が出せるからいいわね。簡単に決められないから、靖は悩んでいるのよ。そこの所をもっと理解してやってもいいんじゃないの」

「それはそうだけど、今の場合は丸刈りにするか、野球部を諦めるか、どちらかだよ。僕がそう言っていたと、靖に言いなさい。こちらも忙しいし、大変なんだよ」

「そのように伝えておきますよ。でも、あなたっていつでも結論だけを言うのね。そして、いつも最後は忙しいと言って、子供の事は何でも私に押し付けて逃げるのだわ」

「だって、今は仕方がないだろう。君も大変だろうけれど、しっかり頼むよ」

この十日ほど仕事のことばかりが頭を占有していたが、妻からの電話で自分には家庭があり妻と育ち盛りの三人の子供の生活が自分の肩にかかっていることを、健二はあらためて思った。家族のことを思うと少し胸が熱くなるが、様々な責任があることを思い出すとやれやれという気分にもなるのだった。


図面の米国化には、三人の若い機械設計技術者と一人の電気技術者が携わることになった。まだＣＡＤ化される前のことであり、阪神重工の図面から第二原紙を作り設計基準に基づいて鉛筆で直す作業である。

機械設計技術者の一人であるビル・ヤンコビッチは正規の社員ではなく、この仕事のためにノーマンが期限を限って雇った設計者だった。仕事のできる男なのでノーマンは正式の社員にしたいと言うのだが、自由が欲しいので仕事に縛られたくないと言ってビルは首を縦に振らないと言う。

図面の中の日本語注記の英語への変換は、健二が英語に訳したものをアメリカ人技術者が自然な英文に直したあと健二が再び最終チェックをする。そのため健二はアメリカ人が退勤した後も毎日二時間ほど会社に残り、図面のチェックを行う必要があった。

北オハイオにミズナラやカナダ楓の新緑が眼に映え、ドッグウッド（ハナミズキ）やローディー（シャクナゲ）の花が華やかに咲く五月になった。そんな五月中旬の土曜日の夜、健二は妻の典子に電話をした。日本時間では日曜日の朝だ。先に典子が電話をかけてきてから二週間あまりが経っている。

「もしもし僕だよ。みんな元気かい？　子供たちはしっかり勉強しているだろうね」

「皆、元気ですよ。後で子供たちと代わりますから、ひと言ずつ話してくださいね」

「そうするよ。ところで、靖の野球部入りはその後どうなった？　頭髪のことでやはり校長と掛け合ったのかい？」

「結局ひとりではなく、仲間を誘って二人で校長先生と会って話をしたの。でも、校長先生は質実剛健の校風は厳守するので規則は変えないと言ったそうよ」

「それはそうだろうね。しかし、校長と掛け合うなんて、靖にそんなエネルギーがあったことに感心するね。それで、靖は丸刈りにする決心がついたのかい？」

「いやぁ、それがまだ決心がつきかねているのよ。まだぶつぶつ言っているわ。だから、入学して二か月近くが経つのに、いまだに勉強にも実が入ってないのよ。あの高校では、三年後の大学入試に向けて入学と同時に競争が始まっているというのにね」

「まだ決心がつかないとは困ったものだな。高校の三年間なんてあっと言う間に過ぎちゃうぞ。この際むしろ野球を諦めて今から勉強に集中する方がいいんだがなぁ」

「そうなのよ。どんどん日にちが過ぎて行くので、心配でね」

「そうだな、後で僕からも靖に話してみるよ」

その後、高校三年生になる長男の崇《たかし》と小学六年生の三男の潔《きよし》とは短く話をすることができたが、靖はその日とうとう電話に出なかった。典子によると、色々と理屈をつけて、「今はお父さんと話す気にはなれない」と言いはったらしい。健二は困ったやつだなと腹を立てたが、電話ではどうしようもない。その夜はベッドに入ってからも靖のことが気になりなかなか寝付けなかった。


一方、S社での仕事には徐々に慣れてきた。始めのうちは、時間の大半を米国化された図面のチェックに使う必要があったものの、もともと図面のアメリカ化は手間がかかるがそれほど難しい仕事ではない。アメリカ人技術者たちが日本の図面に慣れるにつれて健二が図面のチェックにかける時間は短くなった。そのため、六月半ばになると健二は元のカヤホガ機械の機械についても勉強するだけの余裕ができはじめた。

カヤホガ機械は八十年以上もゴム産業の中心地である北オハイオでゴムやプラスチックの加工機械を製造してきただけに、三段や五段に組みこまれた金型でゴム製品を加工するプレスなど、ユニークな機械があった。

そんな機械について勉強するとき、ノーマン・アンダーセンが健二の師匠だった。設計上の要点や強度計算の方法など丁寧に教えてくれた。ノーマンは大学卒でなく叩き上げの技術者であるだけに、全てが身体に叩きこまれている。

六月半ばの日曜日の朝、健二は典子からの電話の呼び鈴に起こされた。日本では日曜日の夜である。はじめから典子の声はそれまでより明るく聞こえる。

「お父さん、私よ。どうしたの、なかなか電話に出ないので、どこかに出張にでも行ったのかと思ったわ。その後、元気なの？」

「昨夜は当地の日本人の懇親会があって遅くなったので、いままで寝ていたんだ。僕は元気で相変わらず忙しい毎日だけど、そちらはみんな元気だろうね」

「元気よ。心配要らないわ。それより今日はちょっと良いニュースがあるのよ」

「良いニュースって、靖のことかい？」

「当たり。靖がついに決心して坊主頭にして野球部にはいったの」

「そうか、それはよかったな。野球部の問題が解決すれば、勉強にも力をいれるだろうね」

「そう願いたいところね。あの高校の野球部なんて大して強くないのですからね」

そのあと健二は三人の息子たちとも話した。久しぶりに靖の声も聞くことができた。

「遅れはしたけど野球部に入ったんだから、頑張れよ」

と激励すると、靖は一万数千キロ離れた所から最近にない明るい声で答えた。

「お父さんとお母さんには心配かけたけど、僕は中学の時のように野球部のキャプテンになるように頑張るよ。僕は野球をしている方が勉強にも集中できるんだ」

その後健二は爽快な気分でコーヒーを入れて、ゆっくりと朝食を摂ることができた。

しかし、この状態は長く続かなかった。二週間後の日曜日の朝、健二が電話をすると、待ちかまえていたとばかり、典子がしゃべり始めた。

「お父さん、大変、今日の午後靖が倒れちゃったのよ」

「倒れたって、どうしたんだ？」

「先週野球部に入ったことは言ったわねぇ。ところが他の一年生の野球部員はみな四月に入部しているでしょ。それなのに靖は二か月も遅れて入ったので、先週と今週の放課後は一人でグラウンドを走らされてばかりだったのよ。今日の午後も夏の炎天下、四百メートルの陸上競技のトラックを十週走れと顧問の教師に言われて走ったの。ところが九周走ったところで倒れて病院に担ぎ込まれたのよ。学校から電話をもらったので、私びっくりして病院にとんで行ったわ」

「それで今はどうなんだ。もう元気になったんだろう？」

「病院で点滴をしてもらって一時間ほどいたら元気になったので今は家で休んでいるわ。医者によると、水分不足と暑いなか急に無理な運動をしたので肺気腫のような状態になっていたそうよ。当分は野球部の練習は禁止されたわ。それにしても、遅れて入部しただけでひとりで毎日走らされるなんて、一種のいじめじゃないのかしらね」

「ううーん。質実剛健を標榜する高校だから訓練の一種と考えているのかな。他の新入生も始めは同じだったんだろう？　だったら靖もそれに耐えなくちゃぁね」

「そうかしらねぇ。それにしても、お父さんはいつも『耐えろ』だけなのね。でも本当に身体《からだ》を壊したらどうするのよ。私はそれが心配だわ」

「もちろん、身体を壊したらいけないよ。まぁ、今回は医者がよいと言うまでゆっくり休ませることだな」

典子は健二の返事に不満でもっと言いたい事がありそうだったが、その日はそこで電話を終えた。家族と離れていて何もできないことに対して、健二も強いもどかしさを感じはしたが、どうしようもなかった。


S社での仕事はおおむね順調だった。時間をかけて作成した設計基準が効果を発揮したので、阪神重工の図面の米国化については予期した以上にアメリカ人技術者に任せることができる。この調子では、それほど無理をしなくても、二機種の図面の米国化は予定どおり完成しそうだ。

S社の技術部にはポーランド系など東欧系の人が多かった。その中の一人に六十歳近い男がいた。六月下旬のある日の昼休み、ランチのために外出しようとしていると、珍しく彼が健二に話しかけてきた。ぜひ聞いて欲しいとばかり興奮気味だ。

「リトアニアがもうすぐソ連から独立しそうですよ、ケン」

「リトアニアって？」

「バルト海に面した国で今まではソ連の一部でした。私はリトアニア生まれです」

「そうですか。早く独立すれば良いですね」

こう応えたものの、健二はリトアニア情勢のことは全く知らなかった。リトアニアがどこにあるかも自信がなかった。ゴルバチョフのペレストロイカとグラスノスチの影響で、いよいよソ連が変化しつつあるのか。

昼食後、これから世界も大きく変わるだろうなと考えながら、執務室で図面のチェックをしていると、図面の米国化を担当している三人のうちの一人であるビル・ヤンコビッチが、ノーマン・アンダーセンに伴われてやって来た。

ビル・ヤンコビッチはユーゴスラビア系の三十代半ばの男で、ノーマンから聞いていたとおり優秀な機械設計者だった。健二も会社に欲しい人材だと考えたので、二週間ほど前に呼んで正式にS社の社員にならないかと誘いかけた。しかし、ノーマンから聞いていた通り、彼は健二の申し出を即座に断った。自由が欲しいからだと言う。彼の言う自由とは、好きなときだけ仕事をして好きな時にまとまった長期休暇が取れることのようだった。

健二の前の椅子に腰を掛けるとすぐにノーマンが口を開いた。

「ビルが七、八月の二か月休ませてくれと言うんですよ、ケン」

「えっ、まるまる二か月を休むのですか？」

「そう言うのですよ。ビルのことだから一か月の休暇は予想していたのですが、二か月とは長いので念のためにケンに相談に来たのです」

「そうですか。それで、ビルが二か月休んでも今進めている図面の米国化は計画どおりにできますかね？」

「今のところ計画より早く進んでいるし、ビルがいなくても、対策を立てておけば九月末までに何とかなるでしょう。もともと夏は多くの従業員が休暇をとることを考慮して計画を立てていますからね」

「九月末までに二機種の標準化ができるのなら、技術部員の休暇はあなたの判断に任せますよ、ノーマン」

「分かりました。ビルは正規社員ではないから強く拘束はできないですからね」

独身のビルがそんなに長い休暇を使って何をするのか、健二は興味を持った。

「ビル、差し支えなければ、二か月を使って何をする計画かを教えてくれませんか？」

「山に籠るのですよ。コロラドの山にね」

「コロラドって、デンバーのある州ですね。ここから遠いけど、一人で行くのですか？」

「もちろん一人ですよ。一人だから良いのですよ」

ビル・ヤンコビッチによれば、テントと食料と簡単な炊事用具のみを持って行く。二か月近くの間、昼間は雄大なコロラドの山々の風景に親しみ、夜は星を眺めて過ごすが、それこそが至福の時だというのだ。これを話す時のビル・ヤンコビッチは、ふだんの口数の少なさと違って饒舌だった。顔の表情もいつもより生き生きとして見える。

「山の中は、熊やコヨーテなどの動物が出たりして、危険なことはないのですか」

「少なくとも今までは、危険な目にあったことはありません。もっとも、最低限の護身用の武器は持っていきますがね」

「二か月もの間、誰にも会わないのですか。その間の食料も相当な量でしょうね」

「まったく誰にも会わないと言う訳ではありません。山には同じような仲間が来ているので、困った時など助け合っていますよ。それに二か月分の食料を一度に持って行けないので、何度か人家のある所まで下りて食料を調達します」

「同じような仲間って、山の中でも全くの一人ではないのですね。そんな仲間との付き合いってあるのですか？」

「山の中で会うと挨拶くらいはしますが、お互い困るとき以外は付き合いと言うほどのことはしません。それに、広いコロラドの山の中ですから、めったにそんな仲間とも出くわしません。北極の雪原で白熊が仲間に出くわすようなものですかね」

「なるほど、北極の白熊ですか？　面白いことを言うね」

「今の僕は夏のコロラド行きを楽しみに仕事をしているようなものですよ。とにかく、コロラドの自然は素晴らしいので、ケンも一度私のキャンプに招待したいですね」

そんな山の中で風呂はどうするのかと聞いてみたかったが、健二は口には出さなかった。大自然と向き合った生活のなかでは小さなことなのだろう。それにしてもコロラドの自然での自由な生活はどんなものだろう。仕事のことも家族のことも忘れての二か月近い山での生活を思うと、健二は少しうらやましくも感じるのだった。


次に健二が妻の典子に電話をしたのは、靖が炎天下で倒れてから二週間後のことだった。あれ以来ずっと靖のことが気になっていたが、その次の週末は日本からの出張者をナイヤガラ瀑布に案内するなどで忙しく、余裕がなかったからである。健二が住む北オハイオの町からカナダとの国境の町ナイヤガラ・フォールズまで車で四時間ほどかかるが、ナイヤガラの滝は出張者が一度は行きたがる観光地なのだ。

　電話を待っていたとばかり、典子が喋り始めた。

「靖がね。あのあと一週間ほど部活を休んでから医者の許可が出たので、ふたたび野球部活動に参加しはじめたの。しかしね、相変わらずランニングばかりさせられて毎日へとへとになって帰るのよ。夏の盛りだから、身体をこわさないか心配でね」

「相変わらずランニングだけをさせられるのは靖ひとりだけなのかい？」

「他の新入生と一緒の事が多いらしいけど、上級生は遅れて入った靖に特に厳しいみたいよ。三年生は夏休み前から部活をやめて受験勉強に専念するそうですけどね」

「そうか。だけど、野球がしたいのなら、弱音をはかず我慢するしかないだろうなぁ。靖の身体の調子には君がよく注意を払ってほしいね」

　こう言ったあと、子供たちのこととなると頑張れとか我慢せよとしか言えない自分を思うと健二はいやな気分になった。いやな気分の原因は、妻と同じくらい心配な気持ちがあるにも関わらず電話では素直にそれを言う事ができない自分にあった。

　そのあと、三人の息子とひと言ずつ話をした。夏休みを間近にして、崇と潔は明るい声で話をしたが、靖の声は暗く、健二が何を言っても、「うん」とか「そうだなぁ」と短い返事しかしない。進学校に入ったのだから、野球部は諦めて今から勉強に集中したらどうだ、と言っても「うん、それもそうだけど…」と言うだけだった。

野球への情熱はもうかなり失せているのだが今やめると夏の練習がいやで辞めたと思われるのが靖は何よりいやなようだ。靖のために力になりたいが、離れていてはどうしようもない。だが、遠く離れていることを良いことにこの問題から逃げようとしている自分がいることにも気づき、健二はまた気が塞いでくるのだった。


北オハイオの真夏には、夕方になると人々はこの季節を楽しまなくては損だとばかり、芝生の広場に集まってソフトボールやバレーボールに興じる。車で走っていると、そんな芝生の広場がどこに行っても目に入る。

まだ太陽があまり傾いていない午後五時になると、健二が執務するS社の技術部から誰一人いなくなり、気がつけば、健二ひとりだけ残っていることが多くなった。

この時期ほとんどの社員は交代で二週間ほどの夏休みをとる。八月の初めに、健二もまる一週間の休暇をとり、ひとりでオハイオ州東部からペンシルバニア州にかけて四泊のドライブ旅行をした。地図と日本の歌謡曲やオリヴィエ・ニュートン・ジョンやモーツアルトのピアノ協奏曲のCD、それに数冊の文庫本を携えての旅である。宿は予約せず夕方になるとモーテルに泊まった。モーテルはどこでも空き部屋があった。

平坦な土地が続くオハイオと違って、ペンシルバニア州に入るとゆるやかにうねる山々があり高速道路《フリーウェイ》にも起伏がではじめた。ミズナラやカエデなど広葉樹中心のオハイオと違って、針葉樹の森も少なくないようだ。

初めての土地のモーテルの食堂や酒場で、土地の人と話をすることは楽しかった。アメリカの田舎には素朴な人情が残っており、人々は一人旅の健二に親切だった。しかし、この旅が家族と一緒ならさらに良いだろうと思うと、寂しさを覚えずにはおれなかった。このドライブ旅行中に、健二は次の年の夏休みには家族全員を呼び寄せて一か月をオハイオで過ごさせようと考え始めていた。


ノーマンも八月後半に二週間の休暇を取った。自宅でゆっくりと家族と過ごすと言う。そして、休暇中のある土曜日、健二はノーマンから昼食の招待を受けた。

五大湖の一つであるエリー湖の湖畔に近いノーマンの家まで、健二のアパートから車で五十分ほどかかった。正午過ぎに到着すると、健二を待っていたらしいノーマンは家の外にいた。

「今日はご招待ありがとうございます。それにしても広い庭ですね」

「いらっしゃい、ケン。これが庭と呼べれば、そうですね」

隣との境界がはっきりしないが、敷地は一エーカー半（約千八百坪）ほどもあるようだ。家は母屋と離れからなっていた。母屋は木造二階建てで、昔の日本の小学校のように外壁に横板が貼られクリーム色のペンキが塗られている。母屋から五メートルほどのところに、丸木造りの平屋の建物があった。敷地は庭というより楓やミズナラの木が所々に生える草原のようである。芝生は家の周りだけしか短く刈って手入れがされてないので、芝生のベントグラスが伸び放題であるためらしい。

ノーマンはすぐに健二を家の中に案内した。五十平米くらいの広さの居間に入ると、ノーマンは、妻と娘とその子供である六歳くらいの少年を健二に紹介した。

ノーマンの妻、キャサリンはほっそりした品の良い女性で、ノーマンと同じ位の年齢に見えた。半白のやや濃い褐色の髪は、後ろに丸めてあった。娘のシンディーは三十歳を二、三過ぎたと思われる。明るい金髪とピンクの肌、それにしっかりした体格の持ち主で、母親より父のノーマンの体形を受け継いでいるようである。

質問した訳でもないのに、ノーマンは、シンディーが離婚し二年前から一緒に生活していると説明した。ノーマンの孫のデイビッドは九月から小学生だという。華奢で目のまわりから額にかけて雀斑《そばかす》があってとても可愛かった。

昼食はノーマンが自ら外のオーブンで焼いてくれたビーフステーキと、シンディーの手による色々な野菜とコッテージチーズのサラダとベイクドポテトだった。これに、三種類の缶ビールである。健二はミラーライトの缶半分ほど時間をかけて飲んだ後は、ミネラルウォータを飲んだ。ステーキは固めだったが、皆と一緒に摂る食事は何よりもおいしかった。食事が始まって間もなくノーマンが口を開いた。

「私は小学校に入学するまで全然英語を話せなかったのですよ」

「えっ、アメリカに住んでいてですか。何故ですか？」

「私の両親は、デンマークからの移民で家の中ではデンマーク語を使っていました。ですから、私も小学校に入るまで、英語はひと言も話せなかったのですよ」

そう言えば、ノーマンの姓アンダーセンはアンデルセン、デンマークの名前だ。

「それでは今もデンマーク語ができるのでしょうね」

「いいえ、簡単な日常会話しかできません。両親とは大人になってからも、時々デンマーク語で話しましたけれど、二人ともずっと以前に亡くなりましたからね」

それから、ノーマンは両親や家族のルーツについて話し始めた。

少し親しくなると、移民の国であるアメリカの人たちは、自分の祖先、ルーツについて話したがる。健二は彼らのルーツの話を聞くのが好きだったので、ノーマンの話も興味深く聞くことができた。

シンディーは近所の子供や主婦に韓国式の空手を教えており、丸木造りの離れの建物が彼女の道場であることなどを話してくれた。シンディーとデイビッドが訊くので、健二は家族のことを話した。話しながら、離れてから四か月が過ぎた妻と子供たちのことを思うと同時に自分自身をノーマンと比較していた。ノーマンは仕事とともに家族との時間を何より大切にしている。それに比べて自分は無責任だと思い始めていたのだ。

それまでは、家族のために働いているだけで十分に責任を果たしていると考えていた。このとき感じた家族に対する無責任さは、米国で単身赴任を始めることで初めて、もっと正確には、その日ノーマンを訪ねることで初めて気づいたことかも知れなかった。

食事を始めて十分ほど過ぎた頃、キャサリンが何も喋らないことに気づいた。食事の世話をする訳でもない。ときどき笑みをみせるものの、その笑みは瞬時に消えてしまう。周りの談話についてゆけない様子で、視線も空ろで焦点が定まらない。そんなキャサリンをノーマンは優しく見守っている。どうしたのですかと訊ける雰囲気ではない。これには何か事情があると健二は思った。その日は食事の後、庭でデイビッドとサッカーボールを蹴ったりして過ごし、健二は午後三時過ぎにノーマンの家を発った。

その夜、妻の典子に電話をした。ノーマンの家族と会ったせいで家族の声が聞きたくなったのと、靖のその後が気になったからである。典子の声は静かだった。

「靖がね、とうとう野球部をやめたのよ。あれからも色々とあってねぇ」

「そうか、野球部をとうとうやめたのか。うぅん、まあ、しょうがないだろう。それで今は勉強に集中しているのかい？」

「しょうがないって、あなたは靖がやめるまでのいきさつや靖の気持ちが気にならないの？」

かなり強く抗議するような調子である。

「あなたは何でもしょうがないと言って、受け入れるのだわ。今回の単身赴任のことだって、家族とほとんど相談せずに決めたしね。自分だけのことなら、しょうがないというのも良いけど、もっと家族の気持ちなどを親身に考えてもらわなくては困るわ」

「いやぁ、僕だっていつでも何でも受け入れているわけではないよ。でもな、多くの場合、サラリーマンは現状を受け入れるしかないからね。で、靖は元気なんだろう。後で、電話に出るように言ってくれないか。ちょっと話したいのでね」

靖の野球部については始めにボタンの掛け違いがあり、最後まで修復ができなかったのだ。坊主頭がいやで校長まで談判に行ったことは、靖が入部する前から先輩部員や顧問の教師に知られており、それもいじめの理由になったのではないかと、典子は言う。二か月も遅れて入部したのに、中学では四番バッターのキャプテンをしていた靖の態度に顧問と先輩は生意気さを感じたのか、他の新入り部員に比べて長く球拾いばかりをやらされた。それで、靖は我慢ができず遂に退部したとも典子は言うのだった。

しかし、退部したということは、初志を貫徹できなかったことである。発端は丸刈りに抵抗するという身勝手さが理由であるにせよ、野球部を辞めざるをえなかったことは靖の自尊心をひどく傷つけたようだ。

典子との話のあと靖と話をした。健二の問いかけや励ましに対し、靖はまたしても「うん」とか「そうだなぁ」以外はしゃべりたがらなかった。野球部の問題で挫折し、なげやりになっているようだ。靖との話のあと、健二は思うのだった。

外国に出向せず家族と一緒にいれば靖がこうなるまでに相談相手になってやることができたので事態は変わっていただろう。小学生と高校生の三人の子供たちにとって父親がいることが大切な時期に自分は遠く離れたアメリカに単身赴任し父親としての責任を放棄している。そんなことを思っていると、健二は『お前は何をしているのだ？』という問いから始まる自己嫌悪の深みに陥るのだった。

九月に入ると、夏の休暇から帰った技術部員たちがそろい、仕事はもとのペースで進みはじめた。

九月末には計画どおり図面の米国化が終わり、十月のはじめにはその図面による阪神重工の標準タイヤ加硫機の試作機の製作がはじまった。

S社内で製作する部品もあるが、鋳物、鍛造品、小物など七割がたの部品は外注する必要がある。そのために、健二は製造や工務担当の米国人とともに部品を外注する会社を訪問する機会が多くなった。幸いに、S社から車で一時間以内のところにそんな会社を見つけるのは難しくなかった。以前に比べて衰退していても、北オハイオは全米でも有数の工業地帯なのだ。

部品を外注する会社の一つにアルカーという会社があった。阪神重工が買収する前のカヤホガ機械の頃から取引があり、大型のゴムミキサーのローターなどの製作をしている会社である。比較的大きい部品を製作してもらうために、健二は十月初旬のある日、アメリカ人の工務担当者とともにアルカーを訪問した。

社長のジム・ブロックは六フィート三インチ（百九十センチ）の大男だ。健二と同じくらいの歳で赤茶色の髪と口ひげを生やしている。彼はにこやかに五フィート七インチ（百七十センチ）の健二に背中を丸めてお辞儀をした。

「よくおいでくださいました、ケン。まずは、工場を案内しましょう」

工場に足を踏み入れたとたん、健二は「ラストベルト」という言葉を思い出した。工場の中はまさに鉄の赤さび（ラスト、rust）色の世界だったからである。

工場の建物は想像していたよりずっと大きかった。社長のほかに従業員が十五人と聞いていたが、とてもそんなに小さな町工場には見えない。だが、よく見ると工作機械が稼働し工場として使われているのはそのうちの一部のようだ。建物の中の大部分の場所にはおびただしい数の赤さびた機械部品や鋼材の塊が乱雑におかれている。

「古い機械や鋼材がたくさん置いてあるのですね、ジム。でも、これらはどうするのですか？　これから使う予定があるのですか？」

「私の会社の今の主要業務は、古いゴムミキサーやプレスのオーバーホール（修繕して再稼働できるようにすること）です。そのために、古い機械や部品がよく運び込まれます。しかし、長期の不況のせいでここに運び込まれても修繕の必要がなくなり、そのまま置かれているものもあるのです」

板材や棒鋼などの素材もあるが、鋼材の塊と見えたものの多くはミキサーのローターや機械式プレスのクランクギアなどの機械部品だった。ただ、長い間放置されているらしく、みな赤く錆付いている。この工場内の鉄さびの色と臭いはまさに北オハイオのラストベルトを象徴しているように見える。

その日、S社は比較的大型の部品三点をアルカーに発注することを決めた。実直そうで、いかにも仕事人間に見えるジム・ブロックが信用できる男だと、健二も思った。

その日、健二はジム・ブロックとともにメキシコ料理のファーストフード店で早めの夕食を摂った。食事中も、ジム・ブロックは気持ちの良い男だった。というより、気味が悪いほど健二に愛想が良いというべきだった。

聞くと、彼は普通の日本人以上にワーカホリック（仕事中毒人間）のようだ。ほぼ毎日、従業員が帰った後も午後の九時十時まで会社に残る。それが全く苦にならない。むしろ楽しいと言うのだ。ただ、さらに会話が進むうち、彼が妻ともう五年近くも別居中で、二人の息子と妻の生活費と学費を送っていることを知った。別居の理由は聞かなかったが、彼のワーカホリックぶりも理由の一つであるかも知れない。

十月後半にS社応援のために阪神重工から二人の製造担当者が出張して来た。週末には、健二は二人を誘ってこの秋で最後のゴルフをした。夜はアパートに招待し、オハイオの牛肉がたっぷり入ったすき焼きを作りビールを飲んで騒いだ。

製造が始まると設計段階とは違った問題が発生した。外注先にとって多くが慣れない部品なので、日本の外注先の納期では製造できないことが分かった。二人の出張者と相談し阪神重工と連絡を取り、健二は第一号試作機の完成時期を始めの計画より一か月半ほど遅らせることを決定した。十月末に二人の出張者は帰国した。

二人の帰国を待っていたかのように雪が降り始め、北オハイオは長い冬期に入った。

十一月最初の土曜日の夜、健二は妻の典子に電話をした。二週間ぶりだった。典子の声を聞いたとき、健二は一か月以上も妻の声を聞かなかったかのような感じがした。

「お父さん、先週はかけてこなかったわね。だから、こちらから電話をしてみたんだけれどつながらなかったわ。それで、最近は忙しいの？　元気なら良いけど」

「日本からの出張者が来ていたので、一緒に出かけることが多くてね。忙しいけど元気だよ。それより、そちらはみんな変わりないかね」

「皆、元気よ。崇は来年の大学受験でこれからが大変だわ」

「そうだな。来年は受験だな。受験は若者への試練の一つだから、頑張るしかないね」

「そうね。崇はまあ自覚しているから良いんですけど、靖がねぇー」

「靖がまたどうかしたのかい。野球部をやめたんだから、今度は勉強に集中しているのだろう？　靖は負けず嫌いだから、勉強でも頑張ると思っているのだけどね」

「それが、今から勉強ばかりじゃつまらないと言って、最近はギターに夢中なのよ」

靖は中学生の時から野球をするとともにギターをひいていたが、野球をやめてからはエレキギターに夢中になっているらしい。もうすぐ、高校の仲間を集めてロックバンドを結成する計画だと言うのだ。

それを聞いて、健二はやれやれと思った。もともと健二はエレキギターの音があまり好きになれない。騒がしいロックバンドなんてとんでもない、とさえ思う。

「ロックバンドって、長髪の若者が演奏する、あの大音響のやつだろう？」

「そうよ、でもいつも大音響というわけではないのよ。今の若者はたいていロックが好きだわ。崇だって好きで、よく聞いてるわよ」

「聞いて楽しむくらいならいいけど、わざわざ高校でバンドを組んでやることはないだろう。あんなものをやったら勉強どころじゃないじゃないか？　そんなことするくらいなら、もっと勉強すればいいんだよ」

「そう決め付けなくても。ロックバンドをやったって勉強できる子はできるわよ」

「君が甘いから、靖がつけ上がっているんじゃないかな。今から、やめさせることはできないのかい？」

「靖のことだから、やめさせるのは難しいと思うわ。それに、無理にやめさせてもろくな事はないのではないかしら。それより、お父さんは頭が堅いのよ」

電話ではこれ以上の議論できないので、健二は黙った。確かに靖の性格を考えるとやめさせることはできないだろう。しかし、本音としては、野球をやめたのなら、少しでも良い大学に入れるように今から頑張るべきである。今からロックバンドを立ち上げるとは、何を考えているのか？

一方、自分で有志を集めてロックバンドを結成するという靖のエネルギーに感心してもいた。その感心を言い訳に、また遠く離れていることを良いことに、それ以上深く考えることだけでなく、悩むことさえ拒否して、靖のしたいようにさせるしかなかろうと、家族の問題への関わりを放棄し始めている自分にも気づいていた。これに気がつくと、健二はまた嫌な気分になった。


十一月に入ると、わずかに残っていたミズナラの褐色の葉も完全に落ち、北オハイオは寒寒とした冬の風景になった。雪と寒さでゴルフ場は閉鎖されたので、会社への通勤を別にすれば食料品と日用品の買い物に行くとき以外、外出することがなくなった。

十一月九日にはベルリンの壁が壊され始めた。ベルリン市民がハンマーで壁を壊すニュースの映像が、オハイオのテレビでも何回も繰り返して放映される。信じられないことが起きている。S社の技術部でも、昼休み時間にはこの話題で持ちきりとなった。

十一月半ばの日曜日の午後アパートの窓から落葉したミズナラの高木の先端を見ながら、健二はなぜ自分が家族から遠いこのアパートにいるのだろうという思いにとらわれた。

新会社設立のためのプロジェクトチームの発足当時からチームの中心的なメンバーだったので、客観的にも当初から新会社での勤務は避けられないことだった。新しい会社の立ち上げは重責だなとか、外国での単身生活は大変だな、と同情する同僚が多かった。だが、日本の本社での会議の多さ、際限ない原価低減要求、さらには多くの退屈な仲間たちとの付き合いなどにうんざりしてもいたので、自ら進んでアメリカ赴任を希望した。だから、今の立場に不満はない。むしろ雑用が少なくなったのでせいせいしている。仕事も順調でアメリカ人たちとの関係も良い。

しかし、赴任前に予想していた以上にストレスを感じ、日々満たされない思いもする。

理由の一つは、普段はあまり意識していないが慣れない英語による生活が原因だろう。だが、これは始めから覚悟の上だ。絶好の英語勉強の機会と考えて楽しむしかない。

それより、充たされなさの原因は家族と離れていることにあるようだ。うかつにも自分はアメリカに単身赴任して初めて家族と一緒にいることの大切さを認識したようだ。

S社への出向勤務が決まったとき、家族全員で渡米すべきかどうかを妻と議論した。子供たちの意見も聞いた。結果として、学校のことを考えると家族全員で赴任することはとても無理だと判断し単身赴任を選んだ。しかし、あの時だって妻が先日の電話で抗議めいた言い方をしたように十分に話し合ったかどうか今となっては疑問が残る。ここ半年の次男の靖の迷走も父親不在が影響していることは間違いない。

こんなことを考えていると、その日の健二は何とかせねばならないと思うようになり、妻と三人の息子たち各々に長めの手紙を書いた。子供たちに別々の手紙をかいたのは、四月に渡米してから初めてだった。

長男の崇には、来年の大学受験のためにあせらず諦めず勉強をするようにと、ありきたりの内容になった。迷走している次男の靖への手紙がどうしてもてこずり、時間がかかった。それに比べて小学生の三男の潔への手紙が気楽なものとなった。アパートの前にある大きなミズナラの樹に住むチップモンク（小型のシマリス）の家族の事や、あざやかに朱赤のカージナルスや鴉くらいの大きさのキツツキなど、オハイオの動物のことを書いた。妻の典子にはこの年末には一時帰国することなどを書いた。手紙には、十月にゴルフ場で拾い、押し葉にしたカナディアン・メープルの紅葉を入れた。家族に少しでもオハイオの秋を感じてもらいたかったからである。

十一月の下旬の感謝祭の頃からスーパーマーケットやモールではクリスマス音楽が流れ始める。感謝祭から年末まで、雪の北オハイオはクリスマスムードに包まれ、人々は何よりも家族との絆を大切にするようだ。この時期は、単身赴任者がひとしお寂しさを感じる時だ。

買い物に行ったモールでBGMのように流れていたオリヴィエ・ニュートン・ジョンが唄う“Have you never been mellow?”（そよ風の誘惑）を聴くと、健二はいつになく感傷的になった。離れて住む家族のことを思うとともに、彼女の唄声が「そんなにあくせく働かず、もっとゆっくりしなさいよ」と自分だけに語りかけているように感じるのだった。

感謝祭の当日、試作機の部品を発注している鉄工所の社長からランチの招待を受けた。その鉄工所はクリーブランドの工場地帯にあった。社長の家はレンガ造りの工場と並んで建っており、日本人の感覚では大きいが、木造のむしろ質素な感じのする家だった。

五十代後半で健二より五センチくらい背が低く、がっしりとした体格の社長は、彫りの深い顔にせいいっぱいの笑みを浮かべて健二を迎えてくれた。

「よく来てくれましたね、ケン。おいで頂いて大変うれしいですよ」

社長は家の中につれて行く前に、健二を休みで誰もいない工場を案内した。

工場は千五百平米くらいの広さで旋盤やフライス盤など十数台の工作機械がならんでいる。日本によくある鉄工所と同じようにきれいに整理されていて好感が持てる。国が違っても同業者は良く似ている。この社長だって彫りが深くて俳優のローレンス・オリビエのように見えることを除けば、雰囲気は日本によくいる鉄工所の親父と同じだ。慇懃にへりくだってはいるが、したたかで油断のならない様子も見える。健二は社長のそういう雰囲気が嫌いではない。好ましくさえ思った。

居間では十人近い人が待っていた。社長は一人ひとりその人たちを健二に紹介した。彼の妻と母親と二人の息子、それに近くに住む彼の弟の一家だった。

女性たちはもちろん、男性たち全員が健二より背が低い。そのため、日ごろほとんどが自分より大柄な男たちに囲まれて仕事をしている健二は不思議な気分になった。

昼食が始まった。社長は歓迎の辞を述べたあと、健二が全く理解できない言葉で食前の祈りを唱えはじめた。その時の社長には家長としての威厳が感じられた。

食事が始まってから、一族がユダヤ人で、祈りの言葉がヘブライ語であることを社長から聞いた。これを聞いて、健二は、社長がユダヤ系のキャスパー・ワインバーガー元国防長官と並んで撮った新聞紙大の写真が居間の壁に飾ってあることが、納得できた。

「私たちは今もユダヤ教の教義や習慣にはかなり忠実に従って生活していますよ」

「ヘブライ語は、今も家族の間で使うことがあるのですか？」

「いいえ、家族の間ではすべて英語です。特別のお祈りだけにヘブライ語を使うのです」

「そうですか。さしつかえなければ、ご家族のルーツを聞かせてください」

「私の両親は、私とここにいる弟を連れて一九五七年にハンガリーからオハイオに移民してきました。父は鉄工所をやっていましたが、あのハンガリー動乱以来、何とかして自由な国であるアメリカに移住したいと思うようになったようです」

社長は時々その母親や弟に確認しながら一族のこれまでを話してくれた。移民の国、アメリカの人々の多くはドラマティックな身の上話をするが、ユダヤ人の家族から話しを聞くのは始めてであり、健二は大いに興味を引かれた。

「ケン、早くご家族をここに呼び寄せなさいよ」

話を終えた後、社長は静かにこう言った。

「長い間、家族と離れて暮らすのはよくありませんよ。あなたにとっても、ご家族にとってもね。それに皆でこちらにくれば何とかなりますよ」

このあと社長は、自分ならどんな事情があっても、家族をおいて単身で外国に赴任することはないだろうとも言う。これを聞いて健二は耳が痛かった。そして、強く感じたのは、この家族が何よりも家族の絆を大切にしていることだった。鉄工所だって、社長は弟の家族を含めて一族のみで経営しているようだ。北オハイオでもユダヤ系の人々はごく少数派らしい。前に世話になった弁護士がユダヤ系だったことを除けば、S社の従業員、取引先のタイヤ会社のエンジニアたちを含めて、健二はユダヤ系の人を知らない。それだけに、社長はこの地域の社会に受け入れられるように、努力しており、それを家族全員が身体を張って支えている、と感じた。

このとき健二はそれまで会社の用事と家族の行事が重なったとき、ほとんどの場合に家族に犠牲を強いてきたことを思い出していた。それについて今まで疑問さえ感じたことがなかった。せっかく休日に催される小学校授業の父親参観も、会社の用を優先し参加したことがないことを思い出して、健二はまた嫌な気分になるのだった。

十二月に入ると、雪の北オハイオはクリスマスムードがいよいよ高まる。寒くて長い夜を少しでも華やかにしようと家々は競うように入り口や窓をイルミネーションで飾る。健二の住むアパートの窓の多くも赤や青い光で飾られた。地下の駐車場からいったん外に出て、アパートの正面入り口から七階建てのアパートの窓を見上げるたびに、光で飾られた窓が増えていることに気がつくのだった。

十二月の後半に入ると、S社内もクリスマスムードが高まってきた。十二月の二十三、四、五日の三日間は休みで、クリスマスの後は大晦日まで仕事をし、元旦だけ休んで新年の仕事始めは二日からである。

十二月二十日（水）の夜中、健二はけたたましい電話の音で目を覚ました。時計を見ると午前二時過ぎだ。こんな時刻に誰だろうと腹を立てながら、受話器を取った。

「ハロー、ジス　イズ　ケンジ・ナカムラ　スピーキング」

それでも丁寧に応えた。相手は明らかに酔っ払っている男の声だった。それまでも時たま、おかしな間違い電話がかかることがあったので、無視してすぐに切ろうとしたが、相手は「ハロー、ケン、ジス　イズ　ジム…」と言っているようだ、あのアルカーのジム・ブロック社長らしい。

「ジム？　アルカーのジム・ブロックさん？　こんな夜中にどうしたのですか？　何か用ですか？」

「やぁ、あんたはケンだね、話ができて良かった。ところで今夜あんたは元気かい？」

「元気ですよ、ジム。どうしたのですか？　今は真夜中ですよ」

「あんたは元気。それはよかった。ところで、アーユーオーライ」

「すべて問題なしですよ、ジム。夜遅いので、用がないのなら電話を切りますよ」

「もう少し、電話を切らないでください、ケン。それで、あんたは元気かい？」

呂律の回らない声で、また同じ質問をくりかえし始めた。これは相手にすべきではない。

「もう電話を切りますよ。用があれば、明日会社に電話してください。おやすみ」

こう言って健二は電話を切った。また、すぐにかかってくるかと心配したが、その夜はそのあと電話がかかって来なかった。

翌日の昼間、ジム・ブロックからは会社に電話がかかってこなかった。もちろん健二からも彼に電話などしなかった。

ところが、その日の真夜中、ほぼ同じ時刻にジム・ブロックから電話があった。前日と同じく、「元気かい?」「大丈夫かい?」と聞き、健二が「元気ですよ、すべて大丈夫ですよ」と応えると、「良かった、良かった」と言う。その夜の彼はその後ぶつぶつと何かを喋ったが、健二にはまったく聞き取れない。聞き直してまで理解しようとは思わなかった。理解不能な発言の後、彼は再び「元気かい?」「大丈夫かい?」をくりかえしはじめたので早々に電話を切った。

翌日、健二はノーマン・アンダーセンにその状況を説明した。ところが、話を聞いてもノーマンはそれほど驚いたような表情も見せない。

「あぁ、ケン、彼はあなたにも夜中に電話をかけてきましたか?」

「私にも、って、どういうことですか?」

「実はね、あのジム・ブロックは悪い男ではないのですが、いつごろからか酔っ払うと、夜中に知っている人に電話をかけることで知られているのですよ。もっとも、最近の一年ほどは、それもほとんどなくなったとも聞いていたのですがね」

「ジムはあなたにも電話をかけてきたことがあるのですか? ノーマン」

「五年ほど前に、三日ほど続けて夜中に電話をかけてきたことがありましたね。でも、私が相手をしなかったので、そのうちかけてこなくなりましたね」

「五年前と言えば、彼が妻と別居し始めた頃ですね？」

「ケンはなぜそんなことを知っているのです？」

「先日、食事を一緒にした時、彼が話してくれたのですよ」

「そうですか。彼が誰かれとなく夜中に電話をするようになったのは、妻との別居が影響しているでしょうね。一人で寂しいのでしょう」

「なぜ彼が妻と別居するようになったか、あなたは知っていますか？」

「よくは知りません。ただ、仕事に熱心過ぎて家庭をかえりみないことと、酒癖が良くないことが理由だと言う人がいますね。彼は父親の会社を引き継いだのですが、景気の悪化で売り上げがだんだん減り、従業員数も父親の時に比べると、三分の一になっています。そんなことで、焦ってもいるのでしょうね」

「なるほど。だから、従業員数の割に工場があんなに大きいのですね。ところで、電話がかかってきても相手をしないでおけば、やがて彼は電話をかけてこなくなると期待して良いのですね？」

「そうでしょうね。それにしても日本人のケンにまで電話するとは驚きましたね。まぁ、ケンが北オハイオの人間になりつつある証かも知れませんがね」

最後に、ノーマンはこう言ってニヤッと笑うのだった。

北オハイオにも色々な人がいるようだ。ノーマンやあの鉄工所のユダヤ人社長のように、家族の絆を何よりも大切にする人々、ビル・ヤンコビッチのように自分の家族、家庭を持つことを恐れ拒否している人、さらにジム・ブロックのように、北オハイオのラストベルト化の犠牲となって、家族との良い関係を築くことができないでいる人などが。

健二はこの時シャーウッド・アンダーソンの小説「ワインズバーグ・オハイオ」を思い出していた。オハイオに赴任する前にオハイオの名前のついたこの小説の翻訳をみつけて読んだ。オハイオ州北西部のワインズバーグという架空の町に住む何人もの普通の市民なのだが、いささか変な（グロテスクな）人々のことを書いた小説である。

もちろん、どこの町だって似たようなものだろう。ごく普通の人たちにも変わった（グロテスクな）面がある。様々な人々がいて人間の社会ができているのだろう。

幸い十二月二十二日の夜中にはジム・ブロックからの電話はかかって来なかった。

この電話から逃げるように、翌日のクリスマスイブの前日、健二はクリーブランド空港を発って帰国した。単身赴任者は少なくとも年に一度は、仕事のための出張あつかいで帰国できる会社の制度を利用したのだ。

本社では会社の幹部役員にS社の現状を報告し、海外の子会社の運営について意見を具申した。色々な人たちが健二の報告を聞きたがったため、日本に帰ってからも予想していた以上に忙しかった。久しぶりの帰国だと言うので仕事のあとの誘いも少なくない。酒に弱い健二は理由を作ってできるだけ断ったのだが、それでも帰宅が深夜になることがあり、予定していた帰国中の休暇を取ることはできなかった。

ゆっくり家族と過ごせたのは、阪神重工の年末年始の休日である十二月二十九日から正月の三日までの六日間だけになった。正月四日には日本を発つ。

仕事納めの十二月二十八日には早めに帰宅した。帰国してから初めての家族との夕食に、ほっと寛ぐ思いだった。ところが、子供たちがどこかよそよそしく、はにかんでいるように感じたのは気のせいか。長男の崇が珍しく、しみじみとした様子で言う。

「僕たち、八か月以上もお父さんに会ってなかったんやなぁ」

「そうやね、四月以来八か月半になるね。電話では何回も話をしたけどね」

「電話で声だけ聞くのとこうして会うのとは、やっぱり全然違うよ」

「それはそうやな。そやけど、アメリカ赴任になる前も、私は海外出張がしょっちゅうやったで。仕事やから仕方がないと思っていたけど、その時と比べて今はそんなに違うかな？」

これに対し、妻の典子が口をはさむ。

「全然違うわよ。出張だったら、二、三の例外を除いて長くても三週間もすれば帰ってきたわ。だから、夕食の時などに、あと何日でお父さんは帰るわねとか、みんなで話す事ができたけれど、今はねぇ…」

これには、三男の潔も「そうやで。お母さんの言うとおりやで」と賛同した。

それを補うように崇が言う。

「今はお父さんが確実に帰ってくるのは年末だけやろぅ？　それに今回も正月が終わるとすぐアメリカに帰ってしまう。仕事やからしょうがないんやろうけどね」

これを聞くと、子供たちは自分が考えていた以上に父の長期の不在を不自然に思っていることを健二は感じた。子供たちに対して「我慢が大切だ。しっかり勉強しろ。他の人に迷惑をかけるな」などと、説教じみたことを言いがちな自分はうるさい父親だと思われていると考えていたので、「うるさい親父がいない方が良い事もあるのではないか？」と言いそうになったが飲み込んだ。次男の靖はほとんどしゃべらず、食事を終えると自室にこもってギターの練習をはじめたようだった。

渡米する日の前夜、妻の典子はいつになく甘えた。

「お父さん、やはり単身赴任はいやよ。できるだけ早く任務を終えて帰ってくださいよ」健二の耳もとで何回もこのように囁くのだった。

新しい年、一九九〇年は五日からS社に出勤した。二週間ぶりのS社での勤務だった。アメリカ人たちは健二が家族と一緒に過ごせて何より良かったと喜んでくれた。

一月下旬になると阪神重工の標準タイヤ加硫機のS社での試作機一号機の組み立てがはじまった。それから間もない日の朝、いつもの黒い幅広の靴を履いたノーマン・アンダーセンが健二の執務室に来た。健二が未決済の書類に目を通しはじめた時だった。

「ノーマン、おはようございます。今日は朝からどうかしましたか？」

「おはようございます、ケン。朝早くから突然ですみませんが、この二月一杯で会社を辞めさせて頂きたいと思いまして」

全く予想していなかったことなので大いに驚いたことは言うまでもない。

「えっ、会社を辞めるのですか？　給与など待遇で何か不満でもあるのですか？　それなら考えますが。六十五歳までにまだ二、三年あるでしょう？」

Ｓ社には定年退職の制度はなかったが、年金が全額もらえる六十五歳で退職する従業員が大半だった。前倒しで年金が貰える六十三歳で辞める従業員もいた。

「いいえ、会社に不満など全くありません。Ｓ社になったとき、それまでより二割も給与を上げてもらいました。それに、ケンが私を認めてくれていることも、良く分かっているつもりですよ」

「それなら、もっと勤めてくれませんか。Ｓ社の本格的な立ち上げがこれからと言う今、あなたに去られたら会社はどんなに困ることでしょう。私もまだまだあなたから教わらなければならないことがたくさんありますよ」

「そう言って頂くのはあり難いのですが、妻の病気が悪化していましてね。ですから、先月六十三歳になったのを機会に、辞めて介護に専念しようと決心した訳です」

健二は前年の夏ノーマンに招かれた日のことを思い出した。おろおろして不安そうな妻のキャサリンの目つき。何かあるに違いないと思ったことを。

「妻はアルツハイマーです。五年前に兆候が出はじめました。数か月まえから特に悪化してきているので、私の介護が必要です。去年の夏に私の家に来たとき、あなたも気がついたと思います」

「そうですか、それはお気の毒ですねぇ。でも、失礼ですが、おうちではお嬢さんもご一緒だから、あなたが会社を辞めなくても良いのではないのですか？」

ぶしつけで失礼だとは思いながらも健二はこう訊いた。

「もちろんシンディーもよくやってくれますよ。でもね、ケン。キャサリンには私が必要なのです。私がそばにいると少しは思い出すことがあり、気持ちが静まるようです」

それから、ノーマンは最近の家庭でのできごとを幾つか話した。ノーマンの妻と家族を思う気持ちには感心した。もちろん、ノーマンを引き止めることはできない。

ノーマンは一か月の準備期間の後の二月末にS社を退職した。

ノーマンが退職した日は、ちょうど阪神重工の標準タイヤ加硫機の試作一号機の組み立てが完成し、試運転が始まった日だった。

二月、三月の日本での大学受験シーズンが終わり、健二の長男、崇は第一志望の国立大学は不合格となり、すべり止めのため受験した私立大学のみに合格した。崇が第一志望の大学に入ると家族全員がこの夏休みをオハイオのアパートで過ごそうと計画していただけに、健二の落胆は大きかった。崇が浪人しても家族全員で夏休みにオハイオに来られないことはないが、一か月もの滞在はとても無理だ。このあと電話で話をしたが、典子もとても家族によるアメリカ行きなど考える余裕がなさそうだった。

三月の中旬になり、北オハイオにはまだ寒くて雪が残っていたがそれでも春の近いことを感じさせる日が多くなってきた。そんなある日の午後、アルカー社の社長、ジム・ブロックがS社を訪ねてきた。他の会社に納入すべき機械部品を間違ってS社に届けてしまったので、それを受け取りに来たと言う。

「やぁ、ケン、いつもお世話になっています」

たまたま工場にいた健二を見ると、ジムは快活な様子で愛想良く話しかけてきた。

「やぁ、ジム、久しぶりですね。元気ですか？」

ジムの声を聞くのは、十二月の真夜中の電話の酔っ払った声を聞いて以来だ。

「元気ですよ。ケンもお元気そうですね」

健二はジムが真夜中に迷惑電話をかけたことを詫びるかと考えたが、ジムは何事もなかったかのようにしている。もちろん、健二も意識して黙っていた。あれ以来、ジムからの真夜中の電話はない。

その日から数日の間、健二はS社内でジム・ブロックについて幾つかの噂を聞いた。その中の一つは、彼にはゲイの傾向があり、働き過ぎであることよりもその方が妻との別居の主原因だと言う噂だった。これを話してくれたのは、S社の現場の職長でアフリカ系の男だった。話しの最後に彼は、黒い顔に白い歯を見せながら言うのだった。

「ケンも気を付けたほうが良いですよ」

アメリカにはゲイの男が日本より多いこと、一般的に日本人の男は小柄で髭も薄いので、対象として狙われやすいなどを、それまでも日本人の集まりの席で聞いたことがあったので、この地の何人もの日本人がそうしているように、そろそろ口ひげを生やした方がよいか、と、健二は考え始めてもいたのだった。

四月になって、S社はペンシルバニア州の会社から十台の五段式プレスを受注した。薄いゴム加工用の金型を五段取り付けて加硫するカヤホガ機械の製品である。十台のうち八台は過去に実績のある標準機だったが、二台はそれよりひとまわり大きい新機種なので、新開発が必要だ。

ノーマンが各部の強度計算方法を含む設計基準を残してくれていたので、健二はビル・ヤンコビッチを設計担当者にして、設計を進めることにした。ビルにとっても始めての業務なので、健二は彼がした強度計算のすべてを自分でチェックし、自らも重要部分の計算をした。

ノーマンが残した設計基準、強度計算方法の大半は理解できたが、どうしても理解できない部分が幾つかあったので、健二はノーマンの自宅に電話をした。五月の初めだった。

「お久しぶりです、ノーマン。その後、お元気ですか？　今日は、多段プレスの強度計算について、教えてもらいたくて電話をしています」

「やぁ、ケン、元気ですよ。よく電話をかけてくれましたね。私に出来ることがあれば、何でも協力しますよ」

「新しく受注した新型多段プレスを開発中ですが、一部の強度計算の仕方がよく分からないのです。それで色々と教わりたいことがあるので、ノーマン、半日で良いからこちらに来てくれませんか。もちろん、それに対する報酬とガソリン代は出しますよ」

「そうですか。是非お役に立ちたいのですが、妻の病気が病気なものですから半日も家を空けられないのです。ですから、ケン、あなたの方が私の家へ来てくれませんか？」

翌日の金曜日の午後にビル・ヤンコビッチとともに自宅にノーマンを訪ねることにした。ビルはまだ臨時雇いだったが、正社員として採用することを健二はまだ諦めていない。

ノーマンの家には午後二時半から二時間ほどいた。彼と話をすることで多段プレス設計上の疑問点はすべて明らかになった。どんな機械でも、複雑な部分については百パーセント理論的に正確な強度計算式を作ることはできない。そのために実績に基づく各機械特有の経験式が作られているのである。

ノーマンと話し合っている間、ノーマンの妻、キャサリンはずっとノーマンの横の椅子に腰をかけて、瞬時も彼のそばを離れようとしなかった。健二が挨拶をしても反応はなく、不安そうな目付きでおろおろし、猛獣に出くわした小動物のような表情だった。時々ノーマンの方を見て彼がいることを確認し、少し安心を取り戻しているようでもある。技術的な話をしているときもノーマンはそんな妻を時々じっと見つめたり、手を握ったりして安心させるのだった。健二は、ノーマンがS社を辞めたいと言ったとき、「妻には私がそばにいてやることが必要なのです」と言ったことを思い出し、納得したのだった。

ビル・ヤンコビッチもそんなノーマン夫妻に強い興味を持ったようだった。

その日の夕食は、ビル・ヤンコビッチと一緒に健二がよく行くイタリアン食堂で摂った。食事を開始したのは午後六時半だったが、五月のオハイオは既に日が長くなっており、外はまだ明るくて太陽が西の空にあったので、薄暗いレストランに入るとその暗さに目が慣れるまでに数分の時間がかかった。

前菜のパスタをフォークに巻きつけながら健二は口を開く。

「ビル、今日はご苦労様でした。多段プレス設計上の疑問点はすべて解決できたね」

「そうですね。ケンがチェックしてくれたら後は何とかなると思います。それより、ケン、僕は今日のノーマンには本当に感心しましたよ」

「そうだな。仕事の話をするときも、時々奥さんの目を見つめたり、手を握っていたね」

「ケン、あなたも奥さんに、あんなに優しいのですか？」

この質問に健二は困った。少なくとも今までは家庭より仕事を優先し、妻に様々な犠牲を強いてきたような気がするからだった。

「そうだなぁ。私の妻はまだ若くて元気だし、あんなにする必要はないけどね」

「でも、奥さんとは仲がいいのでしょう？」

「もちろんだよ。しかしね、私は仕事で大変で、妻は育ち盛りの三人息子の世話で忙しいので、最近はあまりそんなことを考えたことはなかったな」

「それなら、なぜ家族を日本に置いてここに単身赴任をしているのですか？」

「それは、ビル、子供たちの学校のためだよ。日本とアメリカでは、言葉からして全然違うので、簡単においそれと家族全員が引っ越す訳にはいかない。分かるだろう？」

「分かりますよ。すみません、僕はあなたを責めるつもりはありません。こんなことを聞いたのは、僕の両親は仲が悪く、僕が十歳のときに離婚しているからです」

「そう、それは知らなかったなぁ。でっ、その後はどちらに育てられたの？」

「母親です。母はタイヤ会社の事務員として働き私を高校まで学ばせ、地元の州立大学入学時には援助をしてくれたし、奨学金を借りるための保証人になってくれました」

「仲の悪かった両親をみていたから、君は結婚したくないのかい？」

「それは強く影響しているのでしょうね。私の両親は離婚前の数年間いつも諍いをしていたように思います。父は勤めていた鉄鋼会社が倒産してから思いどおりの職につけず、酒を飲んで荒れていました。かつて鉄鋼業などで栄えた北オハイオも、ラストベルトと呼ばれるようになり、長い間不況に悩んでいますからね」

「だから、この辺には稼働していない、錆付いた大きな工場がたくさんあるのだな？」

「そうです。それより、今日のノーマンの優しさには本当に感心しましたね」

「いかつい顔のノーマンが、あんなに細やかな優しさを見せるのだから感動したな。でもね、ビル、両親が不和だったからと言って結婚を考えないのはどうかな？」

「結婚したり、会社の正社員になれば自由が束縛されるでしょ」

「しかしねぇ、ビル、今は若いから良いけど、老人になったらどうするつもりかね？　正社員にならなければ、年金だって満足に貰えないと思うよ」

「そうですね。そろそろ僕も身を固めるべきでしょうかね…」

このとき、健二はビルが近いうちに正社員になってくれると確信し始めていた。

翌々日の日曜日の夕方になると、健二はとつぜん悪寒を感じはじめた。微熱があるようでしんどい。風邪をひいたようだ。土曜日の朝から季節外れの小雪が舞うほど寒くなったのに薄着のまま買い物や洗濯などで忙しく動き回ったせいらしい。その夜はオハイオに赴任する時に典子が用意してくれた薬箱の中の葛根湯を飲んで早く床に就いた。

月曜日の朝になると症状はさらに悪化していた。体温が三十八度五分ありひどく頭痛がしたので会社を休み一日中寝て過ごした。食欲はなかったが夕方になると少し空腹を感じたのでバナナを食べ電子レンジで牛乳を温めて飲んだ。

火曜日の朝には少し熱が下がっていた。それでも三十八度近くあったので会社に電話をして会社を休むことにした。午後、暖房を入れた居間のソファーで横になりテレビのCNNニュースを観ていると、ビル・ヤンコビッチが見舞いに来た。

「辛そうですね、ケン。ひどくなったらいけないので医者にみてもらいましょう」

彼はこう言って、車で約十分の大きなモールの中にある医院につれて行ってくれた。オハイオで初めてかかる医者だ。症状の説明のために健二は和英辞典を持って行った。

医者は五十代半ばと思われる小柄なブロンドの女性だった。とても不安だったが、彼女が「オーオー、どうしました？」とやさしく語りかけてくれたので不安はすぐに解消した。胸と背中に聴診器をあて喉の奥や目を丹念に診るのは、日本の内科医と同じだ。

「単身赴任ですって？　無理しちゃぁいけませんよ。今週中は会社を休みなさい」

彼女はこう言って二種類の薬を処方してくれた。

薬が効いたせいか翌日は三十七度台に熱が下がったが会社を休むことにした。結局、その週は金曜日まで平熱に戻らなかったので会社を休みアパートでだらだらと過ごした。

阪神重工に入社以来それまで一週間もつづけて会社を休んだことがなかった。その週も、真面目な会社員である健二は休むことにとても疚しさを感じた。それでも、どうしても出勤する気にならなかった。そして、夜も昼もよく眠り様々な夢をみた。朝方と寝入りばなにたくさんの夢をみたようだが、目を覚ますとほとんどを忘れていた。それでも、夢の中に驚くほど色々な人々が登場したことだけは妙に記憶に残っている。

夢では時空を超えて様々な人々が登場し互いに交流する。ある朝の夢で三人の息子たちと三十五年も前に死んだ慶応元年生まれの母方の祖父が一緒に登場したときは、夢の中で大いに驚いた。あれっ、何でおじいちゃんがこんなところにおるんや、と一瞬思いはしたもののすぐに当然のことのようにそれを受け止めた。祖父はひ孫たちと一緒で楽しそうに、「あの泣き虫の健二も立派になったもんじゃ」などと言っている。息子たちも「そうやろ、お父さん頑張れ」と声を上げている。また、ある夜の寝入りばなには、ジム・ブロックを思わせる赤毛の大男に追われ捕まりそうになった。目覚めてそれが夢であることに気づいた後も、恐怖と気色の悪さでしばらく寝付けなかったほどだ。

それぞれ短時間であったが両親と妻は何回も頻繁に夢の中に現れた。三人はいつも、「体に気を付けなさい。無理するな」とだけ言っては消えたような気がする。そんな三人の心配、励ましが、夢から覚めたあとの健二に大きな重荷に感じさせた。自分には、家族、子供たちの生活だけでなく、多くの人たちの期待が掛かっているのだとの。

一週間休んだお蔭で、土曜日の午後になると完全に平熱に戻った。元気を取り戻すと、少し冷静になって様々なことを考え始めた。オハイオに着任してからそれまで風邪を引いたことも病気で会社を休んだこともない。そのため、今回初めて健康への注意の重要さを認識させられた。健康を害すれば、S社での自分の責任が果たせないからである。

異国での単身生活には確かにつらいところがあるが、気楽で良い面もある。第一、日本の本社にいる時のような退屈な会議の多さや気の進まない夜の付き合に悩まされることがない。読書にずっと多くの時間が使える、

オハイオの人々、時にグロテスクなオハイオの人々をもっと知りたい。知り合いにもなりたい。もっとこの地域の旅もしたい。自分の人生の貴重なひと時を楽しんで充実させたい。仕事はもちろん、それ以外にもオハイオでしたいこと、すべきことは多い。

終わってみれば、一年はあっという間に過ぎた。予定では、オハイオ駐在の任期は三年だから、この調子では残りの二年などすぐ経ってしまうだろう。その間に、二回は家族を呼び寄せてアメリカを体験させよう。

米国オハイオ州の子会社勤務というまたとない機会をもっと前向きにとらえ、積極的に楽しんで過ごそう、それしか自分には選択肢がない。

健二はこのように自分に言い聞かせ、決意を新たにするのだった。

雉鳩の雛

四月半ばのある土曜日の午後、ひとりでわが家の近くの丘に登った。雑木に混じって桜の樹が生えている丘への道は、私の好きな散策コースの一つだった。

そのときの私はまだ五十一歳になったばかりで、三年間の単身赴任の米国勤務から帰って一年余りしか経っていなかったが、三日前に上司の取締役から関係会社への出向を打診されていた。役職定年までにまだ四年もあるのに、出向の話とは？　会社人間だと自任していた私は自尊心が傷つけられた思いがしていた。そんな沈んだ気持ちを整理するためもあって、散歩に出かけたのだった。

丘の上で咲き始めた八重桜を眺めていると、近くでサワサワと微かな音がすることに気づいた。見ると三メートルほど離れた草むらで、一羽の野鳥の雛が動いている。その大きさと姿から雉鳩《きじばと》の雛だと思った。雛の体は黄色味を帯びた白い産毛に被われ、ところどころ赤紫の皮膚が透けて見える。まん丸い目はとても不安そうだ。放置しておけば野良猫か鴉に食われてしまう。野生動物は自然に任せるべきだとは思ったのだが、可哀そうにもなった。しばし躊躇したが、けっきょく私はその雛をわが家に連れて帰ることにした。

わが家に帰るとすぐに、大学生の長男とともにパンと牛乳でねり餌をつくって雛に食べさせてみたが、自分からは食べようとしない。そこで無理やり口をあけて餌を押し込んでみると、吐き出すことなく飲み込んだ。こうして餌を食べさせたあと段ボール箱に新聞紙を敷いて入れてやると、中でおとなしくうずくまった。箱の中では静かでいくぶん緊張しているように見えたが、草むらで動いていた時と比べると明らかに安心したような表情である。私はそれを見て、この分では雛は何とか育つだろうと思った。

翌日になると雛は少し元気が出て、時々ピーピーと鳴き始めた。鳴くといっても、その声は小さく、嘴の隙間から空気が漏れて出る音のようにも聞こえる。私は、デデッポーポーと鳴く雉鳩の雛がこんな声で鳴くことを知り、不思議な気がした。鶏のひよこの鳴き声は親鶏とはまるで違うのだから当然かも知れないが、ちょっとした発見をしたような気がした。この鳴き声のせいで、雛は家族の間で「ピーちゃん」と呼ばれるようになった。

私がつれて帰ったとき、「私の了解もなしに、やっかいなものを拾ってきたわね。あなたは会社で忙しいので、面倒がみられないでしょ。だから、けっきょく世話をするのは私じゃないの」と不満を表した妻だったが、すぐに「ピーちゃん、ピーちゃん」と呼びながら誰よりも真っ先に雛の世話をし始めた。

やがて雉鳩の雛は、長男、高校を卒業して浪人生活に入ったばかりの次男、中学生の三男を含めて五人家族が競ってかわいがる人気者になった。

はじめのうち、餌としてパンのねり餌を与えたが進んで食べるほどではないので、私たちは何がいいのか色々と試してみた。鳩に豆というので、大豆を水につけて柔らかくして潰してやってみたが、食べようとはしない。そのうち、何かの拍子にピーちゃんがチーズを大いに好むことが分かった。特にスライスチーズをちぎってやってから、他の餌には見向きもしなくなったので、それいらい餌は専らスライスチーズになった。

チーズを食べるようになってからのピーちゃんの成長は驚くほど速く、それから暫くは毎朝起きて観る度に身体のどこかに新しい変化が観察された。

三日目には全身の産毛の色がはっきりと変わり始め、一週間もするとほぼ全身がやや青みがかった灰色になり、首などの雉鳩特有の青い模様が現れ始めた。翼には雌の雉の羽によく似た縞模様が見えて来た。拾ってきた時はドバトかも知れないという疑いが少しはあったが、雉鳩であることは間違いなくなった。

一方、ピーちゃんの振る舞いの変化は身体の成長以上に速く、日に日に奔放になっていった。十二畳ほどの板張りの居間は、すぐにピーちゃんがわが物顔で闊歩する空間となった。わが物顔の最たるものは、ところかまわず糞をすることだった。妻は、

「キャー、いやね」とか「ピーちゃんってどうにもしょうがないわね」

と大声を出しながらも、楽しそうに後をつけては雑巾で排泄物の後始末をした。

ピーちゃんは居間から外へ出ようとはしなかった。この部屋の空間が自分の城で、そこにいる限り安全で自由に行動できると考えているように見えた。窓を開けても決して外に出ようとはしない。居間とキッチンとの間には暖簾のような丈の短いカーテンがあるだけなので自由に出入りできるのだが、決してキッチンに入らない。慎重なその様子は、安全に対する野生動物の本能的な知恵を思

わせ、感動的でさえあった。飼い始めてから二週間ほどはこんな状態が続いたので、私は、ピーちゃんが自分からは決して居間から出ない、と思い込んでいた。

ところがある夜、私が会社から帰宅して夕刊を読みながら夕食ができるのを待っていると、突然キッチンから「キャー、ピーちゃん」という妻の甲高い声が聞こえてきた。何の騒ぎかと行って見ると、妻が危うくピーちゃんを踏みそうになったらしく、あわてて抱き上げた後だった。キッチンの入り口でピーピーと鳴いて妻を呼んでいたようだ。お腹が空いて餌が欲しかったのだ。火や熱湯を使うキッチンには物が溢れていて、小さな雉鳩の雛がうろつくのは危険でもある。

私は居間に連れ戻し、冷蔵庫からスライスチーズの入ったポリ袋を取り出した。大好物を目にしたピーちゃんは、両方の羽をばたばたさせて早くくれと催促した。

ある晴れた日に、次男がピーちゃんを抱いて初めて外に連れ出した。庭の芝生の上に置いても、次男のそばを離れず、次男が歩くと必死になって後をついてくる。わが家の庭には野良猫が時おり出没するので、危険が満ちていることを知っているようだった。

ピーちゃんは日光浴が好きだった。暖かい春の日差しのもと妻と私が庭の芝生で日光浴をさせると、翼の裏側にも陽光があたるように身体を傾けて左右の翼を片方ずつゆっくりと広げた。

飼い始めて二週間が過ぎると、ピーちゃんは部屋の中を少しずつ飛んで移動し始めた。日毎に飛ぶ距離が長くなり、一週間もすると居間の中の空間をほぼ自由に飛行して移動するようになった。

鳥類の本能なのか、やがて居間の中で最も高い位置である本棚の上にとまり始めた。本棚の上部と天井の間には二十センチほどしか隙間がなかったが、鳩が休むには十分なようで、狭い空間の方が却って居心地が良さそうだった。

三人の子供たちはピーちゃんを子猫のように可愛がって遊んだ。始めのうちはおとなしく抱かれていたが、成長するにつれてもて遊ばれるのを嫌がるようになった。雉鳩の雛はいつまでも子供ではないのだ。抱こうとすると、もがいて人の手から抜け出て、さっと飛んで本棚の上にとまる。そして得意そうに、「悔しかったら、ここまでおいで」と首をかしげて、私たちを見下ろした。その姿は、あたかも高所から人間を睥睨しているようだった。ただ、そんな時でも、手元に呼び戻す方法はあった。どんなに人間を馬鹿にしているように見える時でも、スライスチーズを見せさえすれば、すぐに飛んで下りて来たのだ。

ピーちゃんとの別れは突然だった。

飼い始めてほぼ一か月が過ぎた五月中旬のある日の夜、会社から帰宅すると家の中が異様に静かで、ピーちゃんもいない。「ピーちゃん、どうしたんや？」と訊くと、妻は、「おとうさん、ごめん。今日、ピーちゃんに逃げられてしまったんよ」とうなだれた様子で答えた。そこに長男も加わって、二人が事の顚末を次のように話した。

その日の午後おそく、妻は大学から帰った長男とともにピーちゃんを庭に出した。その頃のピーちゃんはほとんど自由に飛べるようになっていた。だが、外に出すと、庭木にとまることはあっても庭から出ようとしないだけでなく、私たち人間から二、三メートル以上は離れようとはしなかった。

その日、妻と長男は飛ばしたりスライスチーズで呼び返したりしながら、ピーちゃんと遊んだ。ところが、ピーちゃんが二人から三メートルほど離れた所で何かをついばんでいて二人の注意が少し散漫になった時に、一匹の野良猫がピーちゃんを襲おうとしたようだった。長男が気づいた時は、猫がとびかかりピーちゃんがクク一と鋭く鳴いて、羽を激しく羽ばたかせて飛び立とうとしている所だった。長男は「こらっ」と言って猫を追い払ったが、ピーちゃんはそのまま飛んで垣根を越えて、庭から出て行ってしまった。猫も同じ方向に走り去った。そこで、長男はすぐに庭を出て暗くなるまでピーちゃんの名前を呼びながら必死に探し回った。しかし、どうしても見つからなかった。

二人がこの辺まで話した頃、次男も三男も二階から下りてきて話に加わった。「ピーちゃん、やっぱり猫にやられてしまったんやろか」とか「ピーちゃん、まだあんまり飛べへんもんな」とか、口々に言いながら子供たちはだんだんと沈み込んでいった。特に大学受験に失敗し浪人生活に入りながら、まだ予備校に行く決心がつきかねていた次男の落胆は大きいようだった。三人の中では、次男がピーちゃんと接触する時間が最も長かったのだ。

私は、「まぁ今日のことはしようがないよ。明日になったら、ひょっこり帰ってきよるやろ。みんな、そう気を落とすなよ」と言って慰めた。気休めではなく、そのときの私は、ピーちゃんが必ず帰ってくる、と思っていたのだ。

しかし、翌日ピーちゃんは帰らなかった。その後も毎日待ったけれど、けっきょく二週間経っても帰って来なかった。そのため、認めたくはなかったが、家族の間でピーちゃんはあのとき猫に食われたか、その後どこかで死んだのだろうという結論になった。

それから一か月あまりが過ぎて梅雨に入り、私の関係会社への出向の日が半月ほど先に迫っていた。

次男はようやく予備校で頑張ることを決心し、通い始めていた。もうピーちゃんが家族の間で話題になることはほとんどなくなっていた。

「おとうさん、出向の日が近づいてきてから何だかうれしそうね。でも、本当の気持ちはどうなの？」

と妻が訊いた。ある日の出勤前のことだ。

「そうやね。初めは、二十六年も務めた会社から、もうお前はいらんと言われたように感じていやな気持ちやったな。そやけど、今回の出向に関して先方の社長は私を指名し、私でないといらん、とまで言ったらしいわ。まぁ、大いに期待して下さっているそうやから、頑張ろうと思っているよ」

米国勤務中に、出向先の会社の社長が米国出張して来た時に、私が一日お世話をしたことがあったのだ。

「おとうさんは気楽で良いわよ。家と子供たちのことは私に任せっ放しで、けっきょく仕事のことしか頭にないのやから」

妻はすこし不満そうにつぶやいてから、玄関のドアを開けて外に出た。続いて、今日は曇り空だが傘は不要だろうと思って、私が通勤カバンを抱えて外に出ようとすると、外から、「あっ、ピーちゃんや」という妻の声がした。出て観ると、わが家に繋がる電線の上、玄関からほんの三メートルほどの位置に二羽の雉鳩がとまっており、じっとこちらを見ている。特に、その中の一羽は首を傾けてなつかしそうに私たちをみている。首をかしげた姿は、本棚の上から私たちを睥睨したピーちゃんそのものに見える。妻は、その雉鳩を見て、ピーちゃんだと言ったのだ。

わが家を去ったピーちゃんは無事に生き延びて野生に戻り、伴侶を見せに里帰りしたのだろうか？　そうであれば、こんなにうれしいことはない。

私は妻とともに黙って観察した。数分もすると二羽は何となく名残惜しそうに梅雨空に向かってゆっくりと飛び去って行った。

二羽がピーちゃんとその伴侶であるかどうかは全く分からない。雉鳩はみな同じに見える。確かめるすべもない。ただ、そうかも知れないと思うだけで、私は愉快になった。新しい会社で新しい仲間たちとともに楽しく頑張れるという、自信が湧いてきていた。

おろし林檎と砂糖水

（1）

中村耕介がＪＲ播但線の新井駅で兄の中村賢一の出迎えを受けたのは、二〇一二年九月十二日の正午に近い時刻だった。耕介が賢一の車の助手席に座るとすぐに、

「耕介、昨日からおふくろは眠ったままで、まだ起きてこないらしい」と賢一が言った。

「へぇ、また二、三日、目を覚まさんことになるのかなぁ。どうしたんやろうね？」

「昨日見舞った時は、昼食のあと眠いから寝かせてくれと言うのでベッドに連れてゆくと、すぐに眠ってしまった。俺はそのあと家に帰ったけど、今朝電話があって、まだ目を覚まさんと言うのじゃ」

「今日は表彰を受ける日やから、起きてもらわんと困るな。そやけど、ひょっとしたら、もう起きているかも知れんね」

こんな会話をしながら、二人は特別養護老人ホーム『なでしこ』に向かった。入居している母が敬老の日を前にしてこの日の午後に百歳の総理大臣表彰を受けるので、それに立ち会うためである。

明治四十五年四月三日生まれの母は、早く学校に行くために戸籍上は四月一日生まれとなっている。

『なでしこ』は兵庫県朝来《あさご》市にある。中国山地の谷間を日本海に向かって北に流れる円山川沿いのこの町は、近隣の町村と合併して朝来市になる前に近畿で二番目、全国で十五番目に住みやすい町に選ばれたことがある。しかし、ここから二十キロメートルほど北にあって今は同じ市の一部になっている糸井村で育った耕介でさえ、緑に囲まれ空気がきれいではあるけれども不便でとても退屈な所だと思うくらい、田畑と森に囲まれた田舎である。

同じ市内の、『なでしこ』から十キロメートルほど北に竹田城跡がある。最近は『天空の城』ともてはやされ多くの観光客を集めるようになったが、耕介が子供の頃は荒れ果てた城跡で、地元の小中学生が時々ハイキングに行くだけの山だった。桜の季節には、城跡のある山の向かい側にあって竹田城跡がよく見える、桜の名所の山、立雲峡の方が行楽地として人気があった。

四月の百歳の誕生日から一週間ほど経った桜の頃、賢一と耕介は桜と竹田城跡を見せるために母を立雲峡に連れて行った。車で行けるところまでしか行けなかったが、その日の母は、「竹田城も見納めじゃな」と言いながらとても上機嫌だった。

百歳の誕生日を迎えた後も母は元気で、居住する部屋に隣接するトイレにも、つかまり歩きをしてではあったが自分で行っていた。ただ、この四か月ほどの間に三度、二日間ほど眠り続けたあと何事もなかったかのように目を覚ましたことがあったので、耕介はこの日もそのうち起きてくるに違いないと考えていたのだった。

『なでしこ』に着くと、介護の女性が二人に歩み寄って来て、「あぁ、中村さん、お母さまはまだ起きてきならんのですよ」と言う。

「やっぱり、まだ起きてこないのですか？」

賢一がこう言い、二人は母の部屋に入った。

母は眠っていた。しかし、その顔はちょっと微笑を浮かべているように見え、すぐにでも起きてきそうな感じでもあった。賢一が静かに体をゆすって、

「おぉい母さん、今日は耕介も一緒に来たで。起きてくれよ」と呼びかけた。

耕介も手を握って、「母さん、今日は総理大臣表彰を受ける日やで」と声をかけた。

それでも、母は起きてこなかった。体を揺すると、眠くて起きられない幼女のような顔をして何となく嬉しそうな表情をするのだが、どうしても起きてこない。

午後二時過ぎに県の職員が到着した。その時になっても母は目を覚まさなかったので、総理大臣の表彰状と銀杯は母に代わって賢一が受け取った。県の職員は笑いながら、「百歳の表彰ではこんなことは時々あるのですよ」と言ってから、帰って行った。

その後、母の枕元に表彰状と銀杯を置き、施設の人に頼んで母を真ん中に三人で記念写真を撮ってもらった。母はその時も何となく幸せそうな表情をして眠ったままだった。

母の部屋の窓の外六メートルほど先には、高さ五メートルほどの銀杏の樹がある。銀杏の葉はまだ濃い緑色だったが、その向こうに見える田んぼでは、稲穂がもう黄金色に色づき始めていた。

（2）

五年前まで母は朝来市内の山間《やまあい》の糸井地区に一人で住んでいた。中国の青島《チンタオ》から引き揚げてから賢一と耕介、それに妹の芙美子が育った、糸井村と呼ばれていた地区である。

賢一夫婦は同じ地区の母の家から車で五、六分の新しい団地に住んでいる。毎日のように顔を見せて買い物など母の世話をしていたが、母が九十五歳になった頃から炊事場や風呂の火の始末に不安を感じ始めたので、「なでしこ」に隣接して設けられている老人ホーム『あすなろ』に入居させたのだった。

この時、賢一は耕介にも相談した。

『あすなろ』に入居する時、母を自宅に引き取らないことに、耕介は気が咎めた。三人の息子たちは独立し、耕介は神戸の自宅で妻と二人住まいだった。だが、妻の典子は、同じ神戸市内に一人住まいをしている八十七歳の実母を頻繁に訪ねて世話をしなければならなかった。家の広さには余裕があったが、母を引き取るとなると、その世話は主に耕介がするとしても典子にも負担がかかる。それまで母と妻の関係は悪くなかったが、同居するとそれに伴って嫁姑問題が起きる可能性がある。これを思うと、耕介はどうしても母を引き取りたいとは言い出せなかった。

本当は、自分の家で母の世話をするという面倒に巻き込まれたくないという利己的な自分がいることに、耕介は気づいていた。それまでも、自分が色々な局面で常にわずらわしいことを避けようとしてきたことを、十分に知っていたのだ。

長男の賢一はそれ以上に気が咎めたようだった。だが、賢一には五十代で患った脳梗塞の後遺症が喋り方などに僅かに残っていた。妻の幸子と母の折合が良いとは言えなかった。さらに、障害を持つ長男が施設に入っていて何かと世話が必要だったので、客観的に見ても耕介以上に母を引き取る余裕はなかった。

妹の芙美子は千葉県に嫁いで四十数年になる。今は四十代で発病したリュウマチが重くなり歩くこともままならず、娘たちの介護を受けている身だった。母に非常に会いたがっていながら、三年以上も叶えられずにいる。その気はあっても、母を引き取ることはとてもできる状態ではない。


賢一と耕介が『あすなろ』に入居する話を持ち出したとき母は抵抗した。

「まだひとりで畑仕事をしながら生活していけるで。そんなとこへ行っても知らん人ばかりじゃ。それに、お金もかかるじゃろ？」

ところが、母を連れて行って三人で施設を見学し説明を聴くと、母は新しく清潔な施設が気に入ったようだった。賢一と耕介がお金のことは心配しなくて良いからと言って入居を勧めると、母は自分を納得させるように、

「結局、わしがここに入るのが、お前たちにとっても一番ええことなんじゃな？」

と言って了承した。耕介が、

「母さんがここにいてくれると、僕らは安心や。僕もしょっちゅう来るからな」

と言うと、母は小声で呟いた。

「二人も息子がいても、わしは一緒には住めないんじゃな？」

独り言のようでありそれ以上何も言わなかったが、これを聞いた時、耕介ははっきりした不満や抗議を聞くよりもつらく感じた。

自分のことは何でも自分でする独立心の強い母だった。だが、老いた親の面倒は子供が看るのが当然だと思われていた時代を生きてきた母は、九十五歳にもなって老人ホームに入ることに少なからぬ抵抗と不満を感じているだろうと思ったのである。

『あすなろ』に入居した頃の母は、年齢の割に「非常に」がつくほど元気だった。身の回りのことは全て自分でし、老人扱いされることを嫌がった。それだけでなく、入居者が一緒に食べる食堂の片付けなど進んで手伝った。耕介が母を訪ねる度に、世話係の女性が、

「中村さん、お母様はとてもお元気ですよ。食事の後始末など色々と手伝ってもらっているので、助かっています」

と言った。ところが彼女が去ると、母は、

「ここの人たちはみな怠けもんじゃ。自分でできることでも何もしようとせん」

と、悪態をつくことがあった。

その頃、耕介は六十五歳の定年で勤務先を退職し、時間に余裕ができたので、月に一、二度は『あすなろ』に母を訪ねることにした。

母を訪ねる日は、昼食を共にし、買ってきた菓子を母と一緒に食べ、テレビを観、時には短時間

の午睡をしてから帰る。車を運転して来ることもあったが、列車の中では読書ができるので、たいてい列車を使った。

現役時代は仕事で全く余裕のない生活だったので、学校を卒業してから定年までの四十年間、耕介が母に会うのは年に一、二度だけだった。海外赴任もしたので、三年間も会わないことさえあった。そのために、母が『あすなろ』に入居してから他界するまでの五年余りの間が、耕介が十八歳で故郷を出てから母と最も頻繁に会い話ができた期間になった。

若い時から耳の悪かった母は、『あすなろ』に入居した時には重度の難聴者になっていた。左耳は全聾で右耳も七十デシベルの聴力しかなかった。補聴器をつけても右の耳の近くで話す必要があり、時には筆談を交える必要があった。それでもこの間に、耕介がそれまで知らなかった、母と母より十三年前に九十三歳で他界した父のことを知ることができたのは幸いだった。

そうは言っても、九十五歳になった母から聞けた情報は限られている。子供の頃から何回訊いても笑ってごまかされ、きちんと教えてもらえなかった父との結婚当時のことは、結局ほとんど何も分からずじまいだった。耕介が育った家には、父母の結婚写真などは全くなかった。父も照れて喋ってくれなかった。改めて分かったのは、父の兄と母の姉が先に結婚していて、そのころ肋膜炎を病み三十歳近くまで療養して何とか元気なった父と、当時としては婚期の遅れていた母が、それぞれの兄と姉のとりなしで結婚したことだった。

『あすなろ』に入居して三年ほど経ったとき、母は施設内で転倒して大腿骨を骨折した。すぐに、近くの公立病院で骨を金属で接合する手術を受け、一か月ほど入院した。耕介も賢一や嫂の幸子と交代し、何日か母に付き添って病室で泊まった。

退院してからは特養『なでしこ』に移った。この時も母は抵抗し、まだ『あすなろ』にいたいと言った。杖が必要だったが、退院後も少しリハビリを受けると歩くことができるようになったからでもあった。

賢一も耕介も母の要望をかなえてやりたかったが、『あすなろ』の担当者たちは、九十八歳の母を『なでしこ』に移したがったように見えた。母のような高齢者は元気であっても皆『なでしこ』に移ってもらっていると言うのだ。耕介は高齢のやっかい者をこの機会に手放したいという『あすなろ』側の意図を感じたが、従うしかなかった。

（3）

母が百歳の総理大臣表彰を受けた日から二日後の九月十四日、賢一が電話をかけてきた。

「耕介、この前はご苦労じゃったな。おふくろはあれ以来眠ったままで、起きてこない。それで、食事も摂れないから昨日から点滴で栄養補給を始めてもらっとるんじゃ」

「まだ眠っているのか？　今度もひょっこり目を覚ますかと思っていたけどな」

「齢が齢じゃから、おふくろはこのまま逝ってしまうかも知れんと俺は思う。それで、相談したいことがあるから、明日にでも、もう一回こちらに来てくれんかな？」

翌九月十五日に耕介は賢一とともに『なでしこ』に行って一時間ほど母に付き添った。母は気持ちよさそうに眠ったままで、いくら手を握り呼びかけても目を覚まさなかった。

その後、二人は『なでしこ』を出て、近くの道の駅にあるログハウス風の喫茶店に入った。コーヒーを一口飲んでカップを置いてから、賢一がゆっくりと口を開いた。

「特養かかりつけの木村医師が、おふくろは軽い脳梗塞を起こしている可能性があるが、今さら手術はできない、点滴による栄養補給もせいぜい一か月ほどしか続けられない、と言うのじゃ。腕などが点滴に耐えられなくなるようじゃ。それ以上の栄養補給を続けるには、入院して胃瘻をするしかないらしい」

「点滴ができなくなると、そのうち衰弱してしまうが、胃瘻すれば長く生きられるという意味なんやろうね」

「そういうことらしいな……」

この後、二人ともしばらく黙った。やがて賢一が沈黙を破った。

「木村医師は、百歳を超えたのだからこのまま逝かせてあげたらどうかと言うのじゃ。俺も胃瘻で何か月か延命させるより、その方が良いと思うけど、お前、どう思う？」

「そうやなぁ……」

嚥下障害などで口から食物を摂ることができない患者のためには、胃瘻処置があることを耕介も知っていた。意識がなく完治する見込みのない高齢者などの場合、その処置をしても胃瘻処置を外すタイミングが大きな問題になる、と聞いたこともある。

賢一も耕介も食べ物が摂れなくなった時にどうするかを、母と話し合ったことはない。こういう場合が来ることを考えたことがなかったからである。

百歳超という長寿を全うした母のことだ。木村医師が言うことはもっともだろう。しかし、胃瘻をすれば確実に延命できることが分かっている時に、本人に代わってその処置をしないと決める権利が自分たちにあるのか、とも耕介は考え、悩むのだった。

（4）

『あすなろ』に入ってからの母は時々、

「こんなに長生きするとは思わなかった。十分長く生きたのでもう早く死にたい」

と口にすることがあった。これを聞く度に耕介は、息子たちと一緒に住めず老人ホームに入居させられていることを非難されているようにも感じ、いやな気分になったものだ。こんな時、耕介は、

「そんなことは言わんと、テレビでも観てここでゆっくり過ごしたら良いじゃないか。僕もしょっちゅう来るからな」

と言った。すると、母も「そうじゃな」と言ってそれ以上は黙った。

『あすなろ』に入ってからの母はよく自分の兄や姉たちの話をした。末子として明治最後の年に生まれた母には兄と姉がそれぞれ三人いた。上の四人は三十代前半までに結核を病んで亡くなっている。

その頃は母より四歳年長のすぐ上の姉、耕介にとって伯母の『かつ』だけが存命だった。

かつ伯母は、母が『あすなろ』に入居するまで住んでいた家の近くの家で、自分の長女夫婦に介護されながらほぼ寝たきりの状態であった。母は『あすなろ』に移る時にかつ伯母に会ったきりで、結局その後は会うことはなかった。耕介が見舞いに行くと、母はよく、

「かっちゃんはどうしとる?」

と訊いた。その度に耕介は、母が姉の生きている限り自分は死ねないという競争心を持っていることを感じた。

年齢の割には元気だと言っても、『あすなろ』に入居してからの母には老人性認知症が出てきて、耕介の息子である孫たちが訪ねても次第に名前が思い出せなくなった。一緒に連れて行った曾孫たちの名前は遂に覚えられず、会う度に名前を訊いた。

また、次第に母の頭の中では昔の記憶と新しい出来事が混在し、混乱していくようだった。ある日、耕介が訪ねると、

「耕介、よう来てくれたな。それで、おとうちゃんは元気にしとるのじゃな?」と言う。

「おとうちゃんって、誰のことじゃ?」と訊くと、真剣な表情で、

「お前らのおとうちゃんじゃないか」と答えた。親父が夢に出て来たのかも知れない。

「親父はずっと前に死んだじゃないか。母さん、忘れたのかな?」

この発言を聞いてからしばらくの間思案していたが、その時はやがて「そうじゃったな。わしはあほうじゃったな」と言って自分を納得させたようだった。

かつ伯母が百歳と五か月で世を去ったのは、母が『あすなろ』に入居してから一年余りが過ぎた時だった。母は葬儀には参列できなかったが、参列した耕介が葬儀の写真を見せて説明すると、「かっちゃんもとうとう死んだのじゃな」と言って姉の死を理解した。それでも、そのあと暫くは母を訪ねると、

「かっちゃんは元気にしとるんか？」

と訊くことがあった。

「かつ伯母さんはもう死んだで。母さんの兄さんや姉さんは皆あの世に行ったよ」

と答えても、しばらくは事態がよく理解できないこともあった。

しかし、特養『なでしこ』に移った頃からは、かつ伯母のことは尋ねなくなった。代わって今度は父のことが前より気になってきたようで、百歳の誕生日を迎えてからは、耕介が訪ねると、

「おとうちゃんはどうしとる？」

と訊くことがあった。そんな時、母は、父が糸井の家に一人で住んでいるのに、自分は良い所に住んでいて世話ができなくてすまない、と考えているようだった。

百歳を過ぎてからの五月のある日、賢一とともに耕介が母を見舞いに行くと、

「あぁ、二人ともよう来たな。それで、おじいちゃんは元気なんか？　一人で住んでいると、さみしいじゃろうにな」

と言った。この場合は父のことではないらしい。「おじいちゃんって、誰のことじゃ？」と訊く

と、「小田《おだ》の為三《ためぞう》じいさんじゃないか」と答えた。

小田は朝来市に隣接する養父市にあり、母が生まれ育った集落の名前で、為三じいさんと言うのは、母の父で耕介の祖父だ。慶応元年生まれの祖父は九十二歳まで長生きしたが、この世を去ったのは六十年近く前だ。子供の頃の耕介はこの祖父が好きで、今も祖父が死んだ時のことはよく覚えている。耕介は母の答えには驚いたが、できるだけ母の話に合わせるようにした。

「おじいちゃんが夢に出て来たのかな？　でも、おじいちゃんはずっと前に死んだじゃないか。そやから、かあさんはもう誰のことも心配する必要はないで。安心してここにいてええんやで」

一時間に一本もない播但線の列車の時刻の関係で、耕介が『なでしこ』に到着するのは、いつも入居者が昼食を始める正午頃だった。

入り口で丁寧に手を洗って消毒してから受付を済ませて建物の中に入ると、老人ホーム特有の臭いがしてくる。それは、消毒剤による病院の臭いとも違う。耕介は始めのうち、この臭いに違和感と少しの不快さを覚えたが、そのうち、不快ではなくなり、むしろ懐かしい匂いに変わってきた。長い人生を重ねた老人たちが存在を主張する香りとでも言うのだろうか？

母の居室は二階にあった。二階に上がったところは広い食堂を兼ねる広間になっていて、耕介たちが到着すると入居者たちは十数脚あるテーブルで昼食を始めている。入居者の平均年齢は九十三、四歳か？　母より一歳年長の女性が最高齢らしい。ほとんどの入居者は車椅子に腰かけたままである。

四十数人の入居者である老人と十数人の介護人がいるにも関わらず、そこは信じられないくらい静かだった。老人たちは、例外なく黙りこくっていて、時々介護人の声が聞こえるだけである。一人で黙々と昼食を摂っている人や、介護人につきっきりで食べさせてもらっている人もいる。

耕介たちが母を訪ねる日は前もって電話をしておいたので、施設側は母を四人がけのテーブルに一人だけ座らせて待たせていた。五、六メートル近づくと、いつも母は耕介たちの姿を見つけ、『やぁ、来たな』と言う表情をする。そして次に周りの老人たちが振り向くほどの大きな声で、「賢一と耕介」と声を発する。辺りが静かであるだけに、耳の遠い母の声は際立って大きく響くのだった。

ある日、二人が到着すると、母は、待っていたよ、という表情をして言った。

「あぁ、賢一と耕介、よう来たな。今日は、つたちゃんが来てくれたんじゃで」

「つたちゃん、って誰のことじゃ？」

と賢一が訊くと、母は答えた。

「あのつたちゃんじゃないか。ほら、近所の、わしと仲の良かった、つたちゃんじゃ」

初めて聞く名前だった。どうやら、母の子供の頃の遊び友達らしい。祖父にしろ、つたちゃんにしろ、母の大脳の古い皮質からの記憶が盛んに蘇ってきているようだ。

八月の下旬、遅れていた盆の父と先祖の墓参りを済ませた後、耕介は賢一とともに母を見舞った。その日も母は元気だった。二人の顔を見ると、母は大声で、

「遠い所をよう来てくれたな。そうじゃのにお前らに小遣いがやれんで、すまんな」

と気遣いを示した。父が健在の頃から、少ない国民年金だけの生活費を補助し負担してきたのは息子たちの方だったが、こんな時の母はこの歳になっても二人を子供扱いにするのだった。

三人は時間をかけて一緒に昼食を摂った。母を訪ねる時は、弁当を買い、母と同じテーブルに座って一緒に昼食を摂ることにしていた。母は施設の昼食を食べたが、時には耕介たちが食べる弁当のおかずを欲しがることもあった。

食事を終えてしばらくすると、母は昼寝がしたいと言うので、部屋に連れて行きベッドに寝かせた。そのまま眠ってしまいそうなので、耕介は母の手を握って、

「それじゃぁ、かあさん、今日はもう帰るで。また、じきに来るからな」と言った。

賢一ももう一方の手を握り、同じことを言った。すると、母は言う。

「今日はほんまによう来てくれたな。おおきに、おおきに」

ここまではいつも通りだったが、その日は十秒近くも二人の手を握り続け、

「賢一に耕介、二人ともええ息子じゃったな。ほな、わしは寝るでな、さいなら」

と言った。耕介は驚いて母の顔を見た。賢一もびっくりしたような顔をしている。だが、母は何事もなかったように、「わしはねむたいんじゃ」と言って、目を閉じた。

『なでしこ』を出てからも、耕介は、母が「ええ息子じゃったな」と言ったことに非常に驚いていた。こんなことを言うとは、母がそのまま死んでしまうのかも知れない、と感じたのだ。ただ、その日は、始めから賢一と耕介を子供扱いしたので、二人が子供だった頃のことを思い出して言っただけかも知れない、とも考えるのだった。

賢一は、「まるで今生の別れのようだったな」と耕介に言って笑いながら、耕介を駅まで車でつれて行ってくれた。

次に耕介が母と会ったのは、総理大臣の百歳表彰に立ち会うために訪ねた九月十二日である。その前日から母は眠り続けて目を覚まさないので、八月下旬のこの日が、耕介が母と話をした最後の日になったのである。

(5)

賢一と耕介が芙美子とも電話で相談して母に胃瘻をしないことを決断したのは、ログハウスの喫茶店で二人が胃瘻について話し合った日の翌日、九月十六日だった。百歳超の母ではあっても、延命処置をしないことを決めるのは三人にとって重い決断だった。

これを相談した時、電話で話す芙美子は啜り泣きを始め、すぐに嗚咽に変わった。母親の最期が近いと言うのに体の悪い自分は会いに行くことができないだけでなく近く予想される葬儀にも出られそうもないので、自分ほどの親不孝者はいない、と言うのだった。芙美子は、リュウマチの他にパーキンソン氏病の兆候も出ており、全く歩行ができない状態になっていたのだ。

芙美子の夫は優しい性格の働き者だったけれども、母は二十一歳で遠い千葉に嫁がせたことをいつまで経っても悔やんだ。たった一人の娘であるのに、芙美子の結婚後、二人は年に一度かせいぜい二度しか会っていない。特に芙美子が体調を崩してからの最近の十年の間には三度しか会っていなかった。

点滴だけで栄養をとるようになると、母がいつまで生命を保てるかが、親族の間で強い関心事になったのは当然だろう。耕介の三人の息子たちも、相次いで祖母の見舞いに訪ねて行った。

九月十七日の敬老の日に、耕介の次男が小学五年の長女をつれて母を見舞った。家庭裁判所に勤める国家公務員の次男は二年前に離婚して、耕介夫婦と同居しながら長女を育てている。見舞いから帰って、次男が、

「おばあちゃんは気持ちよさそうに眠っていたな。それでも、右手を握ってやると握り返したし、ちょっとの間だけ目を明けて僕らを見たよ」

と報告した。自分が見舞った時は目を開こうとはしなかったので、耕介はこれには驚いた。しかし、その後の三日ほどは定年後始めた翻訳の仕事で忙しく、気にはなったが母を見舞うことはできなかった。

九月二十一日の朝、賢一が『なでしこ』から携帯電話をしてきた。

「昨日から、おふくろが時々目を明けて声を出すようになった。今朝も、目を覚ましたので、施設の介護の人と一緒に点滴の他に流動食を少し口から食べさせてやったのじゃ」

「そうか、声を発するって、おふくろさんはどんなことを言うのかな?」

「おうとかあぁとか声を発するだけで言葉にはならん。しかし、流動食は一所懸命に食べる、というか吸おうとする。本当はもっと沢山食べさせてやりたいが、木村先生が誤嚥による肺炎が心配だ

というので、今のところ、少しずつだけにしている」

これを聞いて、耕介はこの分では再び母が元気を取り戻すのではないか、と少し希望を持ち始めた。すぐにでも母を訪ねて、目を開けた顔が見たかったのだが翻訳の仕事で忙しく、次に母に会ったのは三日後の九月二十四日の午後だった。この時は耕介ひとりで、到着すると介護の女性が迎えてくれて言う。

「あぁ、中村さん。今日は朝から何度か目を覚ましなったですよ。今なら手を握ってあげれば、きっと目を開けなりますよ」

母は、夜中も誰かが監視できるように介護人詰所に隣接する個室に移されていた。母の部屋に入ると、その日の点滴は終わり、母は眠っていた。その顔は、確かに前より少し元気そうに見えた。右手を握って呼びかけると、母が少し目を開けたので、

「かあさん、耕介やで、分かるか?」

と呼びかけた。母はじっと耕介を見ていたが、無言だった。

その時、介護の女性が、ガラスのコップとスポンジ をもってきた。

「中村さん、お母様にこれをあげてください」

砂糖水の入ったコップだった。耕介は割り箸でスポンジをつかみ、砂糖水を含ませてから母の口元にもっていった。すると、母は、耕介の顔を見ながら、おいしそうに砂糖水をしゃぶり始めた。

その時の母の顔は無邪気に乳房に吸いつく赤ん坊のようだった。耕介は何回も何回も砂糖水を付け直しては母に吸わせた。そうしながら、いま自分が母にしてやれることはこんなことしかないの

だと思うと、とてももどかしく、自分の無力さを感じた。

母に砂糖水を吸わせている時、耕介は父に最後に食べさせたのがおろし林檎であったことを思い出した。

一九九九年十一月十九日の昼ごろ、賢一から電話がかかってきた。

「耕介、一昨日から親父が急に元気がなくなった。親父も歳だからすぐ帰ってこんか？」

父は九十三歳の誕生日から一か月ほど経っていた。賢一の話では、四日前に庭で転倒し腰を打ったために立てなくなった。同時に、悪いことが重なり入れ歯をなくしてしまった。この二つがショックで父は急激に元気をなくし寝込んでしまい、二日前からほとんど食事をしなくなった、と言うのだった。

それまで、賢一夫婦が時々訪ねて面倒をみていたとしても、父は母と二人でほとんど普通の生活をしている、と耕介は思っていた。

当時、耕介は週に一度くらい電話をして様子を伺っていたが、電話で話す限り父は全く正常だと感じていた。しかし、実際は半年ほど前から老人性認知症が出始めており、物忘れがひどくなり、夜中に時々徘徊し始めていた。九十二歳を過ぎても脚が丈夫だったので遠くまで歩き、二キロメートルも離れた所から近所の人の車で連れて帰ってもらったことが二度もあったのだ。母が賢一と相談し、戸締りを強化するなどして夜中の徘徊を防いでからは、賢一夫婦の助けを得ながらも、何とか普通の生活をしている、と耕介は理解していたのだ。

耕介はそのころ大阪の米国総領事館に勤務していて、米国大使と関西財界人との懇談会や米艦船による中国地方のある港への寄港を世話するなどで非常に忙しい時だった。そのため、三週間以上も父母に電話をする余裕がなかったので、この日の賢一の電話の内容は耕介にとって寝耳に水だった。

翌日の日曜日の昼過ぎに和田山駅で賢一の出迎えを受け車で父母の家に着くと、父は奥の八畳の床の間で寝ていた。耕介が、

「父さん、耕介やで。元気出せよ」

と呼びかけると、父は目を開けた。耕介であることは分かったらしく、口元にわずかに笑みを浮かべた。そして、小声で「ああ、耕介か」と言った後、何か呟くように言ったが、何を言っているのか聞き取れなかった。そこで耕介は、

「父さん、もっと食べんと元気出ないよ」

と言いながら、母が用意してくれた、おろし林檎をスプーンで父に食べさせた。母と兄からこの二日ほどはプリンかおろし林檎くらいしか食べないと聞いていたのだ。

父は、最初の二回はうまそうに食べたが、三回目には、「もうええ。休ませてくれ」と言いながら、耕介の手を握ったまま眠ってしまった。

その後しばらく母と兄と話をしたが、これからは週末ごとに見舞いに来ると約束して、帰った。気にはなったが仕事が忙しく、週日には特急でも往復四時間かけて来ることはとてもできなかったのだ。また、いくら父が弱っていると言っても、まだ一か月くらいは大丈夫だろうと考えたからで

もある。

ところが、それから三日後の十一月二十三日の夜の十一時過ぎに賢一から電話があって、耕介は父の死を知らされた。

衰弱することを心配し、次の朝には町の病院に入院させて点滴をしてもらおうと考えた賢一は、その夜は父の横で寝ることにしていた。午後十時前に自分も寝ようと思って父の様子を見るとほとんど息をしていないことに気づき、大急ぎでかかりつけの開業医を呼んだ。医者が来て間もなく息を引き取った、と言うのだった。寝込んでから一週間の予想外に早い死だった。

早いもので父が他界してから十三年。前年の十一月に十三回忌の法要を済ませた。

（6）

母に砂糖水を吸わせながら、耕介が次に考えたのは、幼い頃の母についての記憶だった。幼児の頃の記憶は、自分の体験なのか人から聞いたことなのか非常に頼りのないものだが、今も明確な記憶としてあるのは終戦後中国の青島から引き揚げた時のことで、耕介の最も古い記憶の一つである。と言っても、それが昭和二十年十二月に青島から鹿児島を経由して引き揚げた時のことであることを知ったのは、小学生になってからである。

青島の港で、大勢の人たちとともに船に乗ったこと、ぎゅうぎゅう詰めの船内、時おり船が大きく揺れたこと、真下に海面の波の見える、甲板上の便所に行った時の恐ろしかったこと、鹿児島港に着いた時に見たクレーンの昇降、鹿児島港から国鉄の駅までトラックの荷台に乗せられ、鹿児島から列車に乗ったことなどは記憶にはあるが、ぼんやりと頼りない。

けれども、父方の祖父母と伯父の一家が住んでいた家に着いた時の記憶は、七十歳を過ぎた今でも鮮明だ、

鹿児島からの列車の旅は途方もなく長い時間がかかった。姫路駅で播但線に乗り換え、中国山地内の盆地にある和田山駅に着いたのは、夜だった。一家五人は、駅から糸井村の祖父母の家までの約六キロの道を歩いた。

と言っても、三歳の耕介はすぐに父に背負われたようだ。母は一歳の妹を背負い、七歳で小学校一年だった賢一は身体のわりに大きなリュックを背負っていた。父も母も両手に重い荷物をもって歩いた。歩いたのは田んぼの中の道で、周りには雪が積もっていた。途中で休憩したとき、父が手でつかんで食べさせてくれた雪の冷たさは耕介の今も確かな記憶になっている。

祖父母の家に着いたのは、田舎では人々がすでに寝静まっている時刻であったのかも知れない。目的の家に到着して入り口の前に立っても、父は遠慮したのか入り口の戸を叩いたり声をかけることができなかったようだ。それを見て、母が言った。

「あんた、どうしたん？　せっかく着いたんじゃから、早う入らせてもらおうよ」

「…うぅん、ちょっとな……」

「あんたが育った家じゃろ？　遠慮せんと戸を叩いて入らせてもらおうよ」

「……」

で叫んだ。

「どないしたん、遠慮しとるんか？」

それでも、父は黙って躊躇していた。すると、母が決心したように、入り口の戸を叩いて、大声で叫んだ。

「こんばんは、夜分ごめんします」

しばらくして、寝間着に縕袍《どてら》を羽織った中年の女性が出て来た。かつ伯母だったようだ。伯母を見て、母が言った。

「かつ姉ちゃん、みほじゃ。遠いとこから今帰って来ましたんじゃ」

みほは母の名前だ。母を見て、かつ伯母が、

「あれ、まぁ、みほちゃん！　青島からよう無事に着きなったな」と言う。

この後、感激した二人はしばらく手を取り合って話していたが、詳しいことは耕介の記憶から消えている。覚えているのは、

「皆さん、ほんまに無事で良かったですね。とにかく、はよ、入んなれ。はよ、はよ」

と言いながら、かつ伯母が皆を中に入れたことである。それから、すぐに祖父母、小学校の教師をしていた父の兄である伯父と四人の娘たちが次々に起きて、大騒ぎになった。

もちろん、耕介がこのような状況をすべて記憶していたかどうかは不確かで、後に聴いた話が記憶として刷り込まれた部分もあるだろう。だが、母が、

「遠いとこから今帰って来ましたんじゃ」

と言い、祖父母はじめ家族が起きてきて、大騒ぎになったことは、今でも、確かな記憶だと、耕

介は自信を持って言える。

この時の父と母の態度が、そのあと二人に対する自分のイメージの原型を作ったように、耕介は今でも考える時がある。気が小さくて優柔不断で、いざと言う時にあまり頼りにならなかった父と、普段は物静かだが、大切な時には気丈で頼りになった母、のイメージである。

父は記憶力がすぐれており、村の人たちからは頭が良いと言われていたらしい。しかし、小心者なのに、或いは小心者のせいかよく癇癪を起こした。小学校を卒業する頃までの耕介はそんな父からよく叱られ、大した理由もなく叩かれることがあったように思う。

そんな父に比べると、母には太っ腹なところがあった。普段は物静かで、肝っ玉母さん、とは言えないが、遠慮してものを言わなかった父と違って、近所の人たちへも言うべきことを言っていたようだ。

父の性格を継いだ耕介は、小心者で子供の頃からどんくさくて何をするにも弱気になることが多かった。そんな時、母からよく、

「あかんたれ、男のくせにそんなことでどうするんじゃ？」

と叱られ、何事につけても「やってみんか」と言って尻を叩かれることが多かった。

他人に煙たがられても、言うべきことは言わねばならないこと、あまり小さなことは気にせずにしたたかに生きるべきことなどは母に教えられた。大袈裟に言えば、どんくさくて小心者の自分が古希まで無事に生きて来られたのは、母から自然に教えられたしたたかさが少しは自分のものになっていたからかも知れないとさえ、今は思うことがある。

馬鹿がつくほど正直者だった父からは、辛抱や正直の大切さは学んだとは思うが、何よりも生きるために必要な知恵やしたたかさは、母の言動に接して教えられたように考えるのである。

(7)

耕介が小学生を卒業する頃まで、父母はよく諍いを起こした。それは、父が何かに癇癪を起こし卓袱台をひっくり返し茶碗を投げて壊すというような諍いで、原因の多くは母のお金の使い方にあったようである。

当時、父は村の農協で経理の仕事をしていた。また、青島から引き揚げた後に祖父から分けてもらった三反歩の田んぼと少しの畑を家族で耕作していた。

小学校の教師だった伯父の家を含めて、周りの農家にはもっと多くの農地があった。と言っても、山間部の村なので平均して一戸当たり七、八反しかなかったはずである。

ほとんどの農家は牝牛を一、二頭飼っていた。農耕に使い、毎年仔牛を育てて売って現金収入を得るためである。また、多くの農家には桑畑があり養蚕をしていた。養蚕のために、たいていの家は住居として必要以上に大きく建てられており、二階には養蚕のためだけの大きな板張り床の部屋があった。

当時、父が農協に勤め給与を得ていたので、周りの農家に比べてそれほど貧しくはなかったと今は考えている。だが、引き揚げ後に、農民で大工でもあった祖父が建ててくれた家は周りの農家に比べるとずっと小さかったことと、父が「うちには田んぼが三反しかなくて貧乏じゃ」とよく言うのを聞いていたせいか、子供の時の耕介は自分の家は周りの農家よりよほど貧乏だと思っていた。

そんな中、母は決して金遣いがあらい方ではなく、むしろ家計を守るために十分に倹約家だったと思う。ただ、父に比べると、母は太っ腹で気前のいいところがあり、時に訪れる行商人たちから頼まれて、ものを買ったりしたようだ。すると、農協から帰った父が夕食時にそれを咎めて喧嘩になったのではないか、と推測している。

父母の諍いの具体的な原因、内容は当時よく分からなかった。今では諍いや喧嘩そのものもほとんど記憶に残っていないが、ただ一つ、耕介が今も覚えている喧嘩がある。小学五年生か六年生の頃のことだ。

そのころ耕介の家には、家族が『山の畑』と呼んでいた五十坪ほどの畑があった。

一家が住んでいた糸井村は、中国山地内の円山川の支流である糸井川に沿って開けた細長い土地にある村で、戸数四百数十、二千人あまりが住んでいた。

耕介の家があった四十軒ほどからなる集落は、両側が山に挟まれている幅が六百メートル、長さ二キロメートルほどの土地で、向こう側の山の近くに糸井川が流れていた。人家は全てこちら側の山裾に沿って建てられており、糸井川と人家の間には、ゆるやかな棚田が拡がっていた。畑は主として家の周りやこちら側の山沿いにあるなだらかな傾斜の土地を開墾して作られていた。

『山の畑』と言うのは、戦争中に村人たちがこちら側の山の中の比較的緩やかな傾斜地に開墾した畑だった。全体が五十坪くらいに細かく分けられて、五、六軒の家の持ち物となっていた。その畑に行くには、里山の林を通り抜ける必要があり、各農家から時間がかかったので、農家はそこではあまり手間のかからない馬鈴薯や甘藷を栽培していた。

二十一世紀の今、この『山の畑』は完全に元の雑木林になっている。それどころか、戸数の減った家の近くの畑の多くも灌木の林か草原に変わっている。人の数が減ったことに加えて、鹿や猪が増えたために作っても甘藷や馬鈴薯などは食べられてしまうので、畑を利用しなくなったからである。

今は、トタン板で頑丈な囲いを設けなければ作物は作れないが、耕介が子供の頃は山の畑でも甘藷や馬鈴薯を作っても鹿や猪の被害に遭うことがなかった。

持ち主の異なる、それぞれの山の畑の境目には、何本かの柿の木が植えられていた。渋柿で干し柿に適した細長い柿だった。

ある年の十月の下旬のことである。耕介は母、兄、妹とともに、この山の畑の柿を収穫し、藁で編んだ畚《ふご》に入れてわが家にもち帰った。その年は柿が豊作で、四つの畚には柿が一杯になった。

自宅に着いた時は、日が暮れてかなり暗くなっていた。夢中で柿を収穫したので、そんなに遅くなっていることに四人とも気づかなかったのだ。帰ると柿の入った畚を家の中の土間に並べた。土間は、そのまま炊事場に続き、土間から上り框を経て畳の間がある。

その時、父が農協から帰ってきた。母が、「あぁ、あんた帰んなったんか。ちょっと待っとくれぇよ。じきにお茶沸かしますでな」

と言いながら、急いで夕食の支度をしようと炊事場に行った。夕食の準備と言っても、朝炊いた麦飯がお櫃にあるので、お茶を沸かし、おかずの漬物を樽から出すくらいだ。

ところが、土間に置かれた四つの畚の中に柿が入っていることに気が付いた父が、突然怒り出し、怒りはすぐに癇癪に変わった。母にむかって、

「前から言うとるじゃろが、アホ」

と言いながら、柿を畚から出して、土間に叩きつけ始めた。そして、土間に散らばった柿を靴で踏みつぶし始めたのだ。耕介は何が起こったのか理解できなかったが、せっかく収穫してきた柿が台無しにされてしまうことが悔しかったので、叫んだ。

「お父ちゃん、何するんじゃ？　せっかく皆で干し柿にしようと思って取ってきたのに」

母も驚いて、「あんた、やめんなれ」と言って父を止めようとした。父は、

「あほ、山の畑の柿はわが家の物じゃないと何回も言うとるじゃろが」

と言いながら柿を踏むのを止めなかった。

すると母が強い調子で反論し始めた。

「あんた、何言うとるんじゃ？　これを採った木はうちのもんじゃ。しかはんも取ってええ言いなったから、貰ったんじゃ」

しかはんとは近所のお婆さんのことだ。

「あほ、うちは引き揚げ者じゃから、あの柿は取ったらあかんのじゃ。あれは苦労して開墾した家のもんなんじゃ。そんなことも分からんのか？」

その時、耕介は父が言うことが理解できなかった。すると、普段は怒っている父には抵抗しない

母が、ものすごい剣幕で怒りだした。

「何言うとるんじゃ、あんた。あの畑はうちのもんで、もう何年も耕しているんじゃ。引き揚げ者やからと言って、いつまでも遠慮することはないじゃないか。柿を貰ってもええと、しかはんも言いなったんじゃ」

この母の言葉が父の癇癪に油を注いだのか、父がさらに怒って、

「あかん言うたらあかん、あほたれが」

と言って母の頬を平手で叩いた。母は、それでも父への抵抗を止めず、驚くほどの剣幕で父に食ってかかった。父があのとき母を叩いたのは一度だけだった。母の剣幕に父はたじたじとなり次第に黙ってしまった。

母がどんな悪態をついて抵抗したか、今となってははっきりとしないが、「あんたがそんな気の小さいことだから、いつまでたってもわしらは苦労するのじゃ」とか、「男のくせに意気地がない」と言った類のことだったようだ、と耕介は思う。

父は祖父から山の畑を受け継いだが、大陸からの引き揚げ者だと言うので遠慮し、それまで畑の境界にある柿の実を収穫することをせず、家族にもさせなかったらしい。その年は、母がそれに従わず柿を持って帰ったことを、父が怒ったようだった。

その日の夕食がどうなったとか、柿がどうなったかなどは、記憶から完全に消えているが、あの日、父母が長い間口論したこと、母が珍しく父に悪態をつき抵抗したこと、兄妹とともにとても悲しい思いをしたことなど、耕介は今も決して忘れることができない。

（8）

母によれば、父は単なる正直ものでなく小心者で、たとえ理不尽な規則でも規則には極めて従順に従ったので、母は様々な苦労をしたと言うのだった。母が何回も話したので耕介がいつまでも覚えている父の正直さの一つに、青島から引き揚げた時のことがある。

父には姉と兄が一人ずついた。姉は看護婦になり、薬剤師だった朝永清太郎と結婚した。まだ、大正時代のことだ。

この清太郎伯父の父親は、日本が第一次大戦後ドイツから青島の権益を受け継いでから間もなく青島に渡り、大正末期には青島で手広く薬の製造・販売業を営んでいたようである。昭和の初めにはその父親が他界し、清太郎伯父が事業を引き継いでいた。

いつのことなのか、今一つはっきりとはしないが、昭和七年に父は義兄の朝永清太郎を手伝うために青島に渡ったようである。

父は高等小学校を卒業してから、大阪の家具会社で丁稚奉公から始めて働いた。しかし、二十三歳のころに肋膜炎を患い、五年間ほど糸井村に帰って静養した。そのうち身体の具合が少し良くなったので、青島に行こうと考えた。もっと静養しないと命の保証はできないと言って医者は止めたそうだが、父は死んでも良いから仕事がしたいと思って、清太郎伯父に手紙を書いた、と言うのだ。

大阪で働いていた時に夜間の経理学校で簿記などを勉強した父は経理の仕事ができたので、清太郎伯父から元気になったら経理の仕事を手伝ってくれるよう前から言われていたからである。

青島に渡って仕事を始めると、食生活が良かったからか、父の健康はめきめきと回復し肋膜炎は数か月で全快した。そして、一年後には、青島の日本人街にあった清太郎伯父の薬局の一つの経営を任されるようになった。

そして、父には、小学校の教師をしていた父の兄の妻『かつ』の妹である『みほ』との縁談が持ち上がり、見合いと結婚のために一時帰国した。

二人が結婚したのは昭和十年頃のことのようだが、母の『みほ』が青島の父のもとに行ったのは、結婚してから一年が過ぎてからだったようだ。

耕介たち兄妹は三人とも青島で生まれた。

父の薬局は結構繁盛し小金も貯まったらしかったが、昭和二十年の三月になって、父は現地召集された。父はすでに三十八歳だったので青天の霹靂の思いだったらしいが、すぐに帝国陸軍の二等兵として青島と同じ山東省の済南で鉄道警備の任に就いた。

幸い、済南では戦闘を全く経験せず一度も銃を使うことはなかったと言う。もっとも、その頃父の属した部隊には弾丸がほとんどなかったようだ。父は昭和二十年の九月に無事に戦地から青島の自宅に帰った。

父の復員後、父母は敗戦国の国民としてつらい目に遭ったと想像するのだが、不思議なことに耕介は父母からはその類の苦労話を聞いたことはない。周りの中国人たちは、それまでとそれほど変わらぬ扱いをしてくれたのであろうか？　父は死ぬまで、

「中国人たちには大変世話になった」

と何回も言ったので、少なくともそれほど悲惨な目には遭わなかったようである。

なお、清太郎伯父は青島での生活が長く、中国語にも不自由しなくなっていた。中国人の友人は多いが日本には知人、友人が少なかった。日本に帰りたくなかったので、戦後になって中国への帰化を希望したと言う。しかし、当時の中国ではそんなことが許可される状況ではなく、希望は叶えられなかった。

耕介の家族が日本に引き揚げたのは昭和二十年十二月で、清太郎伯父の一家は昭和二十一年五月に日本に引き揚げた。

母によれば、父は引き揚げの時、持ち帰り品の規則などを悲しいほど馬鹿正直に守ったというのだった。引き揚げ者には、衣類や宝石、貴金属など一人あたりの持ち帰り品の数量が厳しく制限された。出国の際に厳しくチェックされ、見つかるとひどい目に遭うと言われていたが、実際の検閲はそれほど厳しくなかったのか、ほとんどの家族が衣類の中に縫い込むなどして宝石や貴金属などを持ち帰ったらしい。

ところが、父は母が宝石などを隠すことを一切許さず、規則を厳密に守ったと言うのだ。このために、母は青島で買った指輪の類などほとんどすべてを残して帰国した。

「うちには正式の検査官よりもっと厳しい検査官がいたんじゃ」

と母は何回も話した。この話は父が亡くなってからも、時々思い出しては懐かしそうにまた悔しそうに話したものだ。

(9)

十月五日には、妹の芙美子に代わって、芙美子の二人の娘、美智子と加奈子が、千葉から祖母の見舞いに来た。その日、耕介は賢一とともに二人の姪に付添って母を訪ねた。

しばらく会ってなかった孫娘たちが遠い千葉から来てくれたことを、母ははっきりと理解したようで、二人が声をかけると、目を開けて喜びの表情を示した。

美智子が左右の手を握って、「おばあちゃん、美智子だよ」と声をかけると、顔をくしゃくしゃにして、泣き顔のような喜びの表情を見せた。そして、「おお、おお」と言いながらじっと美智子の顔を見た。加奈子がその様子をデジカメの動画に撮影した。千葉に帰って、母親の芙美子に見せるためである。この後、加奈子が母の手を握り同じことをして今度は美智子が映像に撮った。

二人は母、芙美子の最新の写真を母に見せながら、芙美子が歩けないので、見舞いに来れないことをゆっくりと説明した。泣いたようにつぶれた母の表情から、事情を理解しているように感じたが、「おお、おお」としか声を発しない。それでも、耕介は母が事情をきちんと理解したと信じている。

この後、四人で代わる代わるスポンジを使って母に砂糖水を吸わせた。母は幸せそうな表情をして、舌を使って砂糖水をしゃぶった。

また、その日は母の体調が良さそうだったので、賢一が用意した栄養剤も少しずつスポイトで与えた。木村医師が誤嚥による肺炎を心配し、栄養剤や流動食を食べさせることには慎重にしていたが、できるだけ母に体力をつけさせてやりたかったのだ。

この日四人は二時間ほど母を見守った。

こんな母を見て、胃瘻などをして体力をつけさせてやれば、再び元気になりものが言えるようになるかも知れないと、耕介は感じた。それをせずに今はただ母が死ぬことを待っているだけだと思うと、いたたまれない気がした。それでも、何も言い出すことはできなかった。表情から見ると、賢一も同じ気持ちだろう、と思った。


姪の美智子と加奈子が千葉に帰ってから一か月ほど、毎日のように賢一とは連絡を取ったが、翻訳の仕事が次々に入ったので、耕介は母を見舞うことはできなかった。律儀な賢一は毎日のように母を見舞って、様子を電話で話してくれた。

最小限の栄養剤とスポンジによる砂糖水や蜂蜜だけが母の命の糧だった。母が時々目を覚ました時に、賢一や施設の人が母に与えたのだ。主治医の木村医師はほぼ毎夕方に様子を診にきてくれたと言う。

次に、耕介が母を訪ねたのは十一月七日の昼過ぎだった。この日は妻の典子を伴った。前年の九月から引き取って介護している九十二歳になる典子の母親が、この八月に軽い脳梗塞を起こした。それと同時に急速に認知症が進み、近くの病院に入院させても面倒が見られないと言って夜中の付き添いを病院から要求されたりしたので、それまで典子はとても耕介の母を見舞う余裕がなかったのだが、すこし状態がよくなった母をショートステイに預けて、見舞いに来たのだった。

この時も賢一がついてきてくれた。

一か月ぶりに見る母は少し痩せて衰弱しているようだ。それでも、耕介が、

「母さん、耕介やで」

と言って手を握ると、うっすらと目を開けて手を握り返した。その力は明らかに一か月前より弱っていたけれども、耕介の手を離そうとはしない。

九月に母がこん睡状態に入ってから、典子が母と対面するのは、この時が初めてだった。典子が母の手を握りながら呼びかけた。

「お義母《かあ》さん、典子ですよ。お久しぶりです。元気を出してくださいよ」

これに対しても母はうっすらと目を開けてはっきりと嬉しそうに頬をゆるめたが、声は発しなかった。

この後、耕介と典子は、スポンジに砂糖水を含ませて順番に母に吸わせた。母は、例の赤ん坊のような表情を浮かべて懸命に砂糖水を吸った。その様子を見ながら、耕介はいつまでも吸わせてやりたいと思った。けれども、しばらくして、母は疲れたらしく、目を閉じて眠ってしまった。

この時も、母が今どんなにひもじい思いをしているだろう、と思うと心が痛んだ。本当は腹いっぱい食べたいと思っていることは、砂糖水の吸い方で分かる。

今、自分たちは母が衰弱して死ぬのを待っているだけだ。結局、母は飢死しようとしているのだ。自分の無力を思い、また胃瘻という単語が頭をよぎった。この時の賢一も同じような思いなのだろ

う。眠った母を見ながら、複雑な表情をしていた。

この後、十分ほど母の傍にいてから、三人は『なでしこ』を後にした。

帰りの列車を待つ間、三人は近くの道の駅の丸太小屋の喫茶店に入った。

しばらくは、三人とも黙っていた。コーヒーを一口飲んだ賢一が呟くように言った。

「どうやら、二十三日になりそうじゃな」

この様子では、母の命日が十三年前の十一月二十三日に死んだ父と同じ日になるかも知れない、と言う意味である。二、三秒してから、耕介が応えた。

「親父が呼んどるのかも知れんね」

いずれにせよ、母の百年余りの長い人生が終わろうとしているのだ。

帰神のための列車の席に座ってからも、典子も耕介も口が重かった。典子が小声で言う。

「おかあさん、小そうならはったわね」

これを聞いても、耕介は無言だった。

その後、典子がハンドバッグからキンドルを出して読み始めたので、耕介も文庫本を取り出したが読書には集中できず、母が今まで喋ったことを思い出していた。

昭和二十年三月、父が青島で出征してからの母はそれなりの苦労をしたようだ。薬局の運営は、夜間の商業学校に通いながら店番などを手伝っていた村上さんと言う同郷の少年と、王さん、張さんという二人の中国人従業員で何とかできたようだ。ところが、当時の青島でも太平洋戦争の戦局悪化が伝わっていて、青島はもうすぐアメリカに爆撃されるという噂が流れた。そんな中、満州は安全なので満州に行きなさいと熱心に勧める人が周りにいて、母は非常に困ったらしい。

「小さな子供三人も連れて、知った人もおらん満州なんか行ける訳がなかろうが」

と母は言った。実際にその頃、母が知っていた人で、満州に渡った人が何人かいたとも言うのだった。

「あの時は、ほんまに困った。何日も、眠れなんだ。お父ちゃんがおらんのに、義兄《にい》さんや義姉《ねえ》さんまでが、満州に行ったらどうじゃと言いなった時は悲しゅうてな。一人で一晩中泣いたで」

清太郎伯父たちがどれほど真剣に母に満州行きを勧めたのか、今となって耕介は疑問に思う。満州に行ってしまえば父が戦地から帰るところがなくなると言って、そんな勧めを拒否して青島に留まった、と母は話した。

満州では戦後多くの日本人が悲惨な目に遭っていることを考えると、青島に留まっていて良かったのだ。

昭和二十年九月に父が無事に青島の自宅に復員した。母に満州行を勧めた伯父の一家も青島に留まった。そのお蔭で、耕介の一家も清太郎伯父の一家も無事に日本に引き揚げることができた。

(10)

十一月七日に見舞った時、いよいよ母の最期が近いことを感じたので、それから耕介は間をおかずに見舞うことにした。

一週間後の十一月十四日の昼過ぎに、賢一とともに母を見舞った。一週間前より母はさらに衰弱していた。それでも手を握ると、はっきりと握り返した。左手で顔をそっとなでると、母はうっすらと目を開いて耕介を見たが、数秒あとには目を閉じた。それでも、目を開けている間、ちょっと微笑むような表情を見せた。こんなに衰弱していても、最後の力を絞って愛想笑いをしようとしているように見えた。

結局その日は、耕介がいる間には砂糖水も栄養剤もやることが出来なかった。そのことを耕介たちが心配していると察したらしく、『なでしこ』の介護の女性が慰めてくれた。

「もう少しお元気になんなった時に、私たちがしゃぶらせて上げますから」

それを聞いても耕介はまだ後ろ髪を引かれる思いだったが、『なでしこ』を後にした。

賢一と別れてから新井駅のプラットホームで上りの列車を待った。プラットホームにいたのは耕介だけだった。しばらくすると、一人の白人の青年が線路をまたぐブリッジの階段を下りて来た。身長一七〇センチの耕介と同じくらいの背格好だから、白人としては小柄だ。リュックサックを背負っている。目が合うと、人懐っこそうな笑顔を見せて会釈したので、それにつられて耕介は、「ハロー。ダムを見てきたのかい?」と話しかけた。

新井駅から三キロメートルほど山間に入ったところに関西電力の多々良木ダムがある。その周辺は春の桜と秋の紅葉がきれいで、この地域の行楽地にもなっている。それでも、県外や外国人の観光客が来ることは稀だろうが、他に見学するところもないので、その青年が一人でダム見物にでも行ったのだろうと、耕介は思ったのだ。

「そうです。多々良木ダムを観てきました」

気さくで話しやすそうな青年だ。久しぶりに英語が話せると思うと、耕介は愉快だった。

その日の耕介は母の死期が近いことを思って気が滅入っていたので、この青年との会話でその気持ちが少しでも紛らわせられたら良いな、と思ったのだった。

やがて一両だけのディーゼル列車が到着した。車内は空いており、二人は四人席に相対して座った。席に座るとすぐに青年は、耕介が尋ねもしないのに、

「私の名前はニコラス・ウメクと言います。二十五歳で、オーストラリアの西オーストラリア州から来ました」と自己紹介をした。初対面で年齢を言うとは日本人でも珍しい。外国人としては特にそうだろうが、礼儀正しい青年だ。耕介もあわてて名前を告げてから言った。

「私はもう七十歳で仕事をしてはいません。君は仕事で日本に来ているのですか?」

「六月に大学を卒業しました。来年の一月からシドニーの新聞社に勤めますが、その前に日本旅行しています」

さらに、ジャーナリストとして将来は日本や中国と関わる仕事がしたいので日本語と中国語を勉強していると言ったが、この時は一言も日本語を使おうとしなかった。今回は神戸を拠点にして西日本各地を一か月かけて旅行する計画だと言う。

「今回は東京には行かないのですか？」

「昨年の原発事故の影響が少し心配で、今回は東日本には行きません」

「オーストラリアの人たちは、みんな東日本は放射能が怖いと思っているのですか？」

「いいえ、そういう訳ではありませんが、今回はとりあえず西日本だけにします」

日本人が考える以上に、オーストラリアの人々は東日本大震災の時の原発事故による日本での放射能の影響を心配しているのかも知れない。ニコラス君が耕介に、「あなたは、この町の方ですか？」と訊いた。

「いいえ、この町にある老人ホームに居る母を訪ねに来たのですよ」

「あなたのお母さまだったら、相当な高齢でしょうね？」

「そうです、今年、百歳を過ぎましたよ」

「へぇ、長生きなのですね。統計によれば、日本人は長寿ですからね」

ニコラス君は、日本のことをよく調べているようだった。会話をしながらも絶えずスマホで情報を確認している。やがてジャーナリストの卵らしく次々と質問してきた。

「今は引退されているそうですが、どんな仕事をしていたのか訊いて良いですか？」

「エンジニアでした。主に自動車タイヤを作る機械の設計、開発をしていましたよ」

耕介はそこで、オーストラリアとの関連で、ほろ苦い思い出のあるあるタイヤ製造関連の機械のことを思い出した。

オーストラリアには鉄鉱石や石炭の広大な、露天掘りの鉱山がある。そこで使われる、三百トンも搭載できるダンプトラック用のタイヤ製造に関わる機械を開発したことがあったのだが、ある事情によりその機械の最終の試運転に立ち会えなかったのだ。

「ところで、オーストラリアには鉄鉱石や石炭の露天掘り鉱山がありますね。私は、そこで使われる、巨大トラック用のタイヤを造る機械を開発したことがあるのですよ」

「そうですか、ちょっと待ってください」

ニコラス君は、スマホを操作し始めたが、すぐに画面を耕介に見せた。

「こんな鉱山の、こんなトラックですね」

画面には、見るからに広大な露天掘り鉱山と蟻のように見えるトラックの映像があった。

西オーストラリア州のマウント・トムプライスの鉄鉱石鉱山の写真だった。これを見て、耕介は知ったかぶりの顔で説明を始めた。

「このトラック、運転席の高さが五メートル、タイヤ直径は四メートル以上あるのですよ」

「とても大きいのですね」

と言いながら、ニコラス君は画面を触り、トラックだけの写真を大きく画面に出した。この画面を見ながら耕介は、このための機械を開発していた時は外国勤務をしていたので、三年も母に会わなかった時であったことを思い出していた。

ニコラス君は幼い頃の一九九一年に両親に連れられて、クロアチアからオーストラリアに移民したと言った。ソ連崩壊に伴うユーゴスラビア紛争の時で、ウメク家族はその紛争から逃れるように移民したようだ。また、一九九一年から一九九五年のクロアチア紛争で、ウメク家の親戚のなかにも犠牲になった人がいることも話した。明るい好青年であるニコラス君にも、長かったユーゴスラビア紛争は暗い影を投げかけている。彼の話を聞きながら、耕介は幼い頃の青島からの引き揚げのことを思い出していた。

こんな話をしながら、ニコラス君と姫路駅までの一時間あまりを過ごした。山陽電鉄の往復割引乗車券を買っていたので、耕介はそのままＪＲで神戸に行くニコラス君と姫路駅で別れた。別れる時、万一困ったことがあれば、何でも連絡しなさいと言って、連絡先の電話番号などを書いた紙片を渡した。

ニコラス君との会話は良い気分転換になったが、仕事に追われていた会社員時代を思い出す機会にもなった。同時に、無学で文を書くのは苦手だと言いながらも筆まめだった母が外国の赴任先まで二、三か月おきに手紙をくれたことを思い出してもいた。

（11）

十一月十四日以後も、賢一と毎日電話で話をしたが、まとまった翻訳の仕事が入っていたので、母を見舞いには行くことはできなかった。何となく母の死を予想していた父の命日の十一月二十三日も、母は生き延びた。

十一月二十四日の夜、賢一がいよいよ母の元気がなくなったと電話をかけてきた。僅かの流動食も砂糖水も受け付けなくなったというのだ。木村医師は、あと一、二日の命だろうと言っているらしい。

翌日の十一月二十五日、耕介は『なでしこ』へ向かった。この時期にしては暖かい快晴の日で、新井駅で賢一に迎えられ母の眠る部屋に着いたのはちょうど正午だった。

賢一によれば、この日の母は前日よりずっと元気で顔色も良いらしい。手を握って顔をなでると、母は目を開けて表情が和らぎ僅かに微笑み、すぐに目を閉じることもなく、耕介を見つめた。

スポンジに含ませた砂糖水をやると、舌を出してしゃぶった。耕介は賢一と交代で何回かスポンジに砂糖水を含ませてしゃぶらせた。すると、五分ほどで母はしゃぶりつかれたように目を閉じた。しかし、五、六分経つと再び元気を取り戻したように目を開けたので、また砂糖水をしゃぶらせた。こうして、この日は二時間以上も母のそばで過ごしたので、耕介は久しぶりに母とゆっくりと話しをしたような気分になった。

やがて、母は安心したような表情で眠りについたので、今日はそろそろ帰ろうかと賢一と話していると、木村医師が部屋に入って来た。医師は聴診器を母の胸に当てて診察した後、賢一と耕介を交互に見た。

「心音などからみると、昨日よりずっと元気を回復されています。この分では、あと何日かもちこたえられそうですよ」

これを聞いて耕介は、この様子では十一月中は大丈夫かも知れないな、と考えながら、帰路に就いた。

ただ、母の最期が近いことだけは確かなので、いざとなればすぐに行けるようにしていたが、翻訳の仕事のため、二十六日、二十七日とも母を見舞うことができなかった。

母が生まれ育ったのは、朝来市と隣接する養父市の一部で昔は伊佐村の小田と呼ばれた地域である。七人の子供の末っ子で、すぐ上の姉より四歳以上も歳が離れている。両親も七人目の子供ができるとは考えていなかったという。耕介の祖父に当たる母の父親が四十七歳の時の子供だ。母親も四十歳を過ぎており、子供を産むことをとても恥じたという話だ。

祖父は村の鍛冶屋だった。子供の頃、耕介は母に連れられて何回か小田の実家に行ったことがある。長男、次男は若くして結核で亡くなっていたので、当時、祖母に先立たれていた祖父は、小学校の教師をしていた三男である、耕介の伯父の家族と同居していた。

実家には、木炭を使う炉や鞴《ふいご》など鍛冶屋の設備がまだあった。九十二歳まで生きた祖父は九十歳近くになるまで鎌など簡単なものを作っていた。耕介は一度だけ祖父が若い人に手伝わせて、真っ赤に焼けた鉄を打っている姿を見たことがある。

村の鍛冶屋では経済的に豊かでなかった。母によれば母以外の兄姉たちはみな頭が良かったらしいが、七人兄弟姉妹の中には旧制の中学や女学校に行ったものはいない。

特に頭の良かったと言われる、二十歳で夭折した二番目の姉を除いて、長姉は看護婦になり、三番目の姉は助産婦になった。長姉は四十代で亡くなった。三番目の姉が、百歳まで生きた、かつ伯母である。

長兄は祖父の鍛冶屋を手伝い、次兄は大阪で夜間の工業学校を出て電気技師になったが、二人とも三十歳過ぎで結核のために他界した。三番目の兄は師範学校を出て小学校の教師になったが、まだ五十代で世を去った。

母は勉強が嫌いだったので、高等小学校を出た後は、京都に女中奉公に出た。母が貰った僅かな給金も、ほとんど全部を父親に送ったと母は言ったが、当時はそんな時代だったのだろう。

最初に奉公した京都の家では、女主人が厳しかったので三か月ほどで我慢できなくなり、母は夜陰にまぎれて逃げ帰ったと言う。もちろん、そのことで父親からは厳しく叱られたらしいが、今度は大阪の商家に女中奉公に出された。そこでは何年間か勤め、和裁の勉強もさせてもらったと言うのだ。

耕介は京都の奉公先から逃げ帰った時の十五、六歳の母を想像することがある。昭和の初めの頃のことのはずだ。

奉公先が京都市のどこだったかは分からないが、風呂敷包み一つを持ち、暗くなってから着物と草履姿の少女は駅まで歩いたことだろう。夜汽車に乗ったのか、或いは翌朝の汽車に乗るために、駅でひと夜を明かしたかも知れない。当時、国鉄の山陰線は開通していたので、何とか郷里の山陰線八鹿駅までの三等車の切符を買うお金はあったのだろう。

帰ると父親に厳しく叱られることを恐れつつ、汽車の中で外の景色を見る母はどんな思いであったろうか？　おとなしく、特にかつ伯母に比べると口数の少なかった母だが、いざとなると自己主張し頼りになった母のことだから、その時も汽車の中で、どうにでもなれと覚悟を決めていただろうと想像すると、耕介は何となく楽しくなる。

耕介の記憶にある若い頃の母は、いつも体を動かして働いていた。明治や大正生まれの日本の女の大半がそうだったのだろう。

今のように家電製品はないのですべて人力である。特に家には三反歩の田んぼと一反程の畑があり、昼間は父が農協に勤めていたので、母は昼のあいだ農作業をし、家族の食事の世話、それに夜は近所の人に頼まれて和裁をした。耕介が子供の頃は、母はいつ眠っているのだろうと、思うくらいだった。

耕介は、長塚節の小説『土』に出て来る、お品やおつぎの働きぶりに近かったような気がすることがある。

そんな母を見ているので、耕介たちも小学三年生くらいになると農作業を手伝った。農繁期には学校には二、三日の田植え休み、稲刈り休みがあった。稲刈りの時など、昼間、学校から帰ると母とともに稲を刈る。午後六時ころ父が勤めから帰ると、母は夕食の支度にとりかかり、子供たちと父は、刈った稲の束を集めてうす暗い中を稲架《いなき》にかけた。

二十羽ほど飼っていた鶏の世話は、子供たちの役割だった。それでも、卵は現金収入を得るためだったので、病気でもならない限りめったに口に入らなかった。納屋には足踏み式の縄綯い機があり、これで稲藁縄を綯うのも主に子供たちの仕事だった。農家に売って少しでも現金にするためである。もっとも、耕介は家でただ一つの機械というべき縄綯い機を使うのが好きで、この仕事を楽しんだ。

子供の時からこんな生活をしてきたお蔭で、耕介は自然に働くことの大切さを体得した。勤勉に働くことの大切さが体にしみついているので、長じてから様々な誘惑にも勝つことが出来たのだろうと思っている。

(12)

十一月二十八日の午前七時過ぎに、賢一から電話があり、耕介は、母がその日の午前五時十六分に永眠したことを知った。

賢一の話によると、未明に母の呼吸がほとんどないことに気づいた、『なでしこ』の介護の女性がすぐに賢一と木村医師に電話で知らせた。賢一が車を飛ばして到着すると、施設の人たちが取り囲む中を、木村医師が母の脈を取っていた。それから、十数分後に、木村医師の「ご臨終です」という一言とともに、母は永眠した。医師は死亡診断書に死因を老衰と書いたと言うのだった。

こうして母、中村みほ、は百年七か月二十六日、この間にあった閏年の二月二十九日の二十五日を加え、三万六千七百六十五日の生涯を終えたのである。

電話を受けて耕介は賢一に言った。

「兄さんは、今まで僕よりずっと世話をしてくれたのだから大変だったと思います。本当にお疲れ様でした。それでも、かあさんの最期に立ち会えてよかったね」

こう言いながら耕介は、十三年前の父に続いて母の死に際に立ち会うことが出来た兄をうらやましくも思った。

このあと賢一は、喪主として通夜を十一月三十日の午後六時から、葬儀、告別式を十二月一日の午前十一時から朝来市和田山町の葬儀場で開くことに決めたことを告げた。通夜、葬儀の準備は葬儀社とともに自分たちで行うので、急いで来る必要がないと言う。耕介は三十日の昼までに会場に行くことにした。

すぐに耕介は三人の息子たちに連絡し、祖母の死を知らせた。次男と三男は家族で通夜から参列することに決めたが、東京に住む長男はあいにく海外出張中だった。自動車部品会社に勤務する長男は、年に何回か海外出張があったのだ。長男と携帯メールで連絡を取ったところ、何とか十二月一日には帰国できるという。しかし、葬儀には間に合いそうにない。長男の妻は通夜に間に合うように東京から来るが、長男は何とかお骨拾いには間に合うようにしたいと言うのだった。

妹の芙美子には賢一が電話で知らせた。芙美子は葬儀に出席できないことを悔やんで、激しく泣いたらしい。芙美子に代わって夫と二人の娘が参列すると言う。

その他必要な人たちに連絡し一息つくと、耕介はだんだんと母がもういないことを実感し始めた。同時に、父も長生きしたので、自分が今までいつまでも親がいるような気がしていたことに気づいた。故郷にはいつでも母がいることが当たり前だと考えていたのだ。

古希を過ぎていながら、耕介は自分がとうとう孤児になったのだなと寂しい気分になった。それは何か精神的に頼りとするものを失ったような気分だった。親を失うということはこんなことなのだ。子供の時に親を亡くした人たちの気持ちが、自分もやっと分かったような気がするのだった。

十一月三十日、昼過ぎに葬儀場に着いた。あいにくの雨で、悪くすると雨が霙に変わりそうな寒い日だった。妻の典子は、ショートステイの予約が取れなかったために、認知症が進みつつある母親を西宮の妹の家に預ける必要があったので、通夜の式の直前にしか到着しない。次男と三男の一家は、それぞれ車で来る。

葬儀場に着くと、賢一は遺族控室で耕介を待っていた。時々貧乏ゆすりをし、少しいらいらした様子だった。

「兄さん、遅くなってすみません。色々と大変やったろうね」

「そうでもないよ。葬儀社の人たちが全部してくれるからな。それより、葬儀の時の会葬者へのお礼の挨拶は、耕介がやってくれ。通夜の時は俺が挨拶するからな」

「どっちも喪主がするのじゃないの？」

「この辺では、葬儀の時は普通他の人が挨拶するもんじゃで」

そう言えば、父の時も、最近の、かつ伯母の時も、喪主以外の人が挨拶したことを思い出した。こうして、葬儀の会葬者への礼の挨拶は耕介がすることになった。

「頼むで。それじゃぁ、まずはおふくろさんに会ったってくれるか」

こう言う賢一とともに、耕介は母の眠る別室に入った。

顔に被せてあった白い布をとると、永遠の眠りに就いた母の顔があった。薄化粧が施され、穏やかな顔をして眠っている。この二か月余り、見舞いの時に見た母は、やつれて頬もげっそりと痩せていたので、まだ二割がた黒髪が残る、年齢の割に豊かな髪がきれいに整えられ、頬を膨らませた母の顔はむしろ若々しく見えた。

頬にさわると、はっとするほどに冷たかった。その冷たさとともに突然、耕介の目から噴き出すように涙が流れ出た。全く想定外の涙だった。百歳の長寿を全うしたので、母が亡くなっても泣くことなどないと思っていたのだ。しかし、永遠の眠りについた顔を見た時に突然襲った寂しく悲しい気持ちは抑えようがなかった。

それでも、勢いよく噴き出た涙は二、三分で止まった。耕介は眼鏡を外してハンカチで涙をぬぐった。そこへ嫂の幸子が来た。

「耕介さん、今日はご苦労さんです。お義母《かあ》さんは本当によう頑張んなったですよ。昨日、湯灌してあげたとき見たら、腕も脚《てあし》も骨と皮だけに細うなっとんなったで」

兄と嫂は、葬儀社の人とともに、母の湯灌をしてくれたのだ。母はもともと痩せてはいなくて、むしろしっかりした体型だった。

「そんなに痩せていたんですね。二か月半も、ほとんど何も食べてないですからね」

嫂の説明を聞いて、死ぬまでの母はどんなにひもじかっただろうと改めて思うと再び胸が痛んだが、耕介は口には出さなかった。懸命にスポンジに含ませた砂糖水を赤ん坊のような表情で吸う母を思い出す。

さらに嫂が続けて言う。

「お義母さんがいま着とんなる着物も足袋も自分で縫いなったんじゃで。何でも自分のことは自分でする人じゃったからね」

母は、襟元に梵字が書かれた白い経帷子の下に茶色っぽい着物を着ている。棺に入る時にその着物を着せてくれと母が二年程前に兄と嫂に言ったということを、耕介はこのとき初めて知った。

母は和裁が得意だった。若い頃から、和裁で生活を支えていた。特に、賢一と耕介が独立し芙美子が嫁いでからの五十代の中頃からは、本格的に近隣の人たちのために和服を縫っていた。仕事が丁寧で結構評判が良かったらしい。母は八十歳過ぎまで、和裁を楽しんだ。近隣の人たちのために母が縫った着物の数は、千着近くになると聞いたことがある。好きな和裁でお金も稼げることが楽しくて仕方がなかったようだった。

母が『あすなろ』に入居してから、典子とともに母を訪ねた時、典子が母に、

「お母さん、今まで生きていて一番楽しかったことは何ですか？」

と訊いたことがあった。すると母は即座に、

「そうじゃねぇ。ようけ着物を縫うてあげて、沢山の人から喜んでもらえたことじゃねぇ。それに、お金ももらえたしな」と答えた。

何となく、子供や孫が無事に育ったことだという答えを期待していた耕介は、これを聞いて、やや意外な感じをもった。

そう言えば、父が他界する一年ほど前に帰郷した時も、典子が父に同じ質問をした。父はしばらく考えた末に、

「そうじゃな。青島ではようけ金が儲かったことかな。それに、青島の競馬場で馬券を買って、何回か当てたことじゃなぁ」

と言ったので、人生で楽しいことって、そんなものかな、と少し納得したような気になったことを思い出した。

賢一や幸子と母の思い出話をしていると、葬儀社の係の女性がやって来た。いつの間にか時刻は午後四時になろうとしていた。

「中村さん、そろそろお母様をお棺に入れてあげましょうか」

母の眠る寝台のそばに寝棺が運ばれてきた。係の女性に促されて、賢一と耕介は母を抱えて、棺の中に寝かせた。母の体は驚くほど軽かった。その軽さがこの二か月あまりの母のひもじさを再び思い出させ、耕介の胸がまた痛んだ。

この後、母の入った棺を通夜と葬儀の式場に運んだ。飾り付けが終わったばかりの式場は思いのほか広く、百人以上は入れそうだ。祭壇などはアクリル板が多く使ってあって、モダンな感じだ。飾ってある花も、予想していたよりずっと豪華だった。賢一が費用を抑えたいと言っていたにも関わらず、田舎の葬儀場に似つかわしくないと感じたほど、多くの花で飾られている。それも、菊や樒《しきみ》は僅かで、白いユリや薄い色のトルコ桔梗の他に、薄いピンクや紫の蘭の花が目立った。特に、

母の遺影の前に置かれた長さ一メートルほどの透明なアクリルの台の上には、見事な蘭の花がむしろ無造作に飾られている。

遺影は、前年の四月の白寿の祝いの時に『なでしこ』で賢一が撮った写真だった。

あの日の母は機嫌がよく、多弁だった。

母の白寿の誕生日を祝うために、『なでしこ』の介護人や入居している車椅子の老人たち二十名近くが集まった。その前で嫂の幸子が南京玉すだれの芸を披露した。他の入居老人たちが静かに黙って見ているだけだったが、母は一人大声を出して喜び、拍手をした。

遺影を見ながら、耕介はその日のことを昨日のことのように思い出していた。

やがて、耕介の妻の典子、次男とその娘、三男とその家族も到着した。すぐに皆は母の眠る棺の周りに集まった。棺の顔の部分の窓を開けて、めいめいが合掌した。三男に抱かれて曾祖母の死顔を覗き見た、耕介の二歳の孫は、事態が分からない様子だったが、それでも神妙な顔をしていた。

そのうち、東京から耕介の長男の妻、千葉から芙美子の夫と二人の娘が到着した。糸井のかつ伯母関係など親戚十数人も揃った。

通夜は午後六時に始まり、五十人ほどが集まった。『あすなろ』に入ってから五年以上が過ぎているにも関わらず、母が住んでいた糸井地区からの参列者が予想外に多かった。糸井地区に住む、耕介の小中学の二人の同級生も来てくれた。

先祖代々の菩提寺である臨済宗の寺の住職が来て、参列者に通夜の意味の説明の後、般若心経など幾つかの経を読んだ。僧の読経のなかの参列者の焼香のあと、僧は再び死後の世界のこと、通夜や葬儀、その後の祭礼の意味を説教して約四十分の通夜が終わった。

喪主である賢一が参列者に礼の挨拶をした。賢一らしく、生真面目に参列者への礼とともに、特養『なでしこ』の関係者と木村医師への謝辞を述べた。

その夜、母の眠る棺の傍で夜を明かしたのは、耕介と典子だけだった。賢一は持病があり、服薬などの関係で自宅に帰って泊まり、耕介の次男、三男とその家族などは、すぐ近くの宿屋に宿泊した。

もっとも、耕介と典子も亡き母の傍で起きていた訳ではなく、棺のある式場に隣接する部屋で眠った。布団に入っても、二人ともなかなか寝付かれなかったので、自然に母の思い出を話した。

「最初に会った時から、お義母《かあ》さんは頼りになる人だと思ったわ」

と典子は言った。典子にとって、耕介の母は自分の祖母（典子の母の母）に似た感じの、たくましい明治女に映ったようだ。

典子との婚約を伝えた時、母が、

「大学出の嫁さんが来てくれるなんてほんまかね？　ええことじゃけど、無学なわしなど相手をしてもらえるのかな？」

と言ったことを、耕介は思い出した。母はことある毎に自分が無学な田舎者だと言ったが、母と典子の関係は良好だった。耕介夫婦に三人の子供が生まれた時、田舎から母が来て世話をしてくれた。その頃の耕介は多忙で海外出張を含め家にいないことが多かったのと、典子の母が親の介護のために手が離せなかったからである。

(13)

翌十二月一日の葬儀の日は雨から変わった霙の降る日となった。そんな天気にも関わらず、葬儀への参列者の数は通夜の時より更に多くなった。糸井地区の人たちが思いのほか多く来てくれたのだ。

通夜で読経したのは菩提寺の住職一人だけだったが、葬儀には住職とその父親で前住職、それに近くの尼寺の尼僧の三人が、鐘と銅鑼と木魚を使って長い読経した。母のためだと分かっていても読経の長さには、耕介でさえいささか閉口するくらいだった。二歳になる耕介の孫はその間長ぐずり続けた。

僧侶の読経中に会葬者の焼香が進む。

臨済宗の葬儀では、読経の終わりに、僧侶が「かぁーっ」と鋭く叫んで、鐘と銅鑼を叩く瞬間がある。死者のこの世への未練を絶つためだ。これを聞きながら、子供の頃、祖父や祖母の葬儀の時この時の僧侶の声が非常に恐ろしかったことを、耕介は思い出した。

焼香が終わり、三人の僧侶が退席した。その後すぐに係の女性に促され、耕介は前に進み出た。喪主に代わって会葬者への礼を言うためである。前に進んで一礼をしてから、会葬者を見ると、耕介はいよいよ母との別れの時が来たことを思った。

「喪主に代わりまして、ひとことお礼のご挨拶を申し上げます」

このように述べてから続けた。

「皆さま、本日は霙の降る寒い中を母の葬儀にご参列下さいまして、誠にありがとうございます。母は十一月二十八日の早朝、百年と八か月という永い生涯を閉じました。生前、皆様方より母に賜ったご厚情に対し、心よりお礼申し上げます」

挨拶を始める前、簡単に最小限の挨拶で済ませるつもりだった。だが、話し始めると滑らかに言葉が出て来た。

「明治生まれの女の多くがそうであるように、母は強くたくましく、働いてばかりいました。そして、私たちには一途に優しい母でした。今も瞼に浮かぶのは、食事の世話、田畑の仕事、夜の縫い物と、いつも働いていた母の姿です…」

次々に言葉が出て来ることに、耕介は自分でも驚いていた。同時にそれは、生前もっと世話をしておきたかったという思いがあったからかも知れないとも思った。

生前の母の思い出を三、四分も話してから、次のように話を締めくくった。

「体が丈夫で百歳の長寿を保った母も、耳が悪く苦労したことは、皆さんご存知の通りです。本当は社交的で話し好きであった母ですから、難聴だったことは残念だったと思います。しかし私は今、あの世ではすべてがリセットされると考えています。そう考えたいのです。あの世では、この世で目が不自由だった人も目が見え、足が不自由だった人も歩けるようになると思いたいのです。ですから、今頃は母も耳が良く聞こえ、先に逝った父と賑やかにつもる話をしていると思います」

何事にも辛抱強い母ではあったが、難聴であることについては、「耳さえきこえたらなぁ」と言っていつまでも悔やんだ。耕介はそれを聞くことは嫌であった。だから、あの世では正常な聴力を回復していると思いたかったのだ。

葬儀で会葬者の悲しみが最高潮に達するのは、棺を開けて最後の別れをする時だ。

百歳超の死であったので、それまでは泣き声を上げる会葬者はいなかったが、順番に花を入れて最後の別れをする時、耕介の姪たちから啜り泣きの声が聞こえ始め、だんだんと周りの人たちにも伝わっていった。

「親族以外の方でお別れしたい方は、どうぞこちらに来てお花をあげてください」

葬儀場の係の女性がこのように告げると、会葬者のほとんど全員が棺のまわりに集まって、残った花を棺に入れてくれた。

火葬場まではマイクロバスで二十分近くかかった。賢一と耕介の家族、子供、孫たちと芙美子の夫とその娘たちなど十数人が、住職とともにバスに乗りこんだ。棺を火葬炉に入れてから、住職が最後の読経をする中、喪主の賢一が火葬炉に点火した。

このあと葬儀場に戻り、親族が集まって会食した。少しのビールが入り、やっと一息つく思いだった。久しぶりに会う親戚の人たちと、静かに母の思い出話などをした後、再びバスで骨拾いのために焼き場に向かった。

最期の三か月はほとんど栄養も摂れず、痩せていたせいか、残っていた骨が少なかった。このことにも、耕介の心は痛んだ。

賢一に続いて耕介が骨を拾い骨壺に入れていると、耕介の長男が到着した。

「お父さん、遅くなってごめん。駅からタクシーで急いで、今やっと着いたんや」

「出張ご苦労やったな。それじゃぁ、おばあちゃんの骨を拾ってあげてくれるか」

と言って、長男に骨を拾うための箸を渡した。続いて次男、三男、また孫たちにも、少なくとも一片ずつ母の骨を拾い、骨壺に入れさせた。小学校五年になった最年長の孫娘はすでに何を意味するかが十分に分かっていたようだったが、五歳と二歳になる孫にも、何らかの形で今日のことを覚えておいて欲しいと、耕介は思ったからである。

骨壺がほとんど一杯になった時、賢一が、

「あっ、釘じゃ」

と言った。賢一が指さしたところを見ると、白い灰の中に長さ五センチくらいの黒いネジ釘が見えた。二年ほど前に大腿骨を骨折し手術をした時に折れた部分をつないだ釘だ。その釘を見ると、耕介は母の意地と最後の頑張りを見たような気がした。

骨壺を箱に入れ白い布に包み、耕介が運んだ。バスに乗り込む時、外は夕暮れて薄暗くなり、霙は完全に雪に変わっていた。

*

あとがき

『イージス艦がやって来る』を発行してから八年が経ちました。その間も、同人誌「あべの文学」に小説、エッセイ、評論を発表してきました。また、この間の六年間、思いがけず大阪文学学校の講師となり、教えるよりも生徒さんたちから多くを学びました。

昨年からの新型コロナウイルスのパンデミックで家に籠る生活の中、二冊目の小説集を出そうと考えるようになり、「樹林」と「あべの文学」に発表した作品の中から六編の小説を選んで出版することにしました。

表題の小説「北オハイオの冷たい風」は、会社員時代の仲間たちからぜひ書いておいてくれと勧められ、私の体験を小説にしたものです。特に、躊躇する私の背中を強く押して下さったのが、大学と会社の大先輩だった故小浜弘幸氏です。小浜氏のお蔭で数千部が発行されている月刊の技術雑誌に十二回に渡って連載されましたので、多くの方々がお読みくださり、未知の方々から感想を頂いたことはとても有難いことでした。ここに、在りし日のお姿を偲び、小浜弘幸氏に心よりお礼を申し上げたいと思います。

この中の「ばね定数」と「シンディー・オーシェスキーの新居」はフィクションですが、

小説の背景は私の経験そのものです。他の四編は、多くが私の体験に基づいていますので、私小説または自伝的な作品だと思います。自分で読み直してみても、高度経済成長時代の日本で生真面目に生きた、平凡なサラリーマンとその家族が書かれているだけで面白みがないな、と感じています。それだけに、この中の一作品でも読んで下さった方には心より感謝申し上げます。

今回の発行に当たり、日ごろからご指導と激励を頂いている、奥野忠昭先生はじめA批評会と「あべの文学」の仲間の皆さん、小原政幸事務局長はじめ大阪文学学校関係者の方々、大阪文学学校の森口クラスで一緒に勉強した生徒の皆さん、今もともに学んでいる森一会会員の皆さんに心からの感謝を申し上げます。

また、今回も発行に当たり激励とお世話頂いた、編集工房ノアの涸沢純平氏にお礼申し上げます。そして最後に、五十年間の苦楽を共にし、表紙の絵を描いてくれた妻の淳子に謝意を表します。

二〇二一年四月

森口　透

初出一覧

ばね定数《じょうすう》　「あべの文学」4号　二〇〇六年十月
シンディー・オーシェスキーの新居　「あべの文学」2号　二〇〇五年八月
北オハイオの冷たい風　「あべの文学」18号　二〇一四年三月
月刊「粉体技術」　二〇一四年一月〜十二月に12回連載
幅広の靴　「あべの文学」26号　二〇一八年二月
雉鳩の雛　「樹林」Vol・480　二〇〇三年五月
おろし林檎と砂糖水　「あべの文学」21号　二〇一五年九月

森口　透　（本名、天野　到）

・1942年６月16日、中国山東省青島市生まれ。1946年以後は兵庫県養父郡糸井村（現、兵庫県朝来市和田山町）で育つ。
・1967年３月、京都大学大学院修士課程（機械工学系）を修了し、同年4月から1997年９月まで（株）神戸製鋼所に勤務。1997年10月から2007年６月まで大阪の米国総領事館に政治経済専門官として勤務。
・1999年４月から2004年３月、大阪文学学校夜間部で学び、「ヘルミばあさんのペンション」で大阪文学学校賞佳作賞を受賞。
・2010年10月、「イージス艦がやって来る」で第4回神戸エルマール文学賞佳作賞を受賞。
・2004年よりＡ批評会会員。同人誌「あべの文学」の編集担当。
・2010年11月より2021年４月、神戸エルマール文学賞基金委員会理事
・2014年４月から2020年３月、大阪文学学校の小説コース講師。
・2020年10月より、兵庫大学エクステンションカレッジのエッセイ講座の講師。
・著書『イージス艦がやって来る』（2013年６月、編集工房ノア）
・現住所：〒654-0142　神戸市須磨区友が丘8-201-18

北《きた》オハイオの冷《つめ》たい風《かぜ》
二〇二一年六月十六日発行
著　者　森口　透
発行者　涸沢純平
発行所　株式会社編集工房ノア
〒五三一―〇〇七一
大阪市北区中津三―一七―五
電話〇六（六三七三）三六四一
ＦＡＸ〇六（六三七三）三六四二
振替〇〇九四〇―七―三〇六四五七
組版　株式会社四国写研
印刷製本　亜細亜印刷株式会社

ISBN978-4-89271-346-0

イージス艦がやって来る
森口　透

青島《チンタオ》の生家訪問、苦学生時代、会社員時代の海外出張、総領事館員時代の執務。時代を経て来た「日常的出来事」の中に、潜み流れるもの。　一九〇〇円

衝海町《つくみまち》
神盛　敬一

第4回神戸エルマール文学賞　少年を主人公とした純度の高い力作4編。悲しみを抱いて未来を切り開く。汽笛する魂の「ふるさと」少年像。二〇〇〇円

空のかけら
野元　正

ビルの谷間の古い町の失われゆく「空」への愛惜。年神さんの時間の不思議。光る椎の灯火茸の聖女。野性動物との共生。鎧を造る男の悲哀。二〇〇〇円

書いたものは残る
島　京子

忘れ得ぬ人々　富士正晴、島尾敏雄、高橋和巳、山田稔、ＶＩＫＩＮＧの仲間達。随筆教室の英《はな》ちゃん。忘れ得ぬ日々を書き残す精神の形見。二〇〇〇円

野の牝鶏
大塚　滋

第1回神戸ナビール文学賞受賞　海軍兵学校から復員した少年と、牝鶏との不思議な友情・哀惜の意味するもの。受賞作「野の牝鶏」他。二〇〇〇円

幸せな群島
竹内　和夫

同人雑誌五十年　青春のガリ版雑誌からＶＩＫＩＮＧ同人、長年の新聞同人誌評担当など五十年の同人雑誌人生の時代と仲間史。二三〇〇円

表示は本体価格